EL ESCUDO DE KUROMORI

GRANTRAVESÍA

Jason Rohan

EL ESCUDO DE KUROMORI

GRANTRAVESÍA

El escudo de Kuromori

Título original: *The Shield of Kuromori*

© 2015, Jason Rohan. Todos los derechos reservados.

Publicado originalmente en 2015 bajo el título *The Shield of Kuromori*, por Egmont UK Limited. The Yellow Building, 1 Nicholas Road, London, W11 4AN

Traducción: Ricardo Vinós

Diseño de portada: © Yin Yuming

D.R. © 2016, Editorial Océano, S.L.
Milanesat 21-23, Edificio Océano
08017 Barcelona, España
www.oceano.com

D.R. © 2016, Editorial Océano de México, S.A. de C.V.
Eugenio Sue 55, Polanco Chapultepec,
C.P. 11560, Miguel Hidalgo, Ciudad de México
www.oceano.mx
www.grantravesia.com

Primera edición: 2016

ISBN: 978-607-735-979-1

Reservados todos los derechos. Ninguna parte de esta publicación puede ser reproducida, almacenada o transmitida por ningún medio sin permiso del editor. Cualquier forma de reproducción, distribución, comunicación pública o transformación de esta obra sólo puede ser realizada con la autorización de sus titulares, salvo excepción prevista por la ley. Diríjase a CEDRO (Centro Español de Derechos Reprográficos, www.cedro.org) si necesita fotocopiar o escanear algún fragmento de esta obra.

IMPRESO EN MÉXICO / *PRINTED IN MEXICO*

Para mi padre, quien se habría sentido orgulloso de mí

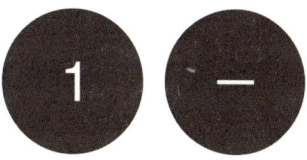

—¡Más rápido!

La camioneta de carga cubierta por un toldo de lona se enfilaba al este en dirección al centro de Tokio, a baja velocidad. Kenny intentó agarrarse a la mano que se extendía hacia él, pero falló. Soltó una maldición y emprendió una carrera desaforada tras el vehículo.

Kiyomi se inclinó desde la portezuela de atrás y extendió todavía más el brazo.

—¡No puede ser! —lo regañó la chica—. ¡Apúrate!

Kenny bajó la cabeza, movió los puños como si fueran pistones y se lanzó hacia adelante para alcanzar la camioneta que se alejaba.

—¡Oyama, *yukkuri shiro*! —ordenó una voz de hombre desde adentro de la cabina, y la camioneta se detuvo de súbito, tomando por sorpresa a Kenny, que sin remedio chocó contra la defensa trasera, desde donde rebotó para terminar cayendo sobre el pavimento.

—¡*Ay*! Pudiste avisarme —se quejó el chico bajo el resplandor rojo de las luces de los frenos, sobándose el trasero adolorido.

—¿Te lastimaste? —preguntó Kiyomi, que saltó de la camioneta para ayudarlo a levantarse del suelo.

—Un poco herido el orgullo, pero nada más —repuso Kenny—. ¿A dónde vamos?

El padre de Kiyomi, Harashima, se asomó desde el vehículo.

—Kuromori-*san*, no nos detenga. Suba usted. Hablaremos en el camino.

Kenny trepó a la parte de atrás e inclinó la cabeza para saludar a los catorce hombres que esperaban al interior. Los rostros le resultaban conocidos porque habían luchado juntos apenas dos meses antes, cuando impidieron un enloquecido atentado contra la costa oeste de Estados Unidos. Iban todos vestidos de negro, portaban armas automáticas y tenían expresiones de la más severa determinación.

La camioneta aceleró mientras Kenny encontraba un lugar libre en la banca frente a Kiyomi, que se hallaba recostada con los ojos cerrados.

Al mirarla, Kenny sintió que los latidos de su corazón se alteraban. No la veía menos bella que antes, pero observó cosas preocupantes en su rostro, como una sombra bajo los ojos y arrugas en la frente. Aunque llevaban poco de conocerse, en ese breve lapso sucedieron tantas cosas que daba la impresión de que había pasado más tiempo, como si fueran amigos de toda la vida. Y notaba un cambio. Algo no marchaba bien. Kenny lo sentía en lo más hondo de su ser, aunque no era capaz de identificar qué era.

Tocó ligeramente con su zapato la bota de cuero de Kiyomi. Los ojos almendrados de la joven se abrieron de pronto y se clavaron en él.

—Y ahora, ¿qué?

—Es que te ves muy cansada —se justificó él.

—¡Qué tonto eres! ¿Por qué crees que intento tomar una siesta?

—No es eso... ¿Está todo bien contigo? No eres la misma desde que...

—¡Santo Dios!, ¿por qué todo el mundo tiene que hablar de lo mismo? —protestó Kiyomi en tono cortante—. Sí, estoy cansada. Sí, me siento frustrada. Sí, estoy harta de que anden de puntillas a mi alrededor, como si fuera de vidrio. Ya supérenlo, ¿no creen?

Harashima se levantó con la ayuda de una agarradera de plástico para conservar el equilibrio contra las sacudidas del camión. En su rostro apareció un destello de preocupación al escuchar las quejas de Kiyomi, pero apretó las mandíbulas y se dirigió a sus hombres.

—No hace mucho tiempo que nos unimos para combatir en Kashima con el objetivo de impedir una atrocidad. El loco de Akamatsu sometió a su control al dragón Namazu con la finalidad de perturbar el equilibrio.

Varias cabezas asintieron y algunos pares de pies frotaron el suelo. A Kenny no le sorprendieron los signos de incomodidad entre los miembros del grupo. Aquel día, muchos de los pasajeros de la camioneta fueron heridos, y varios tuvieron que sepultar a sus amigos.

—Gracias a la ayuda de Kuromori-*san*, el predilecto de Inari, logramos prevalecer.

Harashima indicó con la cabeza a Kenny, quien sonrió avergonzado al sentirse aludido de esa manera.

—Sin embargo, antes de partir hacia Kashima, exploramos otras posibles guaridas del dragón en los desagües bajo la ciudad de Tokio.

—En efecto —le murmuró Kiyomi a Kenny—. Ésa fue tu idea. Qué brillante.

—Sabemos que esa búsqueda fue una equivocación —declaró Harashima—; a pesar de todo descubrimos algo antes de irnos de ahí. Miren esto.

Les entregó una carpeta delgada. Cada hombre le echó un vistazo y enseguida la pasó al que tenía a su lado. Cuando llegó a manos de Kenny, Kiyomi se inclinó para verla. A él le llevó un momento registrar lo que tenía ante los ojos, y entonces tuvo que hacer un esfuerzo para dominar las náuseas.

—La primera foto fue tomada en el mes de julio —indicó Harashima—. Las otras son más recientes.

—Déjame ver eso —dijo Kiyomi y tomó la carpeta de los dedos sin fuerza de Kenny.

—Hasta donde es posible distinguir —continuó Harashima—, son los restos de tres hombres, probablemente vagabundos que buscaron refugio en los túneles de descarga.

—Pero, señor... —intervino Kenny, articulando sus palabras con dificultad— parece que... uno de ellos... ¿fue partido en dos a mordiscos?

—Así es.

—¿Qué cosa pudo hacerle eso?

Al notar la repugnancia de Kenny, la expresión de Harashima se suavizó un poco.

—Existen muchas criaturas, Kuromori-*san*, que viven en la oscuridad y devoran carne humana. Ya conoció a algunas de ellas.

—¿Y nosotros vamos...?

—Al norte, a Kasukabe, donde se ubica el Shutoken Gaigaku Hosuiro, el mayor sistema de drenaje del mundo, que también se denomina Proyecto de los Toneles G.

Kenny se sintió obligado a hacer otra pregunta, aunque temía la respuesta:

—¿Por qué vamos ahí?

—Esta noche el cazador será cazado. Un *yokai* se ha pasado de la raya y nuestro deber bajo juramento nos obliga a detenerlo.

Los ojos de Kenny recorrieron el grupo de pasajeros.

—Sin ánimo de ofender, señor, pero ¿tiene usted suficientes hombres para esta misión?

Harashima sonrió.

—Por supuesto, Kuromori-*san*. Contamos con usted.

*

Noventa minutos después, el eco de los pasos de Kenny resonó en la estrecha escalera que bajaba a las profundidades de la tierra.

La camioneta los dejó en la entrada del Proyecto de los Toneles G, donde los recibió con un saludo el jefe de ingenieros. Harashima hizo las presentaciones y, aunque Kenny no entendía más que unas cuantas palabras de japonés, oyó que se mencionaba el nombre de Sato. El tío de Kiyomi pertenecía al Servicio Secreto japonés; sólo alguien como él tenía suficiente poder para que un grupo de hombres armados se introdujera a instalaciones del gobierno sin tener que responder preguntas.

—¡Vaya, qué extraordinario lugar! —comentó Kenny, asomado sobre la pared baja de concreto junto a las escaleras—. Tienes que ver esto.

Puso las manos sobre la piedra húmeda y contempló el panorama, mientras Kiyomi descendía con mucha lentitud. Se tomaba su tiempo y se movía con desgano, algo raro en ella. Kenny creyó comprenderla; después de todo, la experiencia subterránea anterior de Kiyomi le costó la vida. Cualquiera lo pensaría dos veces antes de bajar a la oscuridad húmeda y fría, aunque ella jamás iba a aceptar que tenía miedo.

—¿Es eso una nube? ¿Bajo tierra? ¿Adentro de un cuarto? —preguntó Kiyomi, parada a un lado de Kenny.

Frente a ellos se extendía un inmenso tanque de concreto, tan largo y ancho como la Abadía de Westminster y no menos alto que el Palacio de Buckingham. Del suelo se alzaban enormes soportes de concreto, como las columnas de una gran catedral. La parte inferior de esos pilares se hundía en el agua, de donde emanaban nubes fantasmales de vapor.

—Eso parece. Este lugar tiene suficiente tamaño para generar su propio clima —repuso Kenny, mientras continuaba su descenso, aunque el frío y la humedad lo hacían temblar—. ¿Dónde están los demás?

—Si te esforzaras más por aprender el idioma japonés, entenderías lo que papá nos explicó. Hay otros cinco tanques de agua, y están conectados por más de seis kilómetros de tuberías, cada una de once metros de ancho. Asignó a dos hombres para cada tanque y los demás están explorando los túneles. Todos tenemos detectores de movimiento, rastreadores y radios. El plan consiste en localizar al monstruo, pedir ayuda y salir rápido.

Kenny pensó un poco en esa información y sus ojos se abrieron más al asimilarla.

—¡Huy! ¿Quieres decir que estamos los dos solos? El eco le devolvió el sonido de su propia voz cargada de preocupación.

—¿Qué? ¿Acaso tienes miedo? Tú eres el amo de la espada.

—Sí, sólo que... ¿Viste *El Señor de los Anillos*? Este lugar se parece a las cavernas de los enanos, la parte en que todos los monstruos bajan del techo.

Kenny escrutó la oscuridad, intentando detectar la menor señal de movimiento.

—Gracias por recordarme, como si no bastara con lo espantoso del lugar —ironizó Kiyomi, con un estremecimiento—. *Odio* estar bajo tierra.

Sacó una linterna y al accionar el interruptor arrojó un poderoso haz luminoso a la niebla.

Kenny se echó al agua helada, que le llegaba a la cintura.

—¡*Uf!* —se quejó—. Qué mal día para usar zapatos deportivos.

En cada uno de los pilares gigantescos había reflectores eléctricos. El resplandor sobre la piedra pálida y curvada asumía el aspecto de estalactitas de luz que perforaban la neblina sobre la superficie.

—Todo esto es por tu culpa —gruñó Kiyomi al tiempo que avanzaban en el agua por la cámara subterránea.

—Y ahora ¿qué hice? —objetó Kenny, que apretaba las mandíbulas para que no le castañetearan los dientes.

—Tú le sugeriste a papá que enviara a sus hombres aquí abajo, para buscar a Namazu. Si te hubieras quedado callado, entonces no habrían encontrado... ¿sabes?... las sobras.

—¿Y por qué es mi culpa? —protestó Kenny—. Yo no sabía nada de lo que pasa aquí.

Decidió que era mejor cambiar de tema:

—En todo caso, ¿para qué sirve este lugar? No es nada más que un drenaje.

—¿Crees que nada más es un drenaje? ¿No tienes idea de la importancia de estas instalaciones?

—La verdad, no —admitió Kenny y encendió el detector de movimiento que llevaba agarrado y tenía aspecto de un navegador por satélite.

—¿Sabes lo que es un tifón? Un huracán con vientos de por lo menos ciento veinte kilómetros por hora y precipitaciones hasta de un metro cada día. Con regularidad, Tokio sufría inundaciones que causaron millares de ahogados, y por eso se construyó este sistema. Los cinco toneles gigantes reciben el agua de cada uno de los cinco ríos, como un desagüe masivo para tormentas. El tanque en donde estamos nosotros es para el flujo final. Desde aquí, el agua de la inundación se bombea hacia el río Edo. De no ser por esto, algunas partes de Tokio estarían bajo el agua. Ya ves qué importancia tiene.

—Bueno, bueno, entiendo —dijo Kenny, y se detuvo para oler la superficie brillante—. De modo que es agua de lluvia, ¿verdad? ¿No hay aguas negras ni excrementos flotantes?

—No, a menos que tú tengas tanto miedo que... ¡aaaaaay!

Kenny se sobresaltó y estuvo a punto de soltar el detector de movimiento. La linterna de Kiyomi iluminó un bulto peludo que enseguida se hundió en la niebla.

—¿Qué demonios fue eso? —preguntó Kenny con voz entrecortada.

—Una rata —respondió Kiyomi, estremecida de asco—. *¡Puaj!* Una de las grandes, además.

—¿Por qué no apareció en este aparato? —cuestionó Kenny, alzando el detector—. ¿Está estropeado?

—No. Está calibrado sólo para objetos grandes. De lo contrario, se activaría con cada rata y cada cucaracha.

—¿Objetos grandes? ¿Qué, como esta mancha azul aquí?

—Déjame ver eso —dijo Kiyomi y le arrebató el detector a Kenny—. Oh, maldición, Kenny, estamos indefensos aquí. ¡Atrás, rápido!

—¿Por qué? ¿Qué es?

Una ola poco profunda sacudió la niebla. Tras ella se oyeron los frenéticos chillidos de centenares de ratas.

—Oh, Dios mío —exclamó Kiyomi, y se lanzó al agua, donde desapareció.

Kenny giró sobre sus talones, se agachó y, al ser alcanzado por la ola de roedores, sintió que muchos pies y garras diminutas pasaban sobre su espalda, hombros y cabeza. Todavía con el detector de movimiento en la mano, abrió un ojo para verificarlo mientras las ratas se dispersaban y se alejaban nadando en todas direcciones. La mancha azul grande se le acercaba desde atrás.

Kenny se dio vuelta al mismo tiempo que el agua explotó tras él. Una enorme forma blanca surgió de la niebla con un rugido ensordecedor, las mandíbulas en forma de caverna repletas de largos dientes afilados.

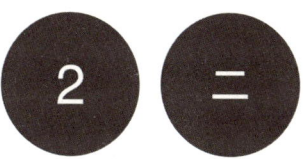

El tiempo se detuvo mientras el cerebro de Kenny reconocía lo que sus ojos miraban, aunque simultáneamente se rehusaba a aceptarlo. La contradicción produjo un efecto paralizante mientras pasaba sobre él la sombra del gigantesco cocodrilo albino, que lanzaba mordiscos hacia su pecho.

Kiyomi surgió del agua de un salto y se arrojó sobre Kenny para hacerlo a un lado. El choque del agua fría despertó a Kenny a la realidad del momento. Pataleó con frenesí y dio grandes brazadas para poner distancia entre él y el monstruoso reptil, y no se detuvo hasta que llegó al pilar más cercano.

—¡Kiyomi! —gritó hacia el vacío.

—Aquí estoy —respondió ella, y encendió su linterna desde atrás de otra columna.

—¿Qué hacemos? ¿Dónde está el cocodrilo?

Kenny recorrió con la mirada las aguas oscuras, temblando de frío.

—Quizá se está moviendo para volver a... ¡*Cuidado*! Kenny reaccionó sin pensar. Dio un salto hacia atrás, como gimnasta olímpico, y se alzó por el aire a seis metros de altura. El reptil inmenso se revolvió bajo él y alzó una gran onda acuática antes de volver a hundirse. Con un chapuzón poco elegante Kenny cayó de panzazo al agua. Su mente captó una instantánea del cuerpo del monstruo, blanco como un hueso, con ojos mortecinos y filas de pequeñas pirámides marfileñas a lo largo de la espalda.

—Ahora mismo lo que nos conviene es tener un plan —propuso Kenny, y convocó a Kusanagi, la espada sagrada, que enseguida apareció en su mano y le confirió una sensación de confianza.

—De acuerdo —contestó Kiyomi—. Tú mantenlo ocupado, yo me encargo de lo demás.

Kiyomi apagó su linterna y desapareció en las tinieblas.

—¿Qué clase de plan es éste? —gritó Kenny, agitando la espada frente a él—. ¿Por qué no lo mantienes ocupado *tú* mientras *yo*...? ¿Kiyomi? ¡Oh, genial!

Escudriñó la oscuridad en busca de burbujas o perturbaciones en la superficie del agua.

—Aquí, bichito, ven aquí, Kenny tiene una sorpresa para ti.

Se le erizaron los pelos de la nuca. Kenny giró y se apartó de la inmensa columna de piedra. El cocodrilo pasó a su lado, pero lo derribó un latigazo de la potente cola y soltó la espada al caer al agua. El monstruo dio la vuelta a un pilar y volvió a embestir al chico.

Kenny tanteó bajo el agua oscura para encontrar la espada. El cocodrilo abrió las mandíbulas, y pareció que sonreía cuando volvió a atacar.

—¡Kenny, ahora! —gritó Kiyomi.

La joven saltó de una de las columnas y cayó sobre la espalda del animal, con su *tanto* en la mano. Alzó la espada corta para clavarla en un golpe mortal.

En ese mismo instante, Kenny abandonó la búsqueda y canalizó su espíritu interno —el *ki*— hacia la mano derecha. Sintió que los lazos de energía se concentraban en sus nudillos. El cocodrilo estaba tan cerca que podía sentir su aliento fétido.

—¡*Chikara*! —gritó Kenny.

Esquivó las mandíbulas que intentaban aplastarlo y hundió el puño en el cráneo de la bestia, donde abrió un cráter, lo cual tuvo el efecto súbito de detenerlo como un auto que choca contra un muro. El cuerpo del reptil dio una voltereta y lanzó a Kiyomi por el aire al otro extremo de la cámara subterránea.

Kenny soltó una maldición, extrajo el brazo y se sacudió de la mano los tejidos viscosos de masa encefálica. Enseguida fue en busca de Kiyomi, pero era innecesario que se molestara.

—¡Qué idiota eres! —gritó la chica, al emerger del agua—. ¡Ya lo tenía! Estaba a punto de matarlo cuando tú… ¡de pronto hiciste eso!

—Se me cayó la espada. ¿Qué otra cosa podía hacer? —explicó Kenny, con las manos extendidas en un gesto de pedir perdón.

—Pues tienes suerte de que yo también haya soltado la mía. ¡De no ser así, te sacaba las tripas ahora mismo! —gruñó Kiyomi, y lo hizo a un lado para dirigirse a las escaleras.

—¿Qué le pasa? —murmuró Kenny para sí mismo—. Además, ¿desde cuándo puede ver en la oscuridad?

—¡Fue una trampa! —declaró Kiyomi al tiempo que daba un puñetazo en la mesa para acentuar sus palabras.

—¿Por qué lo dices con tanta seguridad? —le preguntó Harashima—. Pienso que nuestra información fue confiable.

—Papá, no me vengas con que te crees los mitos urbanos acerca de cocodrilos en el drenaje.

Se hallaban de vuelta en la residencia de Harashima, en el salón principal, dos horas después de salir de Kasukabe. Kenny, ataviado con una bata, se hallaba sentado frente a una taza de chocolate caliente mientras intentaba seguir el intercambio.

—Uno: los cocodrilos son animales de sangre fría. Es imposible que pudiera vivir un largo tiempo en esa agua tan gélida. Dos: necesitaría mucha más comida de la que se encuentra en el río —arguyó Kiyomi, que llevaba la cuenta con los dedos—. Tres: ¿cómo consiguieron acceso los vagabundos al Proyecto de los Toneles G, para acabar siendo devorados? Y cuatro: ¿qué probabilidades hay de que fuéramos precisamente *nosotros* quienes encontrarían a la horrible bestia, cuando nadie más pudo hacerlo? Me parece claro que fue una trampa.

Harashima encaró a Kenny.

—Kuromori-*san*, ¿qué piensa usted? ¿Se trata de una criatura natural o de un *yokai*?

Kenny frunció los labios.

—Parecía bastante normal, aunque Kiyomi tiene razón. Algo huele mal en este asunto.

—De acuerdo —asintió Harashima—. Daré instrucciones para recuperar el cuerpo y lo estudiaremos de cerca. Se condujo bien, Kuromori-*san*, muy bien, en verdad.

Puso una mano en el hombro de Kenny mientras hablaba.

—¡Hey! ¿Y yo qué? —ladró Kiyomi—. Le salvé el trasero a Kenny, una vez más, y estaba lista para liquidar al cocodrilo, hasta que este presumido decidió tener relaciones íntimas con él.

—¿Íntimas? —replicó Kenny—. ¿Qué? ¿Tienes envidia porque soy mejor que tú para estas cosas de magia?

—¡Ja! ¿Yo, envidia de ti? ¡Será en tus sueños!

—¡Basta! —intervino Harashima—. Kiyomi-*chan*, a tu cuarto ahora mismo.

Antes de salir con movimientos bruscos, Kiyomi los miró con furia. Harashima cerró los ojos, inhaló profundamente y contuvo el aliento. Contó diez segundos y después exhaló despacio.

—Tuve un motivo ulterior para ponerlos juntos el día de hoy —le confió a Kenny—. ¿Cómo describe usted el estado... emocional de Kiyomi-*chan* esta noche?

—Pues, no sé qué decir... —respondió Kenny, y se pasó la mano por el pelo mojado para ganar tiempo. No deseaba contribuir a estropear la relación de Kiyomi con su padre, pero al mismo tiempo su conducta no podía ser más extraña.

—Es lo que yo pensaba —concluyó Harashima—. Como se dice en estos días, mi hija tiene problemas para manejar su enojo.

—¡Es cierto! —convino Kenny—. Siempre ha tenido un lado feroz, pero a últimas fechas ha rebasado todos los límites.

—Algo no está bien, Kuromori-*san* —observó Harashima, con la frente arrugada—. Como sabe, mi familia ha hecho juramento de conservar el equilibrio, de mantener controlados a los *yokai* para evitar que las fuerzas del caos hundan a Japón en un estado primitivo.

—Sí, señor —afirmó Kenny.

—No sé cómo cumplir nuestra misión si mi propia familia se desgarra. Kuromori-*san*, quiero que usted me prometa algo.

Kenny sospechó que no le agradaría la petición que estaba a punto de escuchar, pero no podía negarse.

—Está bien.

—Si algo llegara a sucederme y no fuera capaz de continuar como líder de esta organización, mi voluntad es que usted sea mi sucesor como comandante de mis hombres.

Kenny parpadeó.

—N-no puedo hacer eso, señor. Soy solamente un chico. Y un *gaijin*. Nunca me aceptarían. Sin duda, su hermano es el más indicado. Además, a usted no le sucederá nada.

Harashima hizo una reverencia profunda.

—Kuromori-*san*, tarde o temprano a cada persona le llega el fin de sus días. Mi esperanza consistía en que Kiyomi-*chan* tomara mi lugar, pero en el estado en que se encuentra ahora…

Se oyeron unos golpecitos en la puerta, la señal de que había llegado el transporte para llevar a Kenny a su casa.

Ya era la medianoche cuando Kenny entró al departamento de dos recámaras que compartía con su padre en Shibuya. Sin hacer ruido metió la llave en la cerradura y abrió la puerta.

—¿Kenny? ¿Eres tú? —preguntó la voz de su padre desde la habitación principal, un área combinada de sala y comedor con una cocineta.

—Sí, papá.

Kenny se quitó el calzado empapado y pasó al interior. Charles Blackwood se levantó del escritorio en el rincón donde trabajaba con la computadora y se acercó para abrazar a su hijo.

—*Uf*, estás mojado —observó Charles, y olfateó el pelo de Kenny—. Hueles a pantano. Báñate antes de ir a la cama.

—De acuerdo, de acuerdo —aceptó Kenny con un bostezo—. Y mañana tengo escuela.

—¿Hiciste la tarea?

—Aún no. La haré en el tren.

—Ese método no es el mejor. ¿Quieres algo de comer? ¿Una bebida caliente?

—No. Ya tomé algo en casa de Kiyomi.

Charles cruzó los brazos.

—¿Entonces? ¿Qué tal el trabajo?

—Ya sabes que no puedo hablar de eso, papá. Es por tu propia seguridad.

—Bueno, entonces ¿de qué sí puedes hablar?

Charles contempló el aspecto de su hijo y añadió un comentario:

—Kenny, no lo tomes a mal, pero tu apariencia es terrible.

Kenny se rio.

—*Uf*, menos mal que suavizas tu apreciación.

—Hablo en serio. No quiero restarle importancia a lo que haces, pero... resulta muy difícil para mí actuar como tu padre, aunque por esa razón viniste a vivir aquí. Te veo muy poco. Siempre estás con los Harashima o en la escuela. ¿Cuándo pasaremos juntos algo de tiempo?

Ya en el dintel de la puerta, Kenny aflojó su cuerpo.

—Ya lo sé. Mira, te propongo algo, papá. Mañana al terminar las clases eligen a los jugadores para integrar el equipo de futbol. ¿Quieres venir a ver las pruebas? Después podríamos ir juntos a comer.

—De acuerdo. Me gusta la idea de verte jugar.

—Gracias, papá. Ah, hay algo más que quiero preguntarte.

—¿Sí?

—¿Es solamente mi percepción o todas las chicas están locas?

Charles se rio por lo bajo.

—¿Qué hizo Kiyomi ahora?

—Nada, es que... Ella me preocupa, papá. Algo anda mal. Puedo sentirlo.

Charles frunció las cejas.

—¿Qué quieres decir?

A Kenny se le adelgazaba la voz, como si tuviera miedo de pronunciar las palabras.

—Me recuerda a mamá. Creo que está enferma. Enferma de verdad. Temo que quizá... se esté muriendo.

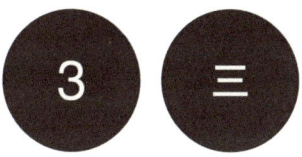

Con la bandeja del almuerzo en las manos, Kenny se dirigió a una mesa desocupada en el comedor de la escuela y se sentó. Tenía amplia experiencia en el papel del chico nuevo en una escuela, pues lo había desempeñado una gran cantidad de veces, y sabía cómo suceden siempre las cosas. Todos parecen amables, pero en realidad desean tomarle a uno la medida. Determinar qué clase de alumno es: ¿el payaso, el *nerd*, el que se pasa de listo, el atlético, el que recibe los golpes, el consentido del maestro? Cada salón tiene sus propios grupos y facciones. Quienes ya pertenecen a uno no necesitan a nadie más; los grupos son autosuficientes. Eso deja fuera a los otros, que quedan obligados a arreglárselas por sí solos. Éstos gravitan hacia cualquier alumno nuevo, con la esperanza de encontrar un aliado.

El problema residía en que Kenny aprendió a arreglárselas por su cuenta. Tiempo atrás dejó de buscar nuevas amistades, porque resultaba inútil. Continuamente lo cambiaban de escuela. Por eso era mejor no tener amigos y ahorrarse tantas despedidas difíciles. Pero las cosas ya no eran iguales, puesto que se hallaba inscrito en el Colegio Americano de Japón con la idea de estudiar varios años ahí. Tendría que acostumbrarse a esa nueva situación, pero alguien —nada menos que una diosa— le enseñó que era importante ser capaz de abrirse a los otros, si no quería atrofiar sus emociones y frustrar toda su potencialidad.

—¿Quieres oír un chiste? —preguntó la voz de una chica, interrumpiendo sus pensamientos—. ¿Qué le dijo un caballo a otro caballo?

Al alzar los ojos, Kenny vio destellos de una cabellera rubia, una piel tostada por el sol y una sonrisa deslumbrante.

—¿Por qué esa cara tan larga? —remató la chica.

Su risa era como burbujas que reventaban en un día de sol.

—Me llamo Stacey Turner —se presentó, tendiendo una mano mientras con la otra balanceaba su bandeja de comida.

Kenny se incorporó a medias y le estrechó la mano.

—¿Están ocupados los asientos? —preguntó Stacey, con una señal de los ojos hacia las sillas vacías.

—No, no. Por favor, bienvenida.

—¡Qué amable!

Stacey puso su bandeja frente a Kenny y depositó sus jeans sobre la silla.

—¿Eres el nuevo, verdad? Por el acento has de ser australiano, ¿no?

—No. En realidad vengo de Inglaterra.

Los ojos de Stacey se abrieron.

—*Huy*, qué divertido. Me encanta el acento inglés. Pronto, di: "¿Puedo ofrecerte una taza de té?"

Kenny se apoyó en el respaldo.

—No creo, no es eso...

—¡Oh, Dios mío, te ruborizas! Qué tierno.

Stacey se revolvió en su silla y agitó el brazo hacia otra mesa. Se oyó el ruido de movimiento de sillas y otras tres chicas se acercaron de prisa para formarse alrededor de un desconcertado Kenny.

—Ella es Julianne, ella es Nikki, y ésta es Sarah —anunció Stacey al presentarlas—. Chicas, éste es el nuevo alumno. Se llama...

—Um, Kenny —admitió él—. Kenny Blackwood.

Se sentía torpe, y pensaba que fue más fácil encararse con el cocodrilo gigante.

—¡Qué lindo es! —exclamó Julianne.

—¡Mira! ¡Se ha puesto colorado!

—¿Vienes de Inglaterra, dijiste? —añadió Sarah.

—Tengo que confesar algo —le dijo Stacey a Kenny mientras acallaba a sus amigas—. Nikki me apostó mil yenes a que no me atrevería a hablarte, pero la voy a perdonar.

—Y ¿por qué? —se arriesgó a preguntar Kenny.

—¡Porque eres tan tierno, por eso!

Kenny sintió que le ardían las mejillas mientras las chicas se desternillaban de risa.

—Te explico —continuó Stacey—. Te veías tan triste sentado tú solo que vine para animarte. Es lo que hacemos. Somos las animadoras de la porra.

—¿Las animadoras? —repitió Kenny, que al fin comenzaba a entender.

—Así es —admitió Stacey y puso su mano cálida sobre la de él—. Dime una cosa, ¿juegas *soccer*? Quiero decir, futbol.

—Un poco.

—Deberías asistir a las pruebas esta tarde para formar el equipo. También nosotras vamos a estar ahí.

—Pues, la verdad, eso planeaba hacer...

—¡Estupendo! Ahí nos vemos.

—Y te veremos las piernas —añadió Julianne, con un guiño.

De pronto, Kenny perdió el apetito y recogió su bandeja.

*

Al concluir las clases vespertinas, Kenny se apresuró a ir a los vestidores. Se puso su uniforme de futbol y salió a correr al pasto de la cancha para entrar en calor, sin olvidar hacer antes sus estiramientos. Sin expectativas, pero con algo de esperanza, alzó la vista hacia el graderío y recorrió las caras de los padres que asistían para ver a sus hijos en el proceso de selección.

Heagney, el entrenador, repasó la lista de nombres y llamó a los diez prospectos de jugadores para que hicieran una serie de ejercicios de control de la pelota alrededor de hileras de conos y arcos, además de toques rápidos de dos contra uno, mientras el primer equipo comenzaba su entrenamiento cerca de ellos.

—Quiero verlos durante dos minutos hacer controles de pelota, tantos como puedan sin perderla, y enseguida vamos a jugar un partido de práctica. Hay dos lugares disponibles en el equipo, y si quieren ingresar a él necesitan dejarme muy impresionado —les conminó Heagney sin dejar de mascar un chicle.

La voz de Stacey se dejó oír desde la banda lateral:

—¡Hey! ¡Kenny! ¡Kenny!

Kenny gruñó y quiso ignorar a las cuatro animadoras que agitaban sus pompones mientras ejecutaban sus movimientos coreografiados.

—¡*Uhh*, qué buena pierna! —añadió Julianne entre risas.

Kenny se concentró en mantener el balón en el aire. Llegó a veintiocho antes de que una voz rebuznara:

—Perdón por llegar tarde, entrenador. Me retuvieron por un castigo.

—¿De nuevo? —replicó Heagney con gesto agrio—. No lo hagas una costumbre, Brandon. No me agradaría tener que prescindir de ti en el equipo.

—Lo que sea —aceptó Brandon.

El recién llegado hizo una parodia de saludo militar al entrenador y se echó al suelo para hacer cincuenta lagartijas justo frente a las animadoras.

El entrenador reunió a los aspirantes y les entregó casacas de entrenamiento. Al llegar frente a Kenny se detuvo.

—¿Cómo te llamas, hijo?

—Kenny, señor.

—Te observé. Mueves bien la pelota. ¿Has jugado antes?

—Sí, señor. Mediocampista central.

Heagney movió la cabeza afirmativamente.

—Muy bien, muchachos. Éste es el equipo titular —anunció, con un ademán hacia los diez jugadores con el uniforme de la escuela, formados en la línea de banda—. Van a jugar dos partidos de cinco en cada equipo. Así los veré contra cada uno de los miembros del primer equipo. ¿Preguntas? Bien, entonces tomen un poco de agua y comenzamos.

Kenny dio unos tragos a una botella de agua cuando sintió que lo jalaban del hombro. A su lado estaba un chico alto y delgado del equipo titular.

—Soy Dionte —anunció—. Tú eres el nuevo, Kevin, ¿verdad?

—Casi. Me llamo Kenny.

—Kenny —repitió Dionte para grabarlo en su mente—. Te vi mover la pelota. ¿Eres bueno?

—Pasable, creo —declaró Kenny.

—No juegues demasiado bien, si entiendes lo que te quiero decir —le advirtió Dionte en voz baja—. ¿Ves a aquel grandulón? Es Brandon, el hijo del entrenador. Es la estrella del equipo, y le gusta su papel. Cuídate de él; de pronto le da por hacer daño.

—Vamos, señoritas —los llamó Heagney, y dio la señal de inicio.

El primer partido resultó en un empate 5-5, donde Kenny anotó dos veces y dio el pase para dos goles más del equipo de recién llegados.

En el segundo partido, Kenny se encontró frente a Brandon para la patada inicial.

—¿Te crees muy especial, eh? —masculló Brandon tratando de intimidarlo con su mayor estatura—. Ya lo veremos.

El juego comenzó con un pase adelantado de Brandon a Dionte en la banda izquierda. Enseguida el primero se lanzó a correr a un lado de Kenny y le administró un duro empellón al pasar junto a él. Kenny cayó con violencia sobre el pasto, pero rodó como le enseñó a hacerlo Kiyomi, y enseguida se puso de pie. Sin embargo, fue demasiado tarde. Dionte pasó el balón a Brandon, que dejó aplanados a dos defensores para meter la pelota entre los postes, sin que el portero pudiera hacer algo.

De inmediato, los del equipo titular volvieron a anotar. Tan pronto se reinició el juego, Brandon chocó a un jugador que pretendía esquivarlo, le quitó la pelota y la envió hacia el área chica, donde otro compañero se encargó de anidarla en las redes.

—Nos están haciendo papilla —dijo uno de los jugadores del equipo de Kenny—. El árbitro no les marca nada.

—Tengo una idea —propuso Kenny—. Ustedes dos corran uno por cada banda, para atraer a los defensores. Tú y tú quédense atrás, por si nos dan un contragolpe. Déjenme el espacio al centro.

—¿Estás seguro de esto? —preguntó alguno.

—¿Qué arriesgamos? Vamos perdiendo por dos goles.

El entrenador Heagney dio la señal de reiniciar.

—¿Ya están listos? —preguntó, y se puso el silbato entre los labios.

Kenny cerró los ojos y recordó su adiestramiento: toda la materia estaba compuesta por energía, y dicha energía podía ser dominada y conformada por la voluntad. Sus instrucciones le mandaban practicar esas disciplinas. Tal vez la ocasión resultara apropiada.

¡*Piiip!* Dionte tocó la pelota hacia adelante y Brandon se lanzó sobre ella como un rinoceronte a la carrera. Kenny llegó antes al balón, lo alzó con el dedo gordo del pie izquierdo y con el derecho lo chutó directamente hacia arriba, al tiempo que caía hacia atrás. El juego se detuvo mientras todos miraban a la pelota que subía cada vez más alto al cielo color durazno.

El entrenador Heagney volvió hacia arriba los ojos entrecerrados. La goma de mascar cayó de su boca abierta cuando la pelota se perdió de vista. Meneó la cabeza y barbotó:

—¿Qué diantres fue eso? ¿Perdiste el balón?

Kenny trotó hasta la portería contraria.

—¡Tú! ¡Blackwood! ¿No me oíste...?

La voz del entrenador se apagó cuando el balón reapareció cayendo del cielo. No tuvo ocasión de rebotar en el suelo, porque Kenny la metió al marco con el lado del pie.

—¡Parece una broma! —murmuró Heagney.

—¡No es válido! —aulló Brandon—. Ese balón ya estaba fuera de la jugada. El portero ni siquiera estaba en la meta.

—Dos-uno —sentenció Heagney, y alzó las manos para mostrar el marcador con los dedos—. La última jugada. El que meta gol gana.

—Puedes darte por muerto —ladró Brandon cara a cara con Kenny.

¡*Bzzzt*! Kenny sintió una vibración en su muñeca. Hizo una mueca y miró su reloj inteligente. El zumbido indicaba la recepción de un mensaje de Kiyomi. El texto era típicamente brusco: REÚNETE CONMIGO FRENTE A LA ESCUELA, DE INMEDIATO. TENEMOS PROBLEMAS. Kenny hizo un gesto de disgusto. Eso no prometía nada bueno. Inquirió:

—¿Entrenador? ¿Cuánto tiempo queda?

Heagney consultó su cronómetro abollado.

—Unos tres minutos.

—Genial —masculló para sí mismo Kenny; tendría que actuar con rapidez.

Sonó el silbato. Después de intercambiar varios pases cortos, Kenny recibió el balón y corrió hacia la portería opuesta. Burló a dos jugadores que quisieron detenerlo y estaba a punto de disparar cuando de reojo notó que Brandon volaba hacia él. Kenny sintió que le preparaba una plancha sobre las espinillas. Sin cambiar de ritmo, alzó el balón, le dio de tacón para pasarla sobre su cabeza y logró saltar sobre las piernas de Brandon.

Kenny cayó al pasto sobre las palmas de las manos; encorvó los hombros, encogió la cabeza y dejó caer los codos para rodar una vuelta completa hacia adelante. Enseguida se echó a correr al frente para hacer contacto con la pelota y vencer a un atónito guardameta. Oyó tras él a Brandon impactarse en el suelo.

—¡*Aaaah!* ¡Mi tobillo! Brandon rodaba en el suelo, aferrado a su zapato.

—¿Me puedo ir ya, señor? —preguntó Kenny.

—¿Qué...? ¿Cómo...? Sí, Blackwood, puedes irte.

Heagney agarró su botiquín de primeros auxilios y corrió hacia Brandon, que seguía dando alaridos.

Kenny salió a toda velocidad de la cancha de futbol.

—¡Kenny! ¡Eso estuvo incre...! ¡Hey! ¿Adónde vas? —le gritó Stacey cuando pasó como exhalación junto a ella.

—Soy un superhéroe. Tengo que ir a salvar el mundo —replicó Kenny por encima del hombro.

—¡Kenny Blackwood, regresa de inmediato aquí!

Stacey tiró al suelo sus pompones.

Kiyomi lo esperaba en su motocicleta de tecnología superavanzada, dando golpecitos impacientes en el suelo con el pie mientras revolucionaba el motor. Vestía su traje de cuero negro y llevaba alzado el visor de espejo de su casco, que reflejaba una estela de vapor en el cielo dorado.

Kenny notó que se le agitaba el corazón, como solía suceder cada vez que se encontraba con ella. Aminoró su carrera y se pasó la mano por el pelo para amansarlo.

Kiyomi lo recibió con una mirada de enfado.

—¿Por qué tardaste tan…?

Sus ojos se ensancharon y tuvo que hacer un esfuerzo para reprimir la sonrisa que se asomaba a sus labios.

—¿Por qué vas vestido de…? ¡No lo creo!

—Sí —confesó Kenny, y abrió los brazos—. Reconozco que he sido aceptado en el equipo. El entrenador anunció que necesitábamos impresionarlo. Fui tan bueno que me impresioné a mí mismo.

Kiyomi alzó una ceja.

—Ya veo. La modestia de siempre —replicó, y dio una palmada sobre el asiento tras ella—. Tenemos que ponernos en marcha. Alerta de ataque de varios *oni*.

—¿A plena luz del día? ¿Cuántos son?

—Por lo menos, dos. Papá sospecha que pasa algo grave, así que nos asignó la misión de observar y reportar.

Kenny se montó en la parte posterior de la motocicleta.

—¿Nada más observar? ¿Eres capaz de hacer eso? —dudó él.

—No me provoques. Sigo furiosa contigo por lo de anoche. Y por hacerme esperar.

Kiyomi se bajó el visor.

—Siempre estás furiosa conmigo —murmuró él al tiempo que la motocicleta partía silenciosamente.

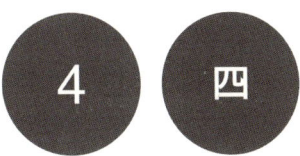

Kiyomi giró a la izquierda al pasar por la entrada de la escuela y repitió la maniobra enseguida para tomar una calle frondosa, bordeada a un lado por una serie de postes de telégrafo de los que colgaban cables negros. Kenny se aferraba al vehículo, mientras a su izquierda pasaban zumbando arbustos recortados y los amplios espacios verdes del parque Nogawa.

Kiyomi detuvo su máquina junto a una gasolinera.

—¿Por qué paramos? —preguntó Kenny.

Kiyomi dio un golpecito en la pantalla de su panel de instrumentos.

—Llegarán en cualquier momento. Mandé a Poyo que pusiera un emisor de señales en su vehículo. Van hacia el este.

—¿Desde cuándo los *oni* andan en automóviles? ¿En qué clase de vehículo? —insistió él.

En ese momento pasó junto a ellos una camioneta grande de reparto, pintada en colores crema y azul turquesa. Al costado el logotipo mostraba un gato negro que llevaba un gatito en la boca.

—En ése —indicó Kiyomi, y accionó el acelerador dejando manchas de hule quemado en el pavimento.

La camioneta iba rozando el camellón central de hierba y encendió la direccional de la derecha para el siguiente crucero. El sol se comenzaba a hundir bajo el horizonte, y frente a ellos se extendían sombras largas. Kenny intentó leer la señal delante de ellos, con texto en inglés bajo los símbolos japoneses.

—¿El estadio Ajinomoto? ¿Los *oni* van a ver el futbol?

Kiyomi alzó los hombros.

—¿Quién sabe? Es también el camino del aeropuerto.

Después de unos quinientos metros, la camioneta de reparto se salió de la carretera y giró a la derecha para tomar una pista de asfalto rojo. Kiyomi se detuvo junto a la acera.

Kenny leyó el letrero desplegado encima de ellos.

—¿Kokuritsu Tenmondai? ¿Qué demonios es eso? —inquirió.

—El Observatorio Astronómico Nacional —respondió Kiyomi—. Donde hay telescopios para mirar las estrellas.

La camioneta de reparto se metió apretadamente entre dos columnas de piedra, cada una rematada por un globo luminoso, y se detuvo en una caseta de seguridad a la derecha.

—Y ahora ¿qué? —dijo Kenny—. ¿Tenemos que seguirlos?

—Demasiado obvio. Se supone que sólo vamos a observar.

El conductor de la camioneta le entregó un paquete al guardia y se introdujo en el área restringida.

—Puedo bajarme de la moto y entrar sin que me vean —propuso Kiyomi, que escudriñaba las hileras de árboles y la cerca baja perimetral.

—¿Y yo qué? —inquirió Kenny.

—Ni hablar. Vas vestido de futbolista. No puedes ser más llamativo.

A Kenny se le agrió el rostro.

—Vine para nada, muchas gracias. ¿Para qué me trajiste, entonces? ¿Qué tal si yo…?

Sus palabras siguientes fueron arrastradas por una onda expansiva de aire ardiente acompañada de una explosión que salió de la cabina de seguridad. Una bola de fuego ascendió por el aire mientras caían fragmentos de escombros.

—¡Santa desgracia! —gritó Kenny—. ¡Muévete!

—¡Se supone que sólo debemos observar! —repuso Kiyomi, con la voz a todo volumen.

—¡Eso ya no es válido! Están matando gente. ¡Vamos!

Kiyomi aceleró el motor.

—No olvides que la idea es tuya —le advirtió—. ¡Agárrate bien!

La motocicleta cruzó como relámpago las maltrechas puertas de hierro del observatorio. La entrada al edificio principal quedaba oculta, en parte, por una desviación donde se alzaba un grupo de palmeras rodeado de altos arbustos recortados en formas caprichosas.

Kiyomi giró a la izquierda y derrapó para evitar el obstáculo.

—¡Ahí van! —gritó Kenny, señalando hacia la camioneta, que desaparecía tras una construcción color ciruela a la derecha.

—¿Qué pretenden? —preguntó Kiyomi, acelerando—. ¡Esto no tiene sentido!

Pasaron como exhalación junto a un pequeño estacionamiento y rodearon el edificio de tres pisos. Frente a ellos, al otro lado de una avenida corta, vieron una estructura circular blanca, con un domo de paneles metálicos.

La camioneta de reparto frenó con un rechinido de neumáticos junto a una escalera que conducía al observatorio. Dos figuras enormes abrieron de golpe las portezuelas traseras.

—Dos *oni* —gruñó Kiyomi con los ojos entrecerrados—. Vamos a…

La interrumpió un cegador relámpago de luz. Kenny apenas tuvo tiempo de encogerse antes de que una oleada de aire caliente los derribara a ambos lados de la motocicleta. Una parte del edificio más cercano a ellos explotó con un estruendo ensordecedor. El cielo del atardecer dio varias vueltas alrededor de la cabeza de Kenny. La fuerza del estallido lo lanzó por el aire antes de caer sobre un pequeño arbusto. Se incorporó poco a poco, con la explosión resonando dentro de los oídos. Por el aire volaban hojas impresas, muchas bordeadas por lenguas anaranjadas de fuego.

—¡Kenny!

Kiyomi ya estaba de pie, alzando la motocicleta del suelo.

Ella apuntó al edificio fracturado.

—Adentro hay gente atrapada. Ve tú a ayudarlos. Yo me encargo de los *oni*.

Pasó la pierna sobre la moto.

Kenny abrió la boca para protestar, pero Kiyomi no le dio oportunidad:

—No discutas. Eres mejor que yo para eso. Soy capaz de lidiar sola con dos *oni*.

Salió disparada hacia la estructura del domo, en zigzag entre trozos de escombros regados en el pavimento.

—¡*Tasukete*! ¡*Tasukete kure*! —gritó una voz de mujer, apenas audible entre el estrépito de las alarmas de incendio.

La voz provino de arriba, y al alzar la vista Kenny vio dos puños golpear un vidrio agrietado de una ventana, dejando en su superficie huellas rojas. Detrás de ella se percibía un resplandor anaranjado; las fisuras del techo destrozado vomitaban densas nubes de humo negro.

Kenny inhaló profundo, dio unos pasos atrás y corrió hacia el edificio en llamas. Al llegar a la acera, flexionó las rodillas y dio un salto, con la frente fruncida por el esfuerzo de concentración. Una corriente repentina de viento lo impulsó hacia arriba y aterrizó en la ventana, unos ocho metros arriba del suelo.

—¡Atrás! —le indicó Kenny a la mujer.

Llamó a Kusanagi, la Espada del Cielo. La hoja de acero resplandeció en su mano y Kenny la pasó alrededor del marco de la ventana, con un corte terso como si fuera un trozo de plástico. Los paneles cayeron hacia el interior y Kenny entró al edificio. La japonesa lo miraba sin dar crédito a sus ojos.

—¡Vamos, de prisa! —Kenny alzó la voz por encima de las alarmas y el crepitar del fuego—. ¡Hay que salir de aquí antes de que se derrumbe el techo!

—¿Salir? ¿Hacia dónde? —replicó la mujer, que miraba hacia todas partes.

Kenny corrió a la puerta, pero retrocedió al sentir el aire ardiente que llegaba por el corredor. El edificio se quejaba como una bestia herida, y Kenny sintió que el suelo cedía bajo sus pies.

—¡A la ventana! —gritó él—. ¡Ahora!

Puso el brazo alrededor de la mujer para empujarla hacia adelante, pero fue demasiado tarde. Una sección del suelo se partió con un estruendoso crujido, justo debajo de Kenny, que cayó dando tumbos en las ruinas humeantes del piso de abajo, seguido por la mitad del techo.

*

Después de estacionar la motocicleta, Kiyomi se arrastró por un oscuro corredor que conducía al interior del observatorio. En el aire húmedo bajo el domo resonaban voces guturales, primero indistintas, que poco a poco se hicieron más discernibles.

—¿Urg-ra n'guh-n-hak ra-rar ng gah... con esta estupidez de cosa?

—¿Y yo qué sé? —replicó el otro *oni*—. Ya aprendí a no hacer demasiadas preguntas. Dame ese poste. ¡Ése no! El otro, el que está atrás de ti. El del número.

Kiyomi oyó el choque de metal contra metal.

—¿Tú crees que esto funcione? —volvió a cuestionar el primero de los *oni*—. ¿Cuánto pesa esta cosa?

—Diecisiete toneladas, más o menos.

—¿Lo va a soportar el armazón?

—Sólo necesita aguantar mientras cortamos la montura.

—Y los demás, ¿dónde están? Ya se les hizo tarde. ¿Por qué...? ¡Espera!

El *oni* soltó dos resoplidos.

—¿Qué te pasa ahora?

—Me pareció sentir olor a humano aquí.

Kiyomi se quedó helada, y apretó el cuerpo contra la pared.

El *oni* volvió a olfatear.

—*Uh*. Se ha ido.

—Sólo es el olor de tu trasero. ¿Dónde está el cable?

Entre los choques de metal y los gruñidos de los *oni*, Kiyomi se aproximó al final del pasillo que partía de las escaleras de la entrada. Los ogros habían entrado por un acceso al nivel del suelo y estaban en la sala ecuatorial, la enorme cámara circular que se extendía bajo el domo a veinte metros de altura.

La presencia dominante en la sala la constituía un enorme telescopio de doble cañón color crema, de doce metros de largo y casi un metro de ancho. Estaba montado a un ángulo de 45 grados sobre un complejo sistema de ruedas, engranes, poleas y palancas, todo ello equilibrado sobre una gran columna de acero sólido pintada de blanco.

Desde el centro del techo salían vigas de madera, en un diseño que evocaba el armazón de un paraguas gigantesco, para formar una bóveda por medio de miles de planchas interconectadas. Los encargados de construirlo en 1929 fueron armadores de barcos, quienes aplicaron en el proyecto del domo sus conocimientos sobre la fabricación de cascos náuticos.

—Cuidado, cuidado... ¡Ya lo tengo!

Kiyomi estiró el cuello y vio a los dos *oni* que trabajaban en el piso de abajo. Uno era color rojo ladrillo con un solo cuerno que le salía de la frente; el otro azul celeste, con un colmillo astillado. Rojo cargaba una estructura de tubo de acero en forma de A, mientras Azul ponía las patas de la estructura sobre el muro exterior de concreto. A sus pies, varias bolsas de lona mostraban por la apertura postes de andamios y cables pesados de acero. Ambos *oni* vestían overoles color plata.

—¡Más aprisa! No quedan más que cinco minutos para terminar de alzarlo —dijo Rojo, que colocó el andamio contra otra estructura en A, de modo que se formaron los dos lados de una pirámide, con la punta encima de la montura del telescopio.

—Más vale que lleguen pronto con la sierra —gruñó Azul, que fijaba las secciones con remaches.

Kiyomi se sobresaltó cuando se abrieron de golpe las puertas dobles detrás de ella. Al girar vio dos sombras que bloqueaban el marco de la puerta: más *oni*.

—La fiesta no empieza hasta que llegue yo —atronó la voz del que iba adelante—. Ya pueden poner la música.

Kiyomi maldijo en voz baja; dos *oni* eran un desafío, pero cuatro resultaban mortales... ¡Y ella estaba atrapada en medio de ellos!

Los dos recién llegados avanzaron hacia ella por el corredor.

—No puedo... aguantar... esto... mucho... más... tiempo —masculló Kenny con los dientes apretados. La mujer tosió y agitó la mano para aclarar el aire lleno de polvo. Sus ojos se ensancharon al ver el cuerpo encorvado de un adolescente con ropa de futbolista, que sostenía una viga de soporte estructural por encima de ella.

—*Muri, da* —dijo ella con dificultad.

—Tengo... un punto de... apoyo, pero... esto pesa... una tonelada —explicó Kenny.

La mujer se puso a cuatro patas y contempló los daños. Los dos pisos de arriba colapsados arrojaron toneladas de escombros al interior, pero la pared exterior seguía intacta. Se veía el vago resplandor de una ventana. La mujer comenzó a arrastrarse hacia ella.

Tan pronto vio que ella estaba a una distancia segura, Kenny torció el cuerpo antes de soltar la viga de acero con la sección de losa de concreto adosada a ella, y dejó que se desplomara en el piso con un impacto ensordecedor. Se puso las manos en la zona lumbar de la espalda y se enderezó, y su complexión plateada volvió a la tonalidad normal de su piel tan pronto su cuerpo abandonó el estado invulnerable de metal que había adoptado.

—¡No puedo! —exclamó la mujer, que en su frustración daba golpes a una viga retorcida. Kenny se abrió paso entre los escombros para llegar a su lado. Estaban casi en la ventana, pero una viga desprendida les bloqueaba el camino.

—Atrás —le ordenó Kenny al tiempo que convocaba a la espada.

El acero reluciente se materializó en su mano, y de un solo tajo partió en dos la viga.

—Vamos.

Despidió de nuevo a la espada y auxilió a la mujer para salir por la ventana destrozada a una franja de pasto en el exterior, donde tomaron varias bocanadas de aire fresco y dulce.

—¿Quién *eres* tú? —inquirió la mujer—. ¿Cómo pudiste...? ¿Qué pasó con esa espada?

—Es una larga historia —replicó Kenny, mientras alzaba los hombros y se pasaba la mano por el pelo polvoriento.

El estrépito de sirenas anunció la llegada de ambulancias provenientes del cercano Hospital Hasegawa. Con botiquines de primeros auxilios en la mano, surgieron a la carrera del edificio principal grupos de personal con bata blanca para asistir a los sobrevivientes ensangrentados. La mujer se perdió en la multitud de sus colegas, quienes hablaban todos al mismo tiempo.

Kenny se dejó caer sentado en el pasto y se permitió una sonrisa satisfecha, que no tardó en borrarse de su rostro.

Se presentó una nueva explosión en los restos del piso superior, que derramó una lluvia de cristales rotos sobre la multitud de observadores. Kenny saltó sobre sus pies y alzó los ojos entrecerrados al edificio en ruinas, un tercio del cual se desplomó. De las ventanas del piso de arriba emanaron nubes de humo y los residuos de una escalera contra incendios quedaron colgados de un muro. Fue entonces que oyó los gritos de la gente atrapada en el interior.

El edificio crujió de nuevo y osciló levemente, a punto de desplomarse en cualquier momento.

No había tiempo que perder. Kenny se echó a correr.

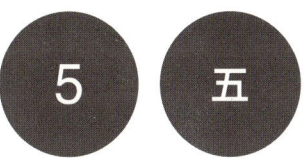

Kiyomi se vio atrapada entre los dos *oni* que iban hacia ella y los otros dos que trabajaban en la sala ecuatorial. Afortunadamente, el entrenamiento y los instintos de Kiyomi vinieron en su auxilio. Sintió en las entrañas el impulso de ocultarse, pero el corredor era pequeño y no ofrecía ningún escondite; su aprendizaje le ordenaba tomar la iniciativa y pasar de la defensa al ataque. Kiyomi optó por la enseñanza recibida.

—¡*Kiiii-aiii!* —gritó en el momento en que salió de su posición protegida. Puso las manos en el suelo para darse impulso y empujó con los brazos. Flexionó las rodillas al máximo, dio una voltereta en el aire sobre la cabeza de los *oni* y aterrizó con la gracia de un felino sobre la montura horizontal del telescopio.

El *oni* azul reaccionó enseguida. Soltó un rugido, levantó el poste de acero que tenía en la mano y lo blandió contra Kiyomi, con el propósito de aplastarla como a un insecto.

—¡No! —ladró uno de los recién llegados. En su mano apareció un destello. En el domo resonó un disparo y la cabeza de Azul explotó como un globo de agua. Kiyomi se quedó paralizada, con una mano metida en el hueco entre los dos tubos. Convertido en polvo, el cuerpo convulsivo del *oni* azul se desmoronó y el largo cañón de la pistola giró para apuntar a la chica. La escasa luz se reflejó en la mano que la agarraba.

—Creo que mis instrucciones fueron claras —comentó el recién llegado dirigiéndose a Rojo, que al empalidecer se había vuelto rosa—. Es preciso evitar que el telescopio sufra el menor daño. Y, hablando del tema…

CLIC-CLIC. Con el pulgar cargó el gatillo de la pesada pistola y centró la mira en el pecho de Kiyomi.

—Quítate de ahí. En este momento.

Kiyomi no esperó a que se lo dijera otra vez. Se irguió con los brazos extendidos, se agarró de la estructura de metal ensamblada a medias y se columpió para saltar hacia la pasarela circular, que también servía como mirador para visitantes, situada en el borde superior del recinto, donde limitaba con el domo.

—Quédate quieta allá, donde no estorbes, y no te mataré —advirtió el *oni* de la pistola—. ¿De acuerdo?

—De acuerdo —repuso Kiyomi.

Debido a la distancia, no lo distinguía con claridad, pero le pareció que el nuevo *oni* llevaba la cara cubierta con una máscara.

El brutal *oni* detrás de él, de color lavanda, con un brazo más largo que el otro, puso en el suelo el barril de petróleo que cargaba y recogió el poste del andamio.

—¿Qué esperas? ¿*Shogatsu*? ¡De prisa! —le dijo a Rojo y se lo puso en las manos.

Agazapada en la pasarela, Kiyomi sacó su teléfono celular sin dejar de vigilar a los *oni* de abajo. En su mente había dos preguntas: "¿Qué demonios están haciendo estos *oni*?" y "¿por qué no viene Kenny cuando más lo necesito?"

Un resplandor anaranjado intermitente constituía toda la iluminación en el piso superior del edificio demolido a medias. Las plataformas y escaleras de metal de la salida de emergencia asemejaban esculturas de arte moderno colgadas de los muros. Kenny aguzó los oídos para filtrar el estrépito incesante de las sirenas y las alarmas de incendio.

¡*Tump-tump-tump*! Era inequívoco: alguien golpeaba la puerta de emergencia, en un esfuerzo por destrabarla del marco retorcido. Kenny oteó sus alrededores. Había personas atrapadas en lo que quedaba del piso superior, y se terminaba el tiempo. Era preciso ayudarlos a bajar... pero ¿cómo?

¡CRAC! Kenny alzó los ojos. El ruido provenía de uno de los muchos árboles altos a su alrededor. El árbol en cuestión se doblaba hacia adentro, cerca de una ventana con llamas. Por el calor sus hojas se encogían, y una rama gruesa se partió en dos al expandirse su humedad interna. Al contemplar el árbol se le vino una idea a la mente.

Se colocó justo debajo de la puerta de emergencia, que estaba en el tercer piso, muy arriba de él, y se alejó del edificio, contando sus pasos. Cuando llegó al lugar adecuado, se detuvo y eligió un pino de grandes dimensiones, de unos doce metros de altura y medio metro de ancho.

—¡Ahí voy! —se dijo a sí mismo, y alzó la espada para hacer un corte profundo en el tronco con dos golpes en diagonal, uno hacia arriba y el otro hacia abajo. Una cuña de madera cayó al suelo. Kenny quedó a la expectativa, pero no sucedió nada. Volvió a dar un tajo todavía más profundo, sin resultado.

—¡Oh, por Dios santo!

Dio varios pasos atrás para alejarse, se detuvo, echó a correr y saltó para aplicar una patada en lo más alto del tronco. El pino se estremeció y comenzó a tambalearse con una serie de crujidos que sonaron como disparos de pistola.

—¡Sí, sí! —exclamó Kenny, cuando vio que se acercaba al edificio.

Enseguida el árbol osciló en dirección opuesta.

—¡No, no!

Kenny apretó los puños y cerró los ojos para concentrar la energía de su mente. Dos golpes de viento dieron en las ramas más altas a los lados y retuvieron al árbol, que se retorció y reanudó su caída en la dirección deseable. La punta del pino derribó hacia adentro la puerta de emergencia y el largo tronco quedó colocado en un ángulo de 45 grados.

Kenny manoteó el aire y comenzó a trepar por el tronco. Rodeó las ramas bajas, y enseguida convocó a Kusanagi y se puso a cortar el follaje. El tronco era más delgado arriba, donde la punta descansaba en el quicio de la puerta.

—¡Eh, los de adentro! —llamó Kenny desde la puerta derruida—. ¡Tienen que salir ahora mismo!

Un hombre japonés con anteojos lo miró desde la puerta, con los ojos tan anchos y saltones como los de un pez tropical.

—*Shinji rarenai* —dijo.

—¡Rápido! —insistió Kenny con el brazo extendido—. Vamos.

El hombre meneó la cabeza y retrocedió. Otro hombre más joven que llevaba un chaleco de bombero de tela reflejante se adelantó.

—Es el árbol —explicó—. No es seguro.

—Claro que sí. Mire.

Kenny brincó sobre el tronco, que se sacudió con un crujido. Uno de sus pies resbaló y cayó sentado, derribando un nido de pájaros que se estrelló en el suelo, muy por debajo de él.

—Está bien. Voy a ponerlo más fácil.

Kenny sacó a Kusanagi y con un par de cortes fabricó un escalón de poca altura. Retrocedió un poco y labró otro escalón.

—Una escalera —indicó—. ¿Pueden hacerlo ahora?

El hombre del chaleco asintió y colocó una pierna con precaución. Se echó hacia atrás, tomó de la mano a una secretaria y la ayudó a salir, mientras Kenny seguía descendiendo sobre el tronco y formaba escalones para que el personal de oficina pudiera apoyar los pies. En total eran ocho empleados, todos tomados de la mano formando una cadena humana y ayudándose entre sí. El árbol se estremeció cuando una llamarada brotó en lo alto, por el hueco de la puerta. Una mujer gritó y se tambaleó, y uno de sus zapatos cayó al suelo.

—No pasa nada —la animó Kenny—. Va muy bien.

¡Bzzzt!, vibró la muñeca de Kenny.

Cortó un último escalón y saltó al suelo para consultar su reloj inteligente. Atrapada en el domo con 3 oni y hay más en camino. Ten cuidado. Kenny parpadeó. Le pareció raro que Kiyomi le aconsejara tener cuidado, cosa que nunca había hecho. Más bien era él quien solía advertirle. Las cosas debían andar muy mal.

Confirmó que los empleados se encontraban todos a salvo, apartados de las ruinas en llamas, y tomó el camino corto que conducía al observatorio. Al rodear los árboles, vio otra camioneta de reparto, seguida por un pesado camión para remolcar contenedores a cuyo paso temblaba el suelo. Ambos vehículos se detuvieron afuera del domo.

Las pisadas de Kenny sonaron en el asfalto al aproximarse. Las portezuelas traseras de la camioneta se abrieron de golpe y un *oni* gris saltó al suelo. Se encorvaba sobre algo que llevaba en las manos. Kenny redujo el paso mientras intentaba averiguar qué era. Una mano cargaba el objeto y la otra iba agarrada a una manivela. ¿Era una máquina de jardinería para soplar hojas? ¿Una motosierra?

El *oni* dio unos pasos para alejarse del vehículo y dirigió el objeto hacia Kenny, a quien se le heló la sangre en las venas al percibir seis tubos largos dispuestos en una circunferencia.

Gracias a su experiencia con los videojuegos reconoció una Miniarma Gatling M134, que apuntaba directamente a él.

¡skiiiiiaaaauuu! El rechinido de la sierra circular cambió de tono al cortar el metal de la montura del telescopio y hundirse en medio de una lluvia de chispas doradas. El *oni* color lavanda se inclinó haciendo presión sobre el disco giratorio.

—Ve más suave, poco a poco. No vayas a romper la sierra.

La advertencia provino del líder que llevaba el rostro cubierto con una máscara plateada. Tarareó una tonada en voz baja al inspeccionar la grúa de caballete armada alrededor del telescopio: una red de acero hecha de postes de andamio entrecruzados. Sobre el enorme instrumento descansaban varios cables gruesos.

Kiyomi se incorporó a medias al oír que se abrían las puertas. Once pares de botas pesadas entraron a la sala y tomaron posición alrededor de su perímetro. Once *oni* enmascarados: cuatro con uniforme de chofer y siete pasajeros se sumaron a los tres que estaban adentro.

—Tenemos compañía —dijo uno de los choferes al líder de los *oni*.

—Ya lo sé —replicó el jefe, y apuntó una de sus garras al corredor de arriba.

Kiyomi respondió alzando el dedo medio.

—No, hablo de allá afuera. Un jovencito *gaijin* vestido de shorts, con aspecto estúpido. Puede vernos.

La máscara alzó una ceja.

—¿Kuromori? Hmm. Eso no cambia las cosas. Seguimos con el plan. Si nos causa problemas, yo me encargo de él.

—¡Ya está! —dijo el *oni* con la sierra circular.

—¡Rápido! Sujétenlo —ordenó el jefe.

En un solo movimiento, los *oni* tomaron sus puestos. Algunos aferraron el telescopio, otros el soporte y los demás los cables. El instrumento gigantesco giró sobre los restos de su montura antes de quedar libre con un último corte. El domo se llenó de gritos y gruñidos mientras los *oni* se esforzaban por aguantar el peso. Kiyomi observó cómo la grúa se flexionaba sin romperse.

—¡Despacio… despacio! —les conminó el jefe—. Deposítenlo con suavidad. Seis y ocho, a sus puestos.

Dos *oni* se apresuraron hacia los extremos del telescopio, que fue colocado sobre sus hombros.

Con movimientos practicados de antemano, los monstruos se alinearon en torno al enorme instrumento, seis a cada lado, como portadores de un ataúd, y lo llevaron hacia la salida inferior, conducidos por el operador de la sierra.

Plateado se quedó en la sala. Sus ojos de brillos colorados se dirigieron a Kiyomi, que estaba sentada en el pasillo, con los brazos sobre las rodillas.

—De modo que tú eres la chica a quien le gusta matar *oni* —dijo.

Kiyomi lo miró con expresión de furia.

—Si quieres averiguarlo, deja la pistola —repuso.

Plateado soltó por lo bajo una carcajada y sacó del bolsillo un tubo de metal en forma de salchicha.

—Y ahora, ¿qué? —lo retó Kiyomi—. ¿Me vas a disparar para luego correr como el pedazo de cobarde que eres?

El *oni* retiró la tapa del tubo y sacó un puro. Mordió un extremo y se lo puso entre los colmillos antes de replicar.

—Oye, tú matas *oni*, yo mato humanos. Es cosa del oficio.

Chasqueó los dedos y una llama brotó de su mano. Puso la punta del puro sobre la llama e inhaló profundamente.

—Oh, qué rico. Esto es excelente. Como venía diciendo, no es cosa personal, se trata del oficio, ¿verdad? —continuó el jefe, inclinándose para arrancar la tapa del barril de petróleo—. ¿No? Bueno, en tu caso sí es asunto personal, pero de cualquier manera no somos tan diferentes. Tengo razón, ¿sí o sí?

Golpeó rítmicamente la tapa del barril antes de alzarlo del suelo. Volvió a tararear mientras derramaba petróleo por el piso y salpicaba las paredes. Subieron por el aire vapores tóxicos y dulzones de gasolina, y a Kiyomi le ardieron los ojos.

Plateado depositó el barril sobre el suelo y, a modo de saludo, se presionó la frente con la parte de atrás de la mano.

—¡Bien! Qué gusto conversar contigo. ¿Quién sabe? Tal vez te vea en el infierno uno de estos días.

Con esas palabras, giró sobre los talones y se dirigió a la salida, tirando el puro encendido sobre el hombro. El puro rebotó una vez, rodó y se detuvo con la punta en un charco de gasolina.

Kiyomi apenas tuvo tiempo de gritar antes de que, *¡fuuump!*, una flama azul rodara por el suelo y encendiera el resto del petróleo. En pocos segundos, por todo el interior del domo brotaron llamas, que saltaron al aire y lamieron el antiguo techo de madera.

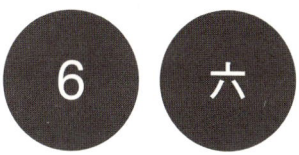

Al ver que todo a su alrededor explotaba, Kenny se tiró al suelo. Trozos ardientes de plomo a alta velocidad destrozaron el asfalto, el pasto, los arbustos, los árboles: todo.

¡*Brrrrrrrrrrr!* La Miniarma rugió, al ritmo de veinte disparos por segundo que emanaban de un halo de fuego frente a los cañones giratorios. Los casquillos llovieron al suelo, tintineando como una máquina tragamonedas cuando da premio. Fragmentos del pavimento golpearon el cuerpo de Kenny, y en las manos con que se cubría la cabeza se clavaron astillas de madera. "¡Muévete!", ordenó su cerebro, pero sus piernas no obedecieron.

—¡Ya te vi! —atronó el *oni* por encima del estruendo de los disparos, y afinó la puntería.

Kenny se centró en su *ki*, e imaginó un muro grueso. Alzó el brazo.

—¿Qué? —oyó que barbotaba el *oni*, y abrió los ojos.

Una franja del suelo se alzó, obstruyendo la línea entre Kenny y el arma del *oni*. Se detuvieron los disparos.

—¡No se vale! ¡Tramposo! —exclamó el *oni*.

Kenny oyó el ruido de las botas que se acercaban. Por fin sus piernas respondieron y se arrojó de cabeza al grupo más cercano de árboles. El follaje volvió a estallar por todas partes tan pronto el *oni* volvió a accionar su manivela.

—¡Ya no hay árboles! ¿Dónde te escondes, niño? —dijo el *oni*.

Kenny se agazapó tras un cedro japonés grueso y robusto, cuya base medía más de un metro. Estaba atrapado, y cada segundo contaba.

—¡Eh, estúpido! —gritó, asomando la cabeza para que el *oni* lo pudiera ver—. ¿Crees poder tumbar este árbol?

—Este *oni* no es estúpido —replicó el monstruo.

Kenny cayó de rodillas y agachó la cabeza cuando una andanada de balas desgarró el árbol. Entre una lluvia de astillas, el olor a madera quemada le picó la nariz.

—¡Ja! —dijo el *oni*—. Te lo dije. No hay árbol, no hay escondite. Ahora morirás.

¡C-rac!

Kenny alzó la vista, vio inclinarse el enorme árbol y sonrió.

—Eh, ¿de qué te ríes?

Los ojos amarillos del *oni* se ensancharon y un momento después cayó sobre su cabeza el tronco gigantesco, que lo hundió en el suelo como martillo que da en el clavo.

Kenny trató de pensar en una frase ingeniosa, pero lo distrajo un movimiento. Las tres camionetas de reparto se alejaban del observatorio, seguidas por el tráiler de doce metros. Los *oni* se iban, pero ¿dónde estaba Kiyomi?

Al adelantarse, Kenny vio una columna de humo que surgía del domo del observatorio. Cuando echó a correr sintió que un terror helado le atenazaba la boca del estómago.

Kiyomi se encogió para alejarse del mar de fuego bajo sus pies. Una tormenta de llamas cubría el suelo y no había manera de bajar. El calor era tan intenso como el de un baño sauna, y aumentaba a cada segundo. El fuego ascendía a saltos hacia las vigas de madera del techo. El aire se llenó de chispas que danzaban como confeti. Kiyomi ocultó el rostro tras el brazo y parpadeó con fuerza. Era cuestión de segundos antes de que se encendiera el domo de madera. En caso de sobrevivir al fuego, el techo la aplastaría al desplomarse.

Kiyomi se levantó de un salto. Sin hacer caso del vapor que se desprendía de su traje de cuero, se limpió el sudor de los ojos y escudriñó el interior del domo, buscando algún signo de movimiento entre las nubes de humo. ¡Ahí! A un tercio de la altura Kiyomi vio que algo se agitaba, y corrió alrededor de la grúa hasta quedar alineada con la perturbación.

Sacó una daga corta de cada una de sus botas y las empuñó con firmeza. Trepó al barandal caliente y se equilibró como gimnasta en la estrecha viga, dando la espalda a las llamas. Tomó una respiración profunda, enfocó su voluntad y se agazapó para ejecutar un gran salto, impulsada por sus pies, con los brazos totalmente extendidos sobre la cabeza.

El salto la hizo subir entre el humo, alineada con una de las vigas de carga que se curvaban por encima de ella. En cuanto tuvo a su alcance la viga, Kiyomi clavó en ella las dagas en la madera, una a cada lado. Las puntas de carburo de tungsteno penetraron lo suficiente para soportar su peso. Durante un segundo osciló colgada de este soporte y sintió cómo se le estiraban los ligamentos de los brazos y los hombros. Al mismo tiempo, las vigas encima de ella crujían y tronaban al expandirse bajo temperaturas cada vez mayores.

Kiyomi parpadeó para calmar el ardor de los ojos, y volvió a buscar la pequeña grieta entre las planchas por donde vio escapar el humo. La ubicó en el lugar donde dos paneles se juntaban: una rendija, apenas de un milímetro de ancho. Soltó la daga de la mano derecha y suspendió el peso de su cuerpo con la izquierda. Sin prestar atención al dolor que atenazaba sus pulmones, golpeó la rendija con la palma de la mano. El impacto corrió a lo largo de su brazo. Su muñeca izquierda se cubrió de hilos de sudor y sintió que se le aflojaba la mano sobre la daga. Volvió a golpear la rendija con la palma de la mano. En sus ojos danzaban manchas, pero se rehusaba a darse por vencida. Si tan sólo tuviera una mano libre para ejecutar la *kata* correcta y trazar en el aire el símbolo de potencia para encauzar su *ki*... De pronto, se preguntó: "¿Qué haría Kenny?" La diosa Inari lo escogió gracias a su capacidad de pensar de manera diferente. Cuando Kenny no encontraba la respuesta, cambiaba la pregunta.

Fue en ese instante que se le ocurrió una solución. Era arriesgado y los tiempos tendrían que ser perfectos. Sobre las vigas de soporte ya bailaban cintas de fuego, como heraldos de que en cualquier momento todo el domo sería pasto de las llamas.

Soltó la daga de la mano izquierda, y al caer trazó en el aire con la misma mano una línea hacia abajo, luego hacia arriba en diagonal y enseguida otra vez hacia abajo, para formar un carácter *kanji*.

—¡*Chikara*! —gritó, soltando el aliento al tiempo que clavaba el puño derecho en la rendija de la madera a través del humo.

¡*Crauunch*! El golpe rasgó la plancha como si fuera de papel y desprendió la lámina de metal del exterior. El fuego se avivó, como si percibiera la posible fuga de su prisionera, y las llamas se acercaron a ella. Kiyomi metió su otro brazo por el agujero y empujó su cuerpo hasta pasar ambos hombros por el hueco.

—¡Kiyomi!

Enmudecido por el espanto, Kenny miró las llamas que escupían las dos entradas al observatorio. Aun a esa distancia, el calor del fuego sacaba ampollas. La verdad horrible era que todos quienes estuvieran adentro iban a quedar incinerados. Kenny se pasó los nudillos tiznados por los ojos para aliviar su irritación, y se preparó a dirigir la furia y el dolor que lo atenazaban. En una ocasión fue capaz de crear agua. Llegaba el momento de…

¡*Bzzzt*!

Kenny parpadeó, desconcertado. Miró su reloj inteligente y leyó el mensaje: QUÍTATE DE EN MEDIO.

—¿Eh?

Dio un paso atrás, tambaleándose. Enseguida oyó el sonido de algo que resbalaba por encima, percibió un movimiento rápido, y una figura vestida de cuero negro cayó justo frente a él al suelo, donde aterrizó a cuatro patas. Una nube de vapor se alzaba de sus hombros. Kenny se quedó sin habla, pero no así Kiyomi.

—¿Dónde estabas? —demandó ella—. ¿Te dedicaste a curiosear mientras un ejército de *oni* casi me convierte en barbacoa? ¡Me quedé atrapada!

—¿Qué? Me dijiste que fuera a rescatar gente, y me dediqué a eso hasta que llegó un *oni* con una Miniarma Gatling y destruyó la mitad de los árboles.

Kiyomi contempló el aspecto de Kenny: la ropa manchada de polvo y hollín, astillas de madera en el pelo, cortadas en la cara y raspones en las rodillas. Su expresión se suavizó.

—Está bien. Admito que es listo.

—¿Quién?

—El *oni* que los manda.

—¿No me dijiste que todos los *oni* son estúpidos? —objetó Kenny, echando un vistazo al árbol caído.

Del domo salió un estrépito de madera quebrada y una sección del techo se derrumbó en el interior, de donde se elevó al cielo una nube de chispas.

—Debemos irnos —sugirió Kiyomi—. Ya están aquí los bomberos y las ambulancias; pronto la policía va a comenzar con sus preguntas.

La joven se echó a andar hacia un arbusto de buen tamaño.

—La primera pregunta tiene que ser: ¿por qué? —precisó Kenny—. ¿Por qué tomarse tantas molestias. ¿Con qué objeto destruyeron medio observatorio?

Kiyomi metió las manos al arbusto y agarró un manubrio.

—Por ser la mejor manera de cubrir sus pasos —explicó—. Crearon un incendio para destruir toda clase de evidencia.

Kenny frunció el ceño.

—¿Evidencia? ¿De qué?

—Ken-*chan*, acaban de robarse un telescopio de diecisiete toneladas.

Kiyomi extrajo de su escondite su motocicleta y le dio tiempo a Kenny de asimilar sus palabras.

—¿Se robaron nada más que un gran telescopio? —repitió Kenny.

—Así es.

—¿Por qué?

—Eso no lo sé. Habrá que preguntarles.

Kiyomi montó en la motocicleta, se puso el casco y encendió el motor.

—¿Cómo vamos a preguntarles? Ya se fueron.

Kiyomi observó la pantalla en su panel de instrumentos.

—Sí, pero es la hora pico y están atascados en el tráfico. Van hacia el sur por la ruta 123.

Kenny sonrió.

—¿Les pusiste un rastreador? ¿Para qué desperdicias tiempo hablando conmigo? ¡Vamos tras ellos!

Se subió de un salto a la motocicleta, detrás de Kiyomi.

Kiyomi bajó el visor de su casco.

—¡Agárrate bien! Tal vez esto se ponga difícil.

La rueda trasera lanzó una pequeña avalancha de tierra cuando ella hizo girar la moto para pasar entre los árboles por la parte posterior del edificio incendiado, antes de dirigirse a la puerta principal.

7 七

A la salida del Observatorio Nacional se hallaban estacionados dos automóviles de la policía a fin de controlar los accesos. Uno de ellos se echó lentamente en reversa para permitir que entrara un nuevo camión de bomberos. En ese momento una motocicleta silenciosa pasó zumbando a un lado y atravesó la puerta. Dio vuelta a la derecha, logró esquivar un autobús número 91 y tomó hacia el sur la ruta 123. Los vehículos estaban atascados y avanzaban a vuelta de rueda. Kiyomi volvió a consultar la pantalla de su panel y tomó por la parte central de la autovía. Con ambas ruedas sobre la línea anaranjada al centro, tomó una curva y comenzó a cubrir distancias.

—No han ido tan lejos —le comunicó a Kenny, que se aferraba con toda su fuerza a la motocicleta—. Están en el semáforo siguiente, cerca de la escuela primaria.

—¿No nos verán llegar?

Como respuesta a la pregunta de Kenny, una camioneta cuadrada de reparto se colocó en la pista opuesta y se detuvo en posición transversal obstruyendo el camino.

—No nos va a dejar pasar —le advirtió Kenny—. Baja la velocidad.

—De ninguna manera —replicó Kiyomi, acelerando—. No me pienso detener por esos payasos.

—¿Te has vuelto loca?

—¡Tú agárrate bien!

Kenny vio la expresión de triunfo en la cara del *oni* al volante transformarse en confusión al notar que Kiyomi soltaba el acelerador durante una fracción de segundo, se inclinaba hacia adelante, accionaba la mayor potencia del motor y echaba atrás los hombros.

En una cabriola perfecta, la rueda delantera de la moto se levantó. Kiyomi giró a la izquierda y bajó la rueda sobre la parte trasera de un taxi amarillo. Antes de que Kenny objetara, volvió a abrir el acelerador y la máquina saltó sobre el vehículo estacionado para bajar por el techo y el cofre de un Toyota sedán más adelante. Agarrado a Kiyomi, Kenny sintió que el estómago le subía hasta el pecho y descendía de nuevo.

El *oni* observó las maniobras de la motocicleta al subir y bajar sobre los automóviles parados y pasar junto a la parte posterior de la camioneta.

—¡Nooo! ¡Regresa, tú! ¡Ahora! —rugió, agitando los puños.

Con una última explosión de velocidad, la motocicleta saltó desde el techo de una Honda Sienna y cayó al asfalto, donde dejó una mancha de caucho. Sin hacer caso de los gritos furiosos de los conductores, Kiyomi avanzó de nuevo por la línea central y dejó atrás al *oni* de la camioneta.

¡Biip! Kenny volvió la cabeza al oír el ruido de choque de metales y vidrios rotos. Tras ellos, a toda velocidad, la camioneta de reparto avanzaba en sentido contrario. Los pocos vehículos en la dirección norte se hicieron a un lado para quitarse del camino y se detuvieron con un rechinido de frenos.

El *oni* al volante se sonrió y pisó el acelerador hasta el fondo.

—¡Kiyomi! —gritó Kenny.

Los ojos de la chica se movieron hacia los espejos retrovisores adosados al manubrio.

—No puedo ir más rápido que él, porque entonces no tendré manera de tomar nuestra salida —explicó ella—. Tú ocúpate de estorbarle el paso.

—¿Yo? —preguntó Kenny—. ¿Cómo?

—En el estuche de la derecha. Agarra los clavos *tetsubishi* y tíralos al camino.

Kenny metió la mano en la caja.

—¡Ay! Me clavé uno en el dedo. Tengo una idea mejor.

Kenny fijó la mirada delante de él, sin hacer caso de la camioneta, que estaba apenas tres metros atrás. La torre de una estación de bomberos pasó a su lado a la derecha, y más adelante vio una intersección con tránsito en cuatro sentidos.

—Acércate todo lo que puedas a la acera —pidió Kenny, al tiempo que Kusanagi se materializaba en su mano.

La defensa delantera de la camioneta estaba muy cerca de la rueda posterior de la moto.

—¡Te aplasto como a un inspecto! —rugió el *oni* desde la ventanilla abierta.

—¡Se dice "insecto", idiota, "te aplasto como a un insecto"! —corrigió Kenny—. ¡Oh, qué importa!

Lanzó un golpe de espada sobre un poste telegráfico en el camino. La columna de concreto osciló un instante antes de caer arrastrando como látigos gruesos cables eléctricos de color negro.

El *oni* captó una impresión de movimiento en su retrovisor lateral antes de que el poste se desplomara sobre la cabina de la camioneta en medio de una lluvia de chispas. Las descargas chisporrotearon en torno al vehículo, que no tuvo más remedio que detenerse.

—Buen golpe —comentó Kiyomi.

—No tanto —replicó Kenny—. Quería que cayera frente a él, como un obstáculo.

La motocicleta saltó sobre la delgada cinta del Río Nogawa, y Kiyomi dio vuelta a la derecha por un camino lateral que corría a lo largo de granjas y pequeñas unidades industriales.

—No los veo adelante —avisó Kenny—. ¿Los hemos perd...? ¡Cuidado!

La segunda camioneta de reparto salió del patio de una constructora y se echó a toda máquina contra ellos. Kiyomi giró los manubrios súbitamente a la derecha, e hizo derrapar la moto a través de un hueco en el muro de contención para subir a la acera.

Kenny retuvo el aliento mientras Kiyomi avanzaba esquivando toda clase de obstáculos: botes de basura, postes telegráficos, máquinas dispensadoras de mercancías y varios peatones.

La camioneta de reparto aceleró atronadoramente y se puso a un lado de la motocicleta, separada tan sólo por la guía de contención.

—¡Ja! Están atrapados —ladró el *oni* que iba al volante.

—Tenemos un semáforo en rojo más adelante —le advirtió Kenny a Kiyomi, al mirar el crucero en T frente a ellos.

—No estoy ciega —replicó Kiyomi con los dientes apretados—. Pero tú puedes cerrar los ojos, si prefieres.

El tráfico por la intersección se movía en ambas direcciones. La moto bajó de la acera, cruzó como relámpago el paso peatonal, se deslizó entre dos automóviles y giró a la izquierda describiendo un arco amplio para volver a colocarse en la línea central.

La llanta trasera derrapó con un ruido de *vip-vip-vip*. Kenny miró atrás y soltó un juramento; en el último segundo el semáforo cambió a verde, y la camioneta aún los perseguía.

Kiyomi atravesó la línea anaranjada para avanzar por el carril opuesto, donde no había tráfico, y Kenny vio más adelante un grupo de trabajadores dedicados a limpiar la zanja que corría a un lado del camino. La camioneta seguía tras ellos, rebasando con facilidad a los vehículos a la izquierda.

—Nos va a alcanzar —le avisó Kenny.

—Es porque lo dejo hacerlo —replicó Kiyomi mientras pasaba junto a los conos rojos de plástico a lo largo de la acera.

Enseguida Kenny pudo ver la razón por la cual el carril estaba libre de autos: hacia ellos avanzaba un bulldozer que obstaculizaba el tráfico y ocupaba todo el ancho del carril.

Kiyomi aceleró. La motocicleta casi volaba hacia la máquina.

—¡No! —comenzó a decir Kenny—. Tú no vas a…

—¡Claro que sí voy a! —repuso Kiyomi—. Agárrate.

Al ver a ambos vehículos, los trabajadores se dispersaron: dos de ellos se lanzaron de cabeza a la zanja y otro abandonó la carretilla que empujaba sobre un tablón de madera colocado sobre un montón grande de tierra, y aferró su casco con ambas manos antes de tirarse al suelo.

Kiyomi echó un vistazo final a sus retrovisores para verificar que el *oni* venía justo tras ellos y ajustó ligeramente su trayectoria. La motocicleta trepó al tablón, giró hacia arriba y voló por el aire a altura considerable.

Kenny tuvo el impulso de gritar, pero no pudo porque aguantaba la respiración. Vio bajo ellos la mancha amarilla del bulldozer y se preparó para el aterrizaje. La moto cayó sobre la línea central y Kenny se contrajo cerrando los ojos por un momento al sentir el impacto. Tuvo la sensación de que un gigante le daba una patada en el trasero. La motocicleta derrapó tambaleándose antes de que Kiyomi recuperara el control.

El *oni* no corrió la misma suerte. La camioneta se estrelló contra la pala del bulldozer, saltó hacia arriba y dio una voltereta sobre la fila de automóviles, justo hacia Kenny y Kiyomi.

—¡Abajo! —ordenó Kiyomi, y con el brazo empujó a Kenny haciéndolo caer de la moto.

De inmediato ella se lanzó tras él. La camioneta chocó contra el asfalto, a unos cuantos centímetros de ellos, y se alejó dando vuelcos aparatosos.

Kenny le sonrió a Kiyomi, que yacía encima de él.

—Sabes, si todo lo que querías era un beso, me lo hubieras dicho —comentó él.

—¡*Uf*, qué asco! —replicó ella.

Kiyomi saltó sobre sus pies y enderezó la moto. Echó una mirada a Kenny.

—¿Te vas a quedar tirado el resto del día? —preguntó.

Kenny se incorporó. Le dolía todo el cuerpo.

—Pero el rastreador estaba en la camioneta —dijo—. Ahora está destruida. ¿Cómo vamos a encontrarlos?

—Puse el rastreador en el telescopio cuando caí sobre él. Eso es lo que venimos siguiendo. Los otros tipos sólo son obstáculos para quitarnos velocidad.

—Ohhh. En tal caso, ¿dónde está?

Kiyomi observó la pantalla.

—¡Qué mala pata! —exclamó, y se le encorvaron los hombros—. Tenía que ser. ¿Cómo no me di cuenta?

—¿Por qué? ¿Qué sucede?

Kiyomi apuntó a un lugar más allá del otro lado de la calle.

—¿Ves ahí esos autos y edificios bajos?

—Sí.

—Es el aeropuerto Chofu. Lo van a poner en un avión.

Treinta segundos después, la motocicleta pasó por la curva del camino de acceso, junto al edificio de Aviación IBEX, por encima del cual flotaba un aeroplano Dornier 228 de dos hélices con el tren de aterrizaje extendido. Kiyomi dio una vuelta por el estacionamiento para examinar las filas de aeronaves Cessna y Piper Cub situadas en los accesos a la pista de despegue.

—No los veo —dijo ella—. Tal vez estén en el hangar.

—¿Con un camión de doce metros? ¿Qué indica el rastreador?

Kiyomi volvió a consultar la pantalla.

—Qué raro. Dice que se está moviendo aquí en el aeropuerto. Pero... ¿dónde?

Los ojos de Kenny recorrieron el campo aéreo.

—Hay algo raro en lo que vemos —anunció—. Mira eso.

Kiyomi miró hacia donde apuntaba el dedo de Kenny y vio un aeroplano pesado y de poca altura, con dos motores de jet que se encaminaba hacia la pista de despegue.

—¿Qué es lo que quieres que vea? —inquirió ella.

—¿Acaso no te das cuenta? Ése es un transporte militar.

—¿Y qué?

—Dato número uno: un transporte militar en un aeropuerto civil. Dato número dos: su sección de carga es suficiente para darle cabida a un camión.

—¿El camión está dentro de ese aeroplano?

Kiyomi contempló al jet colocarse en posición para tomar la pista de despegue. Los motores aullaron al aumentar la potencia.

—Eso es lo que pienso. ¿Ahora qué? ¿Llamo por teléfono, o...? ¡Eh!

La motocicleta pegó un salto hacia adelante, tan de repente que Kenny estuvo a punto de caer antes de sujetarse del hombro de Kiyomi. En unos cuantos segundos ella hizo los cambios de velocidades y la moto corrió por el camino de acceso al sur de la pista.

Con sus motores rugiendo, el transportador aéreo Kawasaki C-1 inició su maniobra de despegue. Se estremeció al tomar mayor velocidad.

—¡Por favor, dime que no pretendes darle alcance! —le gritó Kenny al oído.

—Ken-*chan*, esos monstruos están haciendo daño a mucha gente. Yo no voy a permitirlo.

Acentuó sus palabras accionando al máximo el acelerador, y el indicador de RPM pasó a los números rojos.

Apareció ante sus ojos la cola del transporte. La silueta triangular del avión carguero tapó las estrellas del anochecer mientras aceleraba para el despegue.

—¡Más rápido! —gritó Kiyomi a su motocicleta, urgiéndola a que se aproximara para colocarse debajo del gigantesco transporte, que seguía avanzando y ya se alejaba de ellos.

—¡No podemos alcanzarlos! ¡Van demasiado rápido! —gritó Kenny para hacerse oír sobre el estruendo de los motores del jet.

Sin hacerle caso, Kiyomi buscó en un compartimento de la motocicleta y alzó los pies para plantarse sobre el asiento. Se agazapó durante un segundo, como un jinete sobre un caballo de carreras, y soltó el manubrio al enderezarse.

Kenny no se atrevía ni a respirar mientras Kiyomi mantenía el equilibrio parada sobre el asiento, pues temía que el menor movimiento derribara la motocicleta. Con la mano derecha la chica lanzó algo metálico que reflejaba las luces del aeroplano, y un garfio *kaginawa* voló por encima del ala frente a ellos.

Las ruedas del jet C-1 se separaron de la pista y ascendieron por el aire. Kenny observó que el cable del garfio se tensaba en las manos de Kiyomi al mismo tiempo que ella saltaba de la moto. De manera instintiva, él agarró el otro extremo del cable, adosado a un plomo, y le dio varias vueltas alrededor de la muñeca. La motocicleta bajo su cuerpo se separó y tuvo la impresión momentánea de que iba a quedar embarrado en el asfalto.

En cambio, subió por el aire y sintió el golpe del viento desplazado por el ala del transporte aéreo. El cable de nylon se le hundía en las muñecas y las manos, y la corriente de viento lo azotó a un grado que no le permitió ver ni respirar. Abajo, las luces de la pista de despegue se alejaron a gran velocidad y Kenny supo que no podría sostenerse mucho más tiempo, a menos que...

Cerró los ojos, expulsó la sensación de pánico de su mente y se concentró una vez más en su *ki*. Para resistir los impactos del viento, necesitaba una fuerza en dirección opuesta...

Un movimiento de aire tras él lo impulsó hacia el ala. Kiyomi se puso a jalar del cable, mano sobre mano, hasta acercarlos lo suficiente para que se tendieran sobre la superficie metálica. El aire se adelgazaba y la ropa deportiva de Kenny era insuficiente para aislarlo de la temperatura cada vez más gélida. El C-1 continuó su ascenso. Muy por debajo de ellos, las luces nocturnas de Tokio relucían como joyas colocadas sobre terciopelo.

—¡Genial! —gritó al oído de Kiyomi—. ¿Qué plan tienes? Congelarnos, asfixiarnos o dejarnos caer?

En el costado del avión se abrió una rendija de luz que derramó un resplandor de neón. Al volver la cabeza, Kenny vio que se abría una puerta justo detrás del ala. En el hueco apareció la forma inequívoca de un *oni* que les apuntaba con un arma de tamaño respetable.

—¡Kenny! —gritó Kiyomi—. ¡Somos un blanco muy fácil!

El *oni* afinó la puntería y jaló el gatillo. *¡Blamm!* *¡Sking!* La bala rebotó en la espada que apareció en la mano de Kenny. El *oni* volvió a disparar y envió otras dos balas en dirección a Kenny. La espada resistió los impactos de calibre pesado.

—*Nar-gu-rah uk-kru n'gak-rak* —ladró el *oni*, que se metió a la aeronave.

—Ken-*chan*... ¡fue por un lanzador de cohetes! —gritó Kiyomi.

Kenny no necesitó que se lo repitiera. Alzó la espada lo más alto que pudo y la bajó de golpe, cortando la estructura de metal del ala, que cayó dando volteretas en el cielo, con Kenny y Kiyomi agarrados a ella como si fuesen surfistas sobre una tabla.

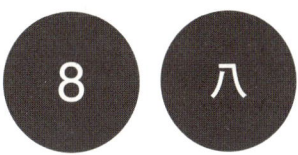

El ala cercenada se volteó, arrojando a Kenny y Kiyomi en caída libre. El chico rodó varias veces en el aire antes de que por instinto abriera brazos y piernas en forma de estrella a fin de aumentar su resistencia. El viento sacudía la tela delgada de su ropa, y los vuelcos incontrolables de la caída se volvieron más lentos hasta que su cuerpo comenzó a planear a medias.

Era una sensación muy rara. Por una parte, Kenny sintió que flotaba. Por la otra, el aire que pasaba sobre él dejaba fuera de duda que estaba cayendo a velocidad creciente. Arriba, se veían nubes bajas en el cielo púrpura. Abajo, en medio de la extensión de las luces de Tokio, se abrió un hueco de oscuridad.

Kiyomi maniobró en el aire con sus hombros y rodillas para dar dirección a la caída. Llegó al lado de Kenny, lo agarró de las muñecas y lo jaló para acercarlo hasta que sus frentes hicieron contacto.

—¡Qué idiota eres! —gritó ella.

El viento se llevó el sonido de su voz, pero Kenny pudo leer sus labios. Con la cabeza indicó hacia abajo.

—¿Qué hay en el área negra de abajo? —gritó, exagerando la forma de cada palabra.

Kiyomi torció el cuello en una y otra dirección para orientarse antes de responder.

—Es Saitama, cerca de Tokorozawa. Es una presa, o el Lago Sayama o quizá el Lago Tama.

—¡Confía en mí! —volvió a gritar Kenny.

Bajo ellos las luces brillaban con mayor intensidad y Kenny comenzó a distinguir algunos detalles: una rueda de la fortuna, un estadio cubierto y otro aeropuerto. Kenny cerró los ojos y visualizó una corriente poderosa de aire que surgía del suelo como un géiser. Se concentró en esa imagen, sintiendo pasar el aire entre los dedos, lanzándolo hacia arriba como si chapoteara en una alberca.

Volvió a abrir los ojos y el estómago le dio un vuelco. A la luz de la luna vio la superficie del lago aproximarse a él a casi doscientos kilómetros por hora. Kenny volvió a cerrar los ojos, apretó los dientes con tanta fuerza que creyó quebrarlos y convocó todo el poder de voluntad que poseía. Sabía que era posible, pero lo más importante era creer.

—Confío en ti.

En la oscuridad de su mente, las palabras de Kiyomi brillaron como una luciérnaga. En el núcleo de su conciencia algo se iluminó y sintió que el poder brotaba dentro de su ser. Kenny se preparó para el impacto; golpear el agua a esa velocidad era como estrellarse contra una superficie de concreto.

No pasó nada.

Esperó, sin atreverse a abrir los ojos.

—*Uh*, Ken-*chan* —dijo Kiyomi con voz serena, como si temiera distraerlo—. Ya puedes bajarnos.

Kenny parpadeó y se quedó sin aliento. Él y Kiyomi se encontraban suspendidos dos metros por encima de la superficie del lago. No había el menor movimiento en el aire del otoño y flotaban como si la fuerza de gravedad hubiera cesado de pronto.

—Yo... yo no entiendo cómo... —comenzó a decir Kenny antes de que una ligerísima duda apareciera en su mente. "Esto no puede ser de verdad."

¡Splassh! El choque del agua helada del lago lo volvió a la realidad, y después de tragar una bocanada de líquido logró salir a la superficie. Kiyomi flotaba a un lado, tratando de nadar en su ropa de cuero empapada y con un resplandor de furia en los ojos.

—Ya sé, ya sé —barbotó Kenny antes de que ella pudiera hablar—. Soy un idiota. Pero al menos no hemos muerto.

—*¡Urg!* No gracias a ti.

—¿Qué? Trepar a un avión en movimiento no fue idea mía.

—Tampoco fue mi idea cortarle un ala.

Un destello anaranjado brilló en las montañas al oeste y llegó hasta ellos el sonido amortiguado de una explosión.

—Más tarde puedes seguir dándome las gracias —sugirió Kenny, y se echó a nadar para cubrir el largo trayecto hasta la orilla.

A unos quince metros de la superficie se alzaba una torre distribuidora de agua, con techo verde en forma de cono, semejante a un torreón medieval, conectada a tierra firme por medio de un puente colgante. Las luces industriales de una estación de bombeo brillaban como un faro que sirvió de guía para que Kenny y Kiyomi alcanzaran la orilla. Treparon por un banco de tierra no muy alto y se quedaron tirados en el suelo, jadeando sobre un pequeño parche de hierba.

Kenny respiró hondo y esperó a que se calmaran las palpitaciones de su corazón. Sus extremidades parecían estar hechas de plomo y no tenía más deseo que echarse a dormir sobre la tierra, pero el castañear de sus dientes lo mantenía despierto.

Kiyomi sacó su teléfono del estuche impermeable para hacer una llamada.

—¿Cuánto tardarán en venir por nosotros? —inquirió Kenny, sentándose abrazado a su cuerpo para conservar calor.

—Una media hora —replicó Kiyomi, que puso los brazos alrededor de las rodillas y se estremeció.

—¿En cuánto tiempo entraremos en hipotermia?

Kiyomi echó la mirada hacia arriba.

—¡Qué llorón! No hace tanto frío.

—Es fácil para ti decirlo. Mi uniforme de futbol no es tan abrigador.

Durante varios minutos se mantuvieron en silencio. No se oía más que el ruido de la brisa al mover las hojas, algunos acordes distantes de música proveniente de un parque de diversiones, el croar de las ranas y alguna zambullida de un pez.

—Esto es una tontería —declaró Kenny, y se desplazó para apretarse a un lado de Kiyomi.

—¿Qué estás haciendo? —preguntó ella sin disimular sus sospechas.

—Caray, es pura táctica de supervivencia —respondió Kenny—. Los dos tenemos frío y estamos empapados. No tenemos ropa seca que ponernos, así que no queda más remedio que compartir el calor corporal. A menos que encendiéramos una hoguera, pero no veo nada capaz de arder por aquí.

—Está bien —aceptó Kiyomi—. Pero no hagas nada gracioso.

—Claro, como si fueras tan atractiva en este momento.

Kenny lamentó sus palabras tan pronto salieron de su boca.

—¿Qué quieres decir con eso?

—Oh, uh, sólo... nada...

Un codazo se clavó en las costillas de Kenny.

—Vamos, escúpelo todo.

—Bueno, de acuerdo. Es que... a últimas fechas... has estado insufrible.

—¿*Yo*? Y tú, ¿qué? Eres lo más inútil que...

—No —la interrumpió Kenny alzando la mano—. Escúchame. Oye lo que te digo. Desde... que pasó... aquello, todo el tiempo estás enojada. De acuerdo, me acostumbré a tu mal genio y hasta le encontré un lado tierno, pero ahora... eres como Hulk, un completo monstruo de la rabia. Esta noche ha sido de campeonato. Varias veces, no menos de cuatro, casi nos matas. Una cosa es ser temeraria, pero esto... ¡caray!... es como si nada te importara.

Kenny vio chispas dentro de sus ojos cuando su cabeza golpeó el suelo y las rodillas de Kiyomi le sacaron el aire del pecho. Quiso tomar aliento, pero ella le clavó los dedos en la garganta y le cortó el aire.

—¿Quién eres tú para calificarme de temeraria? —ladró Kiyomi—. Debería de arrancarte esta estúpida garganta y... y...

La máscara de furia titubeó. Los ojos rabiosos de rendija se ensancharon y su expresión de enojo cambió a un espasmo de duelo. Sus manos volaron a su boca y soltó a Kenny con un empujón mientras se le llenaban los ojos de lágrimas.

Kenny se incorporó, con una mano en su garganta adolorida, y recuperó el aliento con respiración entrecortada.

—¿Ya ves lo que quiero decir? —dijo con voz ronca—. A esto... me... refiero...

—Ken-*chan*, perdóname —sollozó Kiyomi, arrodillada a su lado y tomándolo de los hombros para abrazarlo—. No sé qué... Yo nunca te haría... Tú eres mi amigo.

Kenny sintió sus lágrimas cálidas en la nuca, y puso una mano sobre la de ella.

En esa posición se quedaron hasta que los potentes faros de la limusina barrieron la orilla y Oyama avanzó hacia ellos con una cobija en cada una de sus enormes manos.

Kiyomi fue la primera en entrar a la casa después de dejar sus botas empapadas junto a la puerta. Hizo una pausa al ver un par de mocasines brillantes de color negro que no pertenecían a su padre.

—Kiyomi-*chan* —la recibió Harashima en la puerta de la sala principal—. Necesito hablar contigo y con Kuromori-*san*.

Kenny entró, y al ver al padre de Kiyomi hizo una reverencia.

—*Konban-wa*, Harashima *sama* —dijo.

Harashima asintió por toda respuesta, pero mantuvo los ojos fijos en Kiyomi.

—Ahora mismo —exigió.

Kiyomi se sacudió el pelo húmedo.

—Papá, ¿No puedo darme un baño antes? Mírame; estoy empapada. Y tengo hambre.

—Oyama va a traer toallas limpias y algo de sopa caliente. Lo que tengo que decir no puede esperar.

Harashima giró sobre sus talones y entró a la sala.

—*Huy*, parece que está enojado —musitó Kenny al tiempo que se quitaba los zapatos deportivos y tomaba unas zapatillas para estar en casa.

—No tienes ni idea —murmuró Kiyomi.

La chica entró a la habitación y soltó un grito de sorpresa.

—*¡Ojisan! ¡Bikkuri shita!*

Kenny la siguió y enfrentó una cara conocida.

—¡Sato-*san*! —saludó, sin olvidar inclinarse ante el tío de Kiyomi—. *Konban-wa*.

—*Konban-wa*, Kuromori-*san*. Por lo que veo, su japonés ha mejorado.

Kenny se sonrojó.

—No es difícil mejorar cuando se empieza desde cero.

Oyama apareció con dos batas. Se las entregó y se fue tras cerrar las puertas corredizas.

Después de suspirar, Sato se volvió a Kiyomi.

—Lamento que ésta no sea una visita social. Tu padre me llamó.

Harashima tenía las manos cruzadas a la espalda y se dirigió a su hija.

—Kiyomi-*chan*, me encuentro muy decepcionado. Tus instrucciones estrictas consistieron en no entrar en combate contra los *oni* bajo ninguna circunstancia.

—Señor —intervino Kenny—, fue mi idea. Había vidas en peligro.

—Incluyendo las de ustedes —contestó Harashima en tono cortante—. Sus vidas son demasiado valiosas para correr riesgos tan estúpidos.

—Pero estamos bien —protestó Kiyomi—. Salvamos a varias personas... e impedimos que los *oni* se robaran el telescopio.

—¿No se les ocurrió pensar que deseábamos que se lo robaran para seguirlos y averiguar para qué lo querían?

—Pero eso no tiene... —comenzó a argüir Kiyomi, pero no terminó de expresar su idea.

—En cambio, ¿qué nos queda? —dijo Sato—. Varios edificios incendiados, explosiones en el centro, un avión derribado en las inmediaciones de la base militar de la armada estadunidense, un poste caído, varios automóviles con techos abollados y testigos que hablan de un muchacho de pelo rubio con ropa de futbolista que agita una espada. ¿Acaso se imaginan las dificultades que entraña suprimir estos hechos? Según los medios de comunicación, acabamos de sufrir un grave atentado terrorista.

—Señor —dijo Kenny, midiendo sus palabras—, ¿no era ése el propósito?

Sato alzó una ceja. Kenny se explicó:

—Sin duda, eso es lo que los *oni*, o quienes los enviaron, desean que crean todos. A eso me refiero. Hicieron explotar dos edificios como distracción, robaron un telescopio gigantesco, quemaron todo para destruir los indicios y por último intentaron llevárselo en avión. Todo eso habría pasado aunque nosotros no estuviéramos ahí. La pregunta es ¿por qué?

Harashima frunció los labios.

En la cocina se oyó ruido de cazuelas. Afuera las ranas croaban.

—Muy bien —dijo el padre de Kiyomi—. Quiero que ustedes dos me informen sobre todo lo sucedido esta tarde, sin omitir ningún detalle, ni siquiera el que parezca más insignificante, pues podría resultar decisivo.

Sato se manifestó de acuerdo y movió la cabeza afirmativamente:

—Sin duda se trata de un asunto de la mayor importancia, pues los *oni* no tienen miedo de mostrarse en público. Necesitamos determinar de qué se trata, antes de que sea demasiado tarde.

—No tiene sentido —declaró Harashima una vez que Kenny y Kiyomi concluyeron su narración.

—Es lo que yo pienso —añadió Kiyomi, y enseguida bostezó y estiró los brazos.

Sato daba golpecitos con los dedos sobre la mesa alrededor de la cual se hallaban sentados los cuatro.

—Lo que han descrito carece de toda lógica. Los *oni* no trabajan organizados en grupos. Su inteligencia es muy limitada.

—Ya lo sabemos —coincidió Kenny—. Tampoco se visten de uniforme ni saben conducir camiones.

—Por no mencionar el uso de armas, explosivos, poleas, grúas, andamios, sierras mecánicas, petróleo… —agregó Kiyomi.

—En ese caso, ¿qué nos queda? —preguntó Harashima—. O bien éstos no son *oni*, o bien…

—O bien se trata de una nueva clase de *oni*, una que nunca antes hemos visto —terminó Sato.

La puerta corrediza se desplazó y Oyama entró a la habitación con refrigerios en una bandeja que puso sobre la mesa. Estaba a punto de irse cuando Kiyomi le jaló la manga y le susurró algo al oído. Kenny observó una arruga que apareció en la frente del corpulento servidor antes de que hiciera una reverencia y se retirara.

—Kiyomi-*chan*, según lo que nos cuentas, el de la máscara es el que manda a los otros —sentenció Harashima mientras se servía una taza humeante de té verde.

—Así es —confirmó Kiyomi—. Con guantes y una máscara plateada. De lo más extraño. Todos los demás parecían tenerle mucho miedo.

—Pero no era una máscara —comentó Kenny tomando una galleta de arroz—. Yo también lo vi, en la puerta del avión. Se le movía la boca. Las máscaras no hacen eso.

Harashima miró a Kiyomi.

—Tú hablaste con él, ¿no es así? —le preguntó Harashima a Kiyomi.

Kiyomi arrugó la frente al recordar la conversación.

—No pude verlo con demasiada claridad desde el pasillo. Juraría que era una máscara.

Sato puso una mano en el hombro de Kenny.

—Kuromori-*san*, está bien. La mente a veces nos engaña. En la noche es difícil ver con claridad.

Kenny encogió los hombros para quitarse de encima la mano.

—Estoy convencido de que no era una máscara —insistió.

—Y yo sé que los *oni* vienen en muchas formas, tamaños y colores —reviró Sato—, pero no los hay de color plata.

Kenny buscó con la mirada el apoyo de Harashima.

—Señor, usted acaba de decirnos que esto tal vez sea algo nuevo, que ustedes no han visto antes.

—¿Un *oni* plateado? ¿De inteligencia avanzada? ¿Un líder, que da órdenes y utiliza tecnología moderna? Creo que si existiera una criatura semejante ya sabríamos de ella. Pienso que usted se ha equivocado.

—Yo sé lo que vi.

¡Bam! El puño de Kiyomi se impactó en la mesa y sacudió la tetera.

—Kenny, eres tan... ¡tan *ganko*! —declaró, y se puso un dedo en la sien—. ¡Tienes cabeza de piedra! No dejas que entre nada en ella.

Sato y Harashima intercambiaron una mirada. El funcionario del gobierno se recargó en el respaldo de su asiento con los labios apretados y se tocó la barbilla con los dedos.

—Hay que retroceder algunos pasos —propuso Sato—. Todo esto comenzó con una denuncia, ¿no es así?

Oyama volvió con una bandeja cubierta, la puso a un lado de Kiyomi, hizo una reverencia y volvió a salir.

—Sí —afirmó Harashima—. Recibimos informes de que varios *oni* se reunían para un ataque. Por eso quisimos seguirlos.

—Pero el ataque fue planeado con mucha precisión —especuló Sato—. No tiene sentido que se haya filtrado la información por un descuido.

—¿Cree usted que querían que lo supiéramos? —le preguntó Kenny.

—Es posible. A fin de cuentas, ustedes dos cayeron en una trampa, y los *oni* estaban preparados para recibirlos.

Kiyomi quitó la tapa de la bandeja y descubrió un plato de *sashimi* y un tazón de trozos de carne de res cubiertos con un huevo crudo. Tomó unos palillos y comenzó a comer. En la cara de Sato apareció un gesto de preocupación.

—Lo que no comprendo —declaró Kenny—, en primer lugar, es para qué querían robarse un telescopio tan grande.

—A lo mejor son aficionados a la astronomía —sugirió Kiyomi, con un trozo de pescado rojo suspendido de los palillos.

—En ese caso podrían comprar un buen aparato en Akihabara —objetó Kenny—. Para eso no necesitan uno de diecisiete toneladas.

—¿Cómo sabes que pesa diecisiete toneladas? —inquirió Sato.

—Lo dijo uno de los *oni* mientras construían los andamios —replicó Kiyomi.

—Ah, ¿sí? Qué interesante —comentó Sato asintiendo con la cabeza—. ¿*Ak-gu-harak n'ka ga-hruk*?

—No sé. Estaba escondida en ese momento. Creo que fue el azul, el del colmillo quebrado. ¿Por qué? —preguntó y dejó los palillos sobre la mesa—. ¿Qué les pasa? ¿Por qué todos me miran?

—Tranquila —repuso Sato—. Respira hondo y coloca las dos manos sobre la mesa, con las palmas hacia abajo.

—Papá —recurrió Kiyomi a su padre—, ¿qué sucede?

—Haz lo que te dice tu tío.

Harashima se levantó y bloqueó la salida de la sala.

—Kuromori-*san* —le dijo Sato a Kenny—, usted tiene moretones en el cuello, pero nada de lo que ha contado lo explica.

Kenny desvió la mirada.

—Ah, eso. *Uf*, el cuello de mi camisa se atoró en un árbol al correr. Fue una estupidez, pero casi me estrangulo.

La mirada de Sato se centró en Kiyomi.

—Una mentira admirable, Ken-*san*, pero los árboles no tienen dedos como para dejar esas huellas. Kiyomi-*chan*, las manos sobre la mesa. ¡Ahora!

Kiyomi arrugó la nariz al cambiar su gesto de lástima por una mueca de rabia. Se levantó de un salto y volcó la mesa.

—Nadie me dice lo que debo hacer, especialmente tú, *oji*.

—¡Kiyomi-*chan*, escucha! —replicó Sato—. Piensa un poco. Estás cansada, ¿no es así? Has tenido malos sueños, ¿verdad? ¿Pesadillas?

La expresión de rabia se volvió titubeante.

—¿Cómo lo sabes?

—Tu estado de ánimo ha sido muy inestable. Te enojas rápido, por cosas insignificantes, ¿no?

Los ojos de Kiyomi recorrieron toda la sala, como un animal atrapado que busca la salida.

—Es verdad —confesó, con un tono de voz angustiado.

—Si me permites hacer conjeturas, acabas de comer filete tártaro y *basashi*. Si le pregunto a Oyama confirmará que la carne cruda desaparece del refrigerador.

Kiyomi se cubrió los oídos con las manos.

—¿Cómo lo sabes? ¿Qué es lo que me pasa?

Sato se le acercó y le quitó las manos de la cabeza.

—¿Cuándo aprendiste el idioma de los *oni*?

—¡No!

El pie derecho de Kiyomi golpeó el pecho de Sato y lo arrojó contra su padre. Ambos hombres cayeron al suelo.

La puerta corrediza se abrió y la figura monumental de Oyama cubrió el hueco. Kiyomi se echó un clavado entre sus piernas después de esquivar sus brazos extendidos, y logró alcanzar el corredor para salir por la puerta principal.

Kenny contempló la escena.

—¡No podemos permitir que se vaya! —exclamó Sato mientras se incorporaba—. Tenemos que encontrarla antes de que haga alguna locura.

Harashima presionó los botones del intercomunicador.

—Pongan el cerrojo en todas las puertas y activen los detectores de movimiento —ordenó—. No podrá ir muy lejos.

—Señor, si me permite, yo lidiaré con esto —intervino Kenny—. Sé dónde encontrarla.

Harashima observó el gesto de agonía en el rostro de Kenny.

—Bueno —accedió—. Pero ten mucho cuidado.

Kenny conocía lo suficiente el jardín como para orientarse en sus senderos, aun de noche. Fue a toda prisa hacia la casa de verano octogonal que hacía las veces de *dojo*. Él y Kiyomi pasaron juntos muchas horas ahí el verano anterior. El lugar estaba repleto de recuerdos.

—¿Kiyomi? —la llamó al detenerse en el umbral—. Necesitamos hablar. Sé que estás adentro.

No recibió respuesta.

—Lo que acaba de pasar en la casa fue de lo más raro. Al menos para mí. La pregunta es: ¿qué hacer ahora?

Se sentó en el escalón superior y apoyó la espalda en un poste. Dirigió sus palabras al hueco oscuro bajo el techo.

—No soy doctor, pero me parece que lo que más necesitas en este momento es un amigo. A mí también me hace falta tu amistad; tú eres la mejor amiga que tengo. Por eso espero que no te incomodes si te hablo desde aquí, donde estoy sentado. ¿Te parece bien?

Seguía sin respuesta.

—Yo también tengo pesadillas —le confió Kenny—. A menudo, aunque no todo el tiempo. A veces sueño con Namazu, y vuelvo a vivir todo lo que pasó. Otras veces es Hachiman, o que me persiguen las *nukekubi*. Mi papá dice que es el estrés después del trauma, que mi cerebro vuelve a recorrer todo para darle sentido a las cosas hasta que dejen de ser amenazantes. Pero la peor pesadilla... es encontrarte, fría y quieta.

Kenny hizo una pausa y se enjugó uno de los ojos con la manga de la bata antes de proseguir.

—Cuando eso pasa... es como si me hicieran un hoyo en el pecho. Una parte de mí... se murió contigo, y la idea de seguir sin ti... —suspiró—. Tú no podrás recordar nada de esto, pero tuve un acceso de locura. He perdido a mi madre... y no soporté la idea de perderte a ti también. Enloquecí. En mi desesperación recordé algo que me dijo Inari, acerca de elegir la vida y no poner límites. Se me ocurrió el disparate de que podría intercambiar mi vida por la tuya, y lo hubiera hecho. Tú vivirías mejor que yo con la pérdida, supongo. Fui egoísta, lo admito. Pero entonces Taro se adelantó y se sacrificó en mi lugar. Porque se trata de eso, ¿verdad? Recibiste tu nueva alma de un *oni*, y por eso estás cambiando. Tu tío no tardó en darse cuenta.

—¿Ken-*chan*?

La voz de Kiyomi era apenas un susurro en la oscuridad.

—¿Sí?

—¡Mátame!

—¿Qué?

—Te lo suplico. Por favor. Usa la espada. Mátame. Envía el alma del *oni* al lugar que le pertenece. No queda otra opción.

—Me niego. Tiene que haber otra manera.

Kiyomi se le acercó.

—Ken-*chan*, lo viste con tus propios ojos. Traté de matarte. Soy un peligro. Me estoy convirtiendo en un monstruo, una *onibaba*. Matarme será un acto de misericordia.

—No —repuso Kenny—. Estás enferma, como mi mamá. Pero ahora es distinto, porque esto es culpa mía. Fui yo quien te lo hizo.

Kiyomi salió a la luz de las estrellas.

—No te culpes, Ken-*chan*. Trataste de engañar a la muerte, pero al final ella siempre triunfa.

Kenny se puso de pie de un salto.

—No hables así, Kiyomi. Esto no se acaba aquí, falta mucho —le aseguró Kenny y le tendió una mano—. Una vez me hiciste prometer que haría todo lo necesario para salvar vidas. La promesa sigue siendo válida, pero ahora es tu vida la que está en juego. Te lo juro por lo que más quiero: hallaré la manera de enderezar esto, de deshacer el lío creado por mí... cueste lo que cueste.

—Kenny, no hagas esa clase de promesas. Tú no sabes...

—Soy yo quien define mis límites, nadie más. ¿No recuerdas las primeras palabras que me dirigiste?

Kiyomi asintió.

—Sí, las recuerdo.

—Me dijiste: "Confía en mí", y te obedecí, y me salvaste la vida. Ahora es mi turno. Confía en mí.

Kiyomi extendió un brazo y agarró la mano de Kenny.

—Bueno.

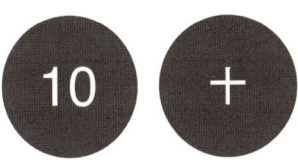

Oyama los esperaba en la puerta con una selección de sándwiches que le ofreció a Kenny.

—Es lo que él hace cuando se preocupa —le susurró Kiyomi al observar la expresión de desconcierto en el rostro de Kenny.

—Oh, uh, gracias —dijo Kenny y se llevó el plato a la sala principal, donde lo puso sobre la mesa, que ya estaba enderezada.

Al ver a Kenny y Kiyomi, Sato terminó una llamada telefónica.

Kenny tomó uno de los sándwiches y alzó una esquina. Estaba lleno de ensalada de papas. Lo devolvió al plato, con la esperanza de que nadie se diera cuenta.

Harashima se aproximó a la puerta y abrazó a Kiyomi tan pronto como ella entró.

—Gracias a los dioses que estás segura. Por favor —le rogó—, no te vuelvas a escapar. No podría soportar la idea de perderte.

Kiyomi apretó los labios y asintió con la cabeza.

—Gracias, Kuromori-*san* —interpuso Sato—. Ha actuado bien. Kiyomi-*chan*, he recurrido a alguien que tal vez pueda ayudar. Vendrá por la mañana. Mientras tanto, lo mejor será que descanses.

—Sato-*san*, ¿se sabe algo de los *oni*? —inquirió Kenny—. ¿Los de esta noche?

—He ordenado investigar el caso del aeroplano —respondió Sato—. Un transporte aéreo de esa clase tiene que haber sido contratado por alguien, seguramente una empresa pantalla propiedad de alguna otra corporación. Tomará algo de tiempo, pero identificaremos a los que alquilaron el avión.

Harashima hizo movimientos afirmativos mientras hablaba:

—Kuromori-*san*, ahora Oyama lo llevará a su casa.

Kiyomi acompañó a Kenny a la salida. Él le dio la bata y se puso sus zapatos deportivos todavía empapados.

—Ken-*chan*, sobre lo que dijiste… —comenzó Kiyomi.

—Asumo cada palabra —le aseguró Kenny, tomándola de las manos—. Yo soy el responsable y voy a encontrar la manera de arreglar esto, aunque me cueste la vida.

Oyama dejó a Kenny en Honan Dori y el chico cubrió a pie la media cuadra hasta su edificio de departamentos, una construcción sin estilo especial, hecha a base de concreto y vidrio, de trece pisos de altura. Tomó el ascensor al séptimo, salió al pasillo y abrió la puerta de su casa.

—Hola, papá —saludó desde la puerta de la sala.

Charles levantó la vista del escritorio, en una esquina junto al balcón. Operaba un teclado, y las imágenes del televisor plano en la pared opuesta se reflejaban en sus anteojos sin armazón.

—Kenny.

Charles se quitó los lentes y se frotó los ojos con la palma de la mano.

—Es tarde. ¿Has comido? Hay pizza en el refrigerador.

—¿Pepperoni? —preguntó Kenny, con la esperanza de algo más apetitoso que un sándwich de ensalada de papas.

—Atún, clotc con papas y mayonesa —replicó Charles, pero vio la expresión en la cara de su hijo—. Está mejor de lo que suena.

—Me las arreglaré —declaró Kenny.

Abrió un estante y buscó una taza de fideos instantáneos.

Charles apagó el sonido de la televisión y se acercó con una taza vacía a la barra.

—¿Dónde andabas?

Kenny alzó los hombros.

—Fui a tu escuela —continuó Charles—. Se me hizo un poco tarde, pero pensé que te alcanzaría al final.

—Lo siento —murmuró Kenny.

Llenó la cazuela y la puso a calentar.

—Tengo buenas noticias, sin embargo. Te incluyeron en el equipo —le informó Charles, examinando con atención a su hijo para percibir su estado de ánimo—. ¿Qué tal el entrenamiento? Por lo visto, se puso rudo.

—Oh, sí. Podrías calificarlo así —confirmó Kenny y metió un dedo en uno de los muchos agujeros en su uniforme de futbol—. Tengo dolor hasta en mis dolores. ¿No has visto las noticias?

Se inclinó para ver la pantalla del televisor y distinguió tomas del ascenso de un cohete.

—No. Estuve trabajando. Estoy elaborando un ensayo acerca del programa espacial, específicamente sobre los efectos de un proyecto de geoingeniería sobre el orgullo nacional —le contó Charles, poniendo gránulos de café en la taza—. ¿Por qué? ¿Pasó algo?

—Es bastante complicado, papá —suspiró Kenny.

De la tetera salió un silbido de vapor y Charles vertió el agua hirviendo en los recipientes.

—Se trata de... ¿los asuntos de tu abuelo? —preguntó, mientras revolvía su café.

—Sí... Ya sé que no hablamos del tema, pero...

Kenny hundió en el agua el bloque de fideos secos con el tenedor y vio cómo se alzaban racimos de burbujas.

—Kenny... hijo mío... si algo te preocupa, puedes contarme. Tal vez no pueda ayudarte, pero a lo mejor te dará algo de alivio compartirlo.

Kenny agarró un banco para sentarse frente a la barra.

—Bien. Tengo una pregunta. Cuando mamá se enfermó, ¿qué hubieras hecho para salvarla? Digo, en caso de que fuera posible.

—Hum. Sabes llegar a las grandes preguntas, ¿verdad? —replicó Charles, a la vez que también él tomaba un banco—. ¿Sabes?, cuando le hicieron el primer diagnóstico a tu madre, les pregunté qué se podía hacer para curarla. Me dijeron que un injerto de médula ósea de un donante compatible era el único tratamiento.

Kenny apartó su plato de fideos.

—Hicimos todas las pruebas —prosiguió Charles—. Yo fui el primero. ¡Cómo recé para que resultara compatible! Quise ser yo quien salvara a tu mamá.

—¿Y?

—Ni siquiera quedé cerca —repuso Charles, y cerró los ojos mientras meneaba la cabeza, suspirando—. No sé si debería contarte esto... Tú, en cambio, eras perfecto.

Kenny parpadeó.

—¿Yo? Entonces, ¿por qué no...?

—No tenías más que tres años, muy lejos de la edad mínima. Te hicimos la prueba sólo por si acaso ella vivía lo suficiente.

Charles contempló el fondo de su taza, y el vapor le empañó los anteojos.

—¡Qué mal! —exclamó Kenny.

—Sí. Eso casi me causa la muerte. Imagínate ver morir poco a poco a alguien que amas, a sabiendas de que existe el poder para salvarla, pero no puedes usarlo.

Charles desvió la mirada, que se perdió en alguna lejanía.

Kenny estudió el rostro de su padre antes de hablar.

—Me sorprende. No voy a lograr que esto suene bien, pero siempre pensé en ti como alguien débil... Ya sabes, la bebida y todo lo demás. Pero eres mucho más fuerte de lo que pensé. Sufriste todo eso, y aquí sigues.

Charles extendió la mano y le acarició el pelo a Kenny.

—Es posible que de ahí lo hayas sacado tú. Todavía pienso todos los días en ella... y también cada vez que te veo.

Se quitó los lentes y se enjugó los ojos.

Kenny acercó su plato, hundió el tenedor en los fideos y lo hizo girar.

—Gracias, papá.

—Se trata de Kiyomi, ¿verdad? —conjeturó Charles y se volvió a poner los lentes—. Sobre lo que sucedió en aquella cueva.

—Sí —afirmó Kenny—. De eso se trata. Espera, me acabo de acordar de algo. Tú sabes mucho sobre mitología y folclor japoneses, ¿no?

—Era imposible crecer en nuestra casa sin aprender esas cosas —replicó Charles, sonriendo.

—¿Oíste alguna vez hablar de un *oni* color plata?

Después de una larga pausa, Charles respondió.

—No, de plata nunca. Creo que los hay de cada color del arcoíris, pero nunca supe de uno metálico. ¿Es importante?

—Mucho.

—Veré mis notas mañana y haré algunas preguntas entre los profesores. Pero ahora debes comer.

Se levantó y se llevó la taza de café al escritorio, pero quiso decir algo más.

—¿Kenny? Lo que dije sobre pasar juntos más tiempo fue en serio. Tenemos muchas lagunas que llenar.

Volvió a subir el volumen del televisor.

Kenny comió sus fideos mirando una simulación del despegue de un satélite que tomaba su posición en órbita, pero le pesaban los párpados y su mente voló a su conversación con Kiyomi.

Sintió un estremecimiento al percibir una verdad terrible, que hizo que se le erizara la piel. La personalidad de *oni* que crecía dentro de Kiyomi era, a su manera, lo mismo que un cáncer. Si no la controlaban, la consumiría por completo, la convertiría en una cáscara hueca habitada por un monstruo. Si eso sucedía, se vería obligado a poner fin a su vida, a sus sufrimientos, y también para proteger a los demás de la bestia en que se convertiría inevitablemente. A Kenny no le quedaría más remedio que matarla.

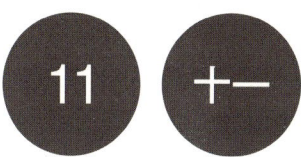

Los aullidos de las sirenas de emergencia y la voz excitada de los comentaristas de televisión despertaron a Kenny de un sueño intranquilo. Se incorporó del futón y se sentó, bostezando y desperezándose. Se dirigió al baño arrastrando los pies y se echó agua fría en el rostro antes de moverse a la sala.

Su padre ya estaba despierto y vestido, dedicado a poner en un plato, al lado de dos tiras de tocino, unos perfectos huevos fritos.

—Buenos días, dormilón —lo saludó Charles—. Se me ocurrió prepararte un desayuno decente para compensar la cena de anoche. ¿Hot cakes?

—Claro que sí.

Kenny se sentó al lado de la barra y parpadeó al mirar la televisión. El noticiero de la mañana mostraba edificios en llamas, camionetas de reparto destrozadas, grandes atascos de tráfico y un avión estrellado en medio de un bosque.

—Otros adolescentes se emborrachan y pintan grafitis —comentó Charles, con una sonrisa astuta, mientras sacaba del sartén dos hot cakes gruesos y esponjosos y los balanceaba sobre un plato.

—¿Y cómo sabes que fui yo? —reviró Kenny rociando los hot cakes con jarabe y poniéndose a comer.

—No lo supe hasta que mencionaron a un chico *gaijin* con uniforme de futbolista. Hay algunos videos borrosos de las cámaras de vigilancia, pero nada definido. ¿Qué estuviste haciendo?

—Ya sabes que no te puedo contar, papá. Es por tu propia seguridad.

—Pues debes haber hecho bien las cosas. Una sobreviviente declaró que un ángel de pelo rubio voló a salvarla.

Kenny sintió que le ardían las mejillas.

—Por favor —añadió Charles—, prométeme que tendrás mucho cuidado, ¿sí? Estoy muy orgulloso de ti.

Charles puso un vaso de jugo de naranja fresco al lado del plato de Kenny. Las noticias pasaron a cubrir un segmento sobre el lanzamiento de un satélite.

—Papá, ¿no es eso en lo que trabajabas anoche? —le preguntó Kenny, con la intención de cambiar de tema.

Charles alzó los ojos.

—Ah, sí. El Proyecto *Hoshi no Kagami*.

—¿En qué consiste?

—¿No les enseñan nada en la escuela en estos tiempos?

—Sé que se trata del calentamiento global. Van a enfriar el planeta, ¿no?

Charles echó un vistazo a su reloj.

—En estos días se llama "cambio climático". Muy bien, un resumen rápido. Un astrónomo estadunidense llamado Lowell Wood calculó que si por algún medio pudiéramos desviar tan sólo uno por ciento de la luz del sol que llega a la Tierra, sería posible restaurar los climas del mundo al estado que tenían antes de añadir los gases del efecto invernadero.

—Eso es. Van a poner unos lentes de sol gigantescos en el espacio.

—No digas tonterías. Todos pensaron que esa idea era descabellada, demasiado cara y nada práctica. Sin embargo, cuando la Comisión Intergubernamental sobre el Cambio Climático de la ONU le dio su apoyo, los científicos comenzaron a tomarla en serio.

—Y los japoneses se pusieron en la punta —añadió Kenny después de tomar un trago de jugo para ayudar a que el tocino bajara a su estómago.

—Sí, pero sólo para comprobar un experimento conceptual. Los científicos japoneses utilizarán vigas de grafeno como soporte de una película... ¿me escuchas?

—Mm-hm. Si no me crees, puedes hacerme un examen después.

—Es una especie de sombrilla gigante, de cincuenta kilómetros de ancho, con huecos rellenos de metal de sodio. El plan consiste en probarlo sobre Japón, para ver hasta qué grado resulta viable.

—Y para eso utilizarán todos esos cohetes, ¿verdad? Muchos lanzamientos para ensamblar esa cosa allá arriba.

Charles asintió.

—Es un asunto de gran importancia, ¿sabes? Hay en juego mucho dinero y el orgullo nacional. Es uno de los mayores proyectos de ingeniería del mundo.

Kenny echó la mirada hacia arriba.

—Ya lo sé.

—En los dos próximos días colocarán la pieza final. Tal vez declaren día festivo por esa razón —comentó Charles y volvió a mirar el reloj—. Se me hizo tarde. Lava los platos cuando termines, arregla un poco el departamento y déjame un recado diciendo a qué horas vuelves. Nos vemos después.

Tomó el estuche de su laptop y salió de prisa.

Kenny agarró el control remoto y apagó el televisor.

Tonk tonk. Un ruido hueco salió de las inmediaciones del escritorio de su padre.

Kenny recogió los restos de la yema de huevo con un trozo de hot cake y se aproximó a investigar. El ruido parecía venir de abajo del escritorio. Se puso a gatas y se arrastró bajo el mueble para ver más de cerca.

¡Blam! Dos patas peludas golpearon la ventana y una cara de mapache se aplanó contra el vidrio, con ojos enormes y una lengua rosada que colgaba de la boca.

—¡Poyo! —le gritó Kenny a la mascota de Kiyomi—. Qué susto me has dado.

Abrió la puerta del balcón para que el rechoncho *tanuki* pudiera entrar al departamento.

—Son siete pisos de altura —lo regañó—. ¿Puedes informarme cómo llegaste hasta aquí?

Poyo se sentó sobre los cuartos traseros, alzó los hombros y olfateó el aire. Se relamió los labios y fue hacia la cocina.

—He terminado de desayunar. Llegas demasiado tarde —le advirtió Kenny.

Poyo se trepó a la barra después de saltar a un banco y se asomó al sartén. Metió una de las garras a la grasa del tocino y se la lamió, goloso.

—¿Se trata de una visita social? —preguntó Kenny.

Poyo hizo una pausa y meneó la cabeza, causando que un hilo de baba cayera sobre el plato de Kenny.

—Entonces es cuestión de trabajo. ¿Me traes un mensaje?

El *tanuki* hizo un movimiento afirmativo de cabeza y enseguida apuntó a Kenny con una garra.

—¿Yo? Bueno. ¿Qué tengo que hacer?

Poyo se sentó, puso dos puños frente a él y los meció de un lado a otro describiendo movimientos circulares.

—Si se supone que eso es conducir un automóvil, no lo haces muy bien que digamos.

Poyo se echó un pedo.

—Es un modo de responder a una crítica, supongo —comentó Kenny sonriendo a pesar suyo—. Y ¿adónde debo dirigirme?

Poyo se puso de pie con trabajos y se aplanó el pelaje de la cabeza. Enseguida paró los labios e hizo el ruido de besos.

—Muy gracioso —dijo Kenny, que dejó de considerar divertido el intercambio—. Debo ver a Kiyomi, ¿no es así?

Poyo asintió y volvió a lamer el sartén.

—La próxima vez ella podría enviarme un texto —murmuró Kenny y se fue a su habitación para cambiarse de ropa.

El viaje a la residencia de Harashima tomó unos cuarenta y cinco minutos en el transporte público, e incluyó tres trenes y una breve caminata.

Los guardias de la *yakuza* abrieron paso a Kenny por las puertas de los dragones y el chico se echó a andar por el camino que conducía a la casa.

—Kuromori-*san* —lo saludó una voz conocida con sonido claro y alto.

—¡*Sensei*!

Kenny giró sobre los talones y sintió alegría al ver en el camino detrás de él la figura alta del anciano.

—Has estado ocupado —dijo Genkuro—. Ven. Camina conmigo. Disfrutemos de estos hermosos jardines.

—*Uh*, bueno.

Kenny se puso junto a su antiguo maestro y dejó atrás a Poyo.

Avanzaron por un estrecho sendero de grava, bordeado de arbustos compuestos por azaleas y rododendros. Los rayos del sol se filtraban por encima de sus cabezas entre las hojas moradas y rojas de los arces.

Genkuro se detuvo en un conjunto alto de plantas de bambú. Extendió el brazo y tocó un tallo largo y delgado, haciendo sonar la parte de arriba al rozarse con las otras.

—Dime lo que ves, Kuromori-*san*.

Kenny alzó los ojos entrecerrados.

—Una vara de bambú —respondió—. Crece en secciones, llega a mucha altura y las hojas brotan arriba.

—¿Algo más? —preguntó el anciano maestro—. ¿Sobre su naturaleza?

—Crece muy rápido. Y los brotes tiernos se pueden comer —prosiguió Kenny, buscando en su memoria algo adicional—. Ah, sí. Es una clase de césped.

Genkuro sonrió.

—Muy a menudo, los jóvenes miran, pero no ven.

Kenny se sintió ofendido.

—Es bambú, una clase de césped que crece a mucha altura. ¿Qué más se puede decir?

—El bambú nunca deja de crecer. Parece débil, pero sus raíces son fuertes. Es casi imposible de romper, porque se dobla bajo presión. Tiene una larga vida, y soporta las condiciones más duras. Tal vez te convenga aprender de él.

—La pregunta fue engañosa. Usted no me preguntó cómo es el bambú, sino qué es.

—¿Acaso hay alguna diferencia?

Kenny hizo un gesto de enfado dirigido contra el bambú, como si la planta se burlara de él.

—En invierno —continuó Genkuro mientras extendía una mano para que la explorase una mariposa que acudió a posarse en ella—, cuando la nieve cae sobre el bambú se acumula y con su peso lo hace doblarse, tanto, que sus hojas llegan a tocar el suelo. La nieve se derrite, se cae y el bambú vuelve a su posición erguida. ¿Qué pasaría si el bambú no cediera?

—Se rompería.

—En efecto. Una desgracia.

Genkuro miró a Kenny como si esperara que el chico tuviera una revelación de entendimiento.

—¿Qué? —lo instó Kenny—. No comprendo.

—Kuromori-*san*, hay un tiempo de resistir, y un tiempo de ceder. Todavía no sabes hacer esas cosas.

—¿Y eso qué significa?

—Significa que el cuerpo de Kiyomi-*chan* ha rendido su espíritu. La muerte llegó a ella, como ha de llegarnos a todos. Pero tú te resististe. Tu razón fue vencida por tus sentimientos, y la hiciste regresar.

Kenny entrecerró los ojos.

—Inari me dijo que yo podía elegir entre aceptar el destino o cambiarlo.

—Pero algunos destinos no se pueden cambiar. Ahora ya sabes por qué está prohibido.

—¿Por qué? ¿Acaso es porque la muerte encuentra otra manera? Eso me repugna. Prefiero lidiar con ello en mis propios términos, no en los de nadie más.

Genkuro contempló a la mariposa, que emprendió el vuelo.

—Mi señora tiene mucha fe en ti, Kuromori-*san*. Tu debilidad es la fuente de tu fuerza, pero tus fuerzas son también tus debilidades. Deberías hablar con ella.

—No, gracias. No necesito que alguien más me diga: "Te lo dije", cuando todo lo que hice fue salvar una vida.

—Por desgracia, no fue eso lo único que hiciste —le corrigió Genkuro y se aproximó a la casa—. Tomaste una vida para pagar por otra, pero en la transacción utilizaste moneda robada. Por eso está cambiando Kiyomi-*chan*, y el responsable eres tú.

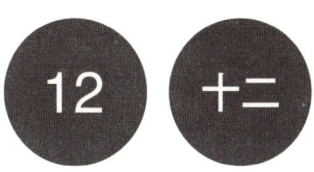

—El aeroplano fue contratado por Exportación de Materiales Sugawara —les informó Sato a Kenny y Harashima cuando se hallaron dentro de la casa. Señaló un mapa en el banco de monitores de televisión que cubría todo un muro y siguió hablando:

—Una empresa de ingeniería. Según el plan de vuelo, se dirigían al aeropuerto Kagoshima.

—¿Dónde queda Kagoshima? —preguntó Kenny.

Sato redujo el mapa con el zoom y puso el dedo en una forma al suroeste de la costa de Japón, cerca de Corea del Sur.

—Está aquí, en la isla de Kyushu.

—¿A qué distancia de Tokio? —quiso saber Kenny.

—Unos mil kilómetros —respondió Harashima.

—¿No es un vuelo demasiado largo para transportar un telescopio robado?

—Es un lugar en la costa —explicó Sato—. Quizá su propósito fuera sacarlo en barco.

—Se trata del punto más cercano entre Japón y China —agregó Harashima—. En línea recta sobre el mar de China Oriental.

Kenny apretó los labios mientras pensaba.

Sato prosiguió con su informe:

—Tal como sospechamos, Sugawara es una empresa pequeña que ha cambiado de dueño muchas veces. Tengo un equipo que investiga quién es el verdadero propietario.

—Tal vez yo debería ir a Kagoshima —sugirió Kenny—, para tratar de averiguar quiénes fueron a recibir al avión. Alguien esperaba su llegada, sin duda.

—Mala idea —objetó Sato—. Usted destruyó medio Tokio anoche. Propone ahora viajar al sur, sin saber adónde va ni tampoco qué busca allá.

—¿Por qué no? —replicó Kenny—. ¿Acaso tienen una idea mejor?

—¿No le parece que ya causó suficientes daños? —lo retó Sato—. Mire lo que sucedió la última vez que se le ocurrió actuar por su cuenta conforme a sus propios deseos.

—¿Me lo van a echar en cara todo el tiempo? —reclamó Kenny, subiendo el tono de voz—. ¿Ya no se acuerdan que la última vez en realidad hice algo bien? ¿Olvidaron que ganamos?

—Hubo un costo —intervino Harashima, en voz baja—. Siempre hay un costo.

La puerta se deslizó y apareció Genkuro, que hizo una reverencia antes de entrar en la sala.

—Kuromori-*san* —dijo, con los ojos fijos en Kenny—, me ayudarías considerablemente si decidieras no hablar a gritos.

—Lo siento mucho —se disculpó Kenny—. ¿Cómo está ella?

Genkuro se volvió a mirar al padre de Kiyomi.

—Los *oni* son criaturas movidas por la pasión. En ellos florecen los sentimientos más potentes, como la ira, la rabia, los celos. Hemos tenido un poco de suerte. En primer lugar, Taro, el *oni* que se sacrificó por Kiyomi, no era tan salvaje como muchos otros de su especie. En segundo, Kiyomi-*chan* no ha estado sometida a un estrés excesivo desde entonces. Estos factores contribuyen a que el cambio se produzca con más lentitud. Sin embargo, la realidad es que con cada día que pasa se vuelve más fuerte su personalidad de *oni*. Es cuestión de tiempo hasta que se apodere por completo de ella y elimine su personalidad humana.

Harashima apretó los nudillos contra su boca y en su rostro apareció una expresión de ansiedad.

—¿Cuánto tiempo nos queda? —preguntó.

—Eso va a depender de la cantidad de estrés emocional que tenga que sufrir. Al aumentar la intensidad de esos sentimientos, se vuelve más fuerte su faceta de *oni*.

—En ese caso, ¿requiere mucho descanso y tranquilidad?

—Es lo más recomendable.

—¿Puedo verla? —inquirió Kenny—. ¿Por favor?

—Sólo si prometes no perturbarla.

Kenny dio unos golpecitos en la puerta corrediza *shoji*.

—¿Quién es?

—Yo. Kenny.

—Vete.

Kenny se acercó a la abertura.

—Y ahora, ¿qué hice? —preguntó.

—No eres tú. Soy yo. Lo que soy capaz de hacer.

Kenny se pasó la mano por la garganta.

—Pero eso no eres tú. Es... eso que está dentro de ti. Y yo lo puse ahí.

El hueco se ensanchó un poco y algo del perfume de Kiyomi salió de la habitación, envuelto en una onda de aire cálido. Kenny lo aspiró profundamente.

—Ya te dije —argumentó Kiyomi—: no te culpes por nada de lo que sucedió. Si tú no... hubieras actuado como lo hiciste, no estaríamos hablando ahora.

—A mí me parece que todos me hablan como si yo hubiera hecho algo malo al salvarte. ¿Cómo iba yo a saber?

—Es porque están preocupados, eso es todo.

—¿Y tú? ¿También preocupada?

—No, no me preocupo. Me basta con estar aterrada.

Kenny se mordió el labio. Nunca pensó que Kiyomi experimentara terror por ningún motivo. ¡Y él todavía sentía autocompasión!

—¿Qué haremos? —preguntó.

—No lo sé —repuso Kiyomi—. Supongo que quedarme aquí y esperar. Tratar de retrasar las cosas lo más posible.

—Eso es una estupidez —objetó Kenny—. No puedes encerrarte en la oscuridad y esconderte. Tú no eres así.

—¿Acaso te consideras un experto?

—Sé un poco sobre la depresión —replicó Kenny, con los ojos cerrados—. Lo peor de todo es abandonar la esperanza. Es un círculo vicioso: no haces nada porque estás deprimida, y lo siguiente es que te deprimes más porque no haces nada. No te rindas. De lo contrario, da lo mismo que no te hayas muerto.

Kiyomi cerró la puerta.

—Bueno. Gracias por venir a alegrarme.

Sin abrir los ojos, Kenny se recargó en la pared y le dio tres topes con la cabeza.

La puerta se abrió del todo y Kiyomi salió al corredor, con la chamarra en la mano y la bolsa colgada del hombro.

—Ten cuidado, no hagas eso —le recomendó—. Ya has sufrido suficiente daño cerebral.

Kenny sonrió y se enderezó.

—Pensé que te quedarías escondida en tu cueva.

—¿Qué, lo mismo que una *oni*?

Alzó dos dedos y se los puso uno a cada lado de la cabeza como si fueran cuernos.

—Todavía no —aclaró—. ¿Adónde me llevas? ¡Ya sé! A la Disneylandia de Tokio. Hace años que no voy.

—Sí, claro. ¿Montañas rusas, multitudes, colas? Se supone que debe ser algo sin estrés. ¿Qué te parece… si vamos al acuario? Dicen que ver a los peces ayuda a relajarse.

La limusina se alejó del punto de descarga de pasajeros mientras Kiyomi tomaba a Kenny del brazo. Ambos se echaron a andar por la amplia avenida hacia la bahía de Tokio. En el horizonte se alzaba una enorme rueda de la fortuna de color rojo, como un vitral sobre el cielo.

—Aprovechando que ya estamos aquí, cuéntame: ¿qué le dijiste a mi padre? —pidió Kiyomi.

—Primero, que eso de encerrarte no era para el tipo de persona que tú eres.

—A ver si adivino. Él respondió que, a pesar de todo, era por mi propio bien.

—Exacto. Pero entonces yo argumenté que tenerte encerrada en tu habitación iba a causarte más estrés, en lugar de reducirlo.

—Qué listo. Le diste la vuelta a la situación.

—Y luego ataqué el único punto débil que tiene cualquier padre japonés.

—¿Cuál es?

—La educación. Le expliqué que hoy falté a la escuela para ir a su casa, y lo menos que él podía hacer era darnos permiso para hacer una salida a estudiar biología marina.

Kiyomi se rio.

—¿De verdad le dijiste eso? ¿Y él aceptó?

—Claro. Creo que necesitaba un pretexto para dejarte salir a tomar un poco de aire. Además, le prometí que no habría ningún estrés. Aunque me advirtió que nos hará preguntas después.

Kiyomi extendió los brazos y giró con los ojos cerrados y la cara al sol. Sus largos cabellos formaron un abanico atrás de ella.

—Ten cuidado, te vas a marear —le advirtió Kenny.

Kiyomi se detuvo.

—Y ¿quién me va a agarrar si me caigo?

Se tambaleó en dirección a Kenny y cayó sobre él.

—Yo, como bien sabes.

La enderezó. Kiyomi acercó la boca al oído de Kenny y musitó:

—Gracias.

—¿De qué?

—Por todo. Por hacerme salir hoy. Por no abandonarme. Por ser un bobo. Porque eres mi amigo.

—*Huy*. No te me ablandes demasiado. No estoy seguro de soportar que seas amable conmigo.

—¡Ja! No te preocupes, puedo darte una patada en el trasero cuando se me antoje.

—Será en tus sueños.

—En mis sueños, las patadas no son para tu trasero.

Dieron vuelta a la izquierda después de pasar un signo azul con un pez que sostenía una flecha y se dirigieron hacia un domo de vidrio que se alzaba por encima de los árboles. Vieron clavadas sobre un muro las palabras "Parque de Biología Marítima de Tokio".

Por ese camino llegaron a la puerta de admisión y entraron a una amplia sala circular, dominada por el imponente domo de acero y vidrio erigido sobre pilares. Kenny pensó que parecía un cruce entre un invernadero y una nave espacial. Del interior llegaban voces emocionadas de niños, y los guardias de seguridad, con guantes blancos, dirigían a los visitantes hacia una escalera eléctrica para descender.

De pronto, Kiyomi se detuvo. Temblando, giró sobre los talones.

—¿Qué te pasa? —le preguntó Kenny.

—Tengo frío —musitó ella.

Kenny se quitó la chamarra y se la puso sobre los hombros trémulos.

—Oye, no tenemos que hacer esto, ¿sabes? —le dijo a la chica—. A mí tampoco me gustan los lugares subterráneos. No después de...

Kiyomi cerró los ojos con fuerza y clavó las uñas en los brazos de Kenny, como si temiera ser arrastrada de ahí. Respiró hondo y retuvo el aliento.

—Vámonos de aquí —sugirió Kenny—. Mejor damos un paseo por el parque.

—N-no —insistió Kiyomi, y volvió a respirar hondo—. Soy una guerrera. El miedo no es real, sino algo que está en la mente.

Realizó una serie de respiraciones largas, contando cada una cuidadosamente.

Kenny esperó observándola, con el ceño fruncido.

—Ya estoy bien —declaró Kiyomi y le devolvió la chamarra a Kenny—. De verdad. Ven, vamos a ver los peces. Tranquilos y alegres.

La escalera eléctrica bajaba a la oscuridad. Kenny sintió la mano de Kiyomi que agarraba la suya con mucha fuerza. En las paredes ondeaba una iluminación azul, y un tiburón pasó en silencio junto a ellos.

Salieron de la escalera a una sala en la cual uno de los muros consistía en la superficie transparente de un enorme tanque vibrante de vida. Alrededor de un rayo del sol danzaba un cardumen de sardinas y más abajo varios tiburones cabeza de martillo describían círculos perezosos.

—Ya ves. Esto no está tan mal, ¿no crees? —susurró Kenny.

—No olvides tomar apuntes —replicó Kiyomi con una débil sonrisa—. Es tu tarea, ¿te acuerdas?

La algarabía de un grupo de colegiales invadió el recinto desde un piso inferior, pasando por otro tanque inmenso, pero enseguida se dividió en pequeñas unidades que exploraban exhibiciones más chicas donde se representaban diferentes mares del planeta. Kenny y Kiyomi los siguieron y contemplaron con admiración especies tan diversas como peces ángel, percas, lábridos, pepinos de mar, peces rata, pargos, platijas, peces mariposa y docenas más.

—¡Mira! Éste se parece a ti —dijo Kiyomi, apuntando a un mero que aplastaba contra el vidrio una cara extraordinariamente fea.

—¡Qué chistosa! —replicó Kenny—. Ya encontraré un gemelo tuyo. El que ríe al último…

—… no entendió el chiste —completó Kiyomi.

Kenny sonrió. Todo parecía como antes. Durante un momento se permitió un sentimiento de satisfacción por haber tenido una buena idea. Los corredores los condujeron a una gran sala circular de unos treinta metros de diámetro rodeada por un tanque en forma de rosca que se extendía del suelo al techo. Los niños se apoyaron en el vidrio, hipnotizados por las formas lisas de color plata que nadaban al otro lado.

Kenny se detuvo y siguió la trayectoria de unos atunes de aleta azul que nadaban a alta velocidad por el amplio circuito, impulsados por sus colas en forma de bumerán.

—Oye, Kiyomi—susurró Kenny—, ¿qué significa *oishii*? Todos repiten esa palabra mientras miran los peces.

—Significa "sabroso" —le explicó Kiyomi, sonriendo—. ¿Tienes ganas de comer sushi más tarde?

La exhibición final era una atracción recién instalada: un tanque gigantesco, mayor que todos los demás juntos, ocupaba la pared entera. La luz del sol que se filtraba por la ventana recortaba las siluetas de los niños, todos absortos en la escena. Dentro del tanque, dos tiburones ballena cruzaban sus trayectorias con mantarrayas gigantes, atunes de aleta azul, tiburones, bonitos, barracudas, dorados y muchas otras especies. Kenny dio unos golpecitos en el vidrio.

—Es acrílico —comentó Kiyomi mientras leía una tarjeta con información—. Plástico. Sesenta centímetros de espesor. El tanque contiene 7 500 toneladas de agua, el equivalente a tres albercas olímpicas.

—¡Guau! —exclamó Kenny—. Un proyecto serio de ingeniería.

Un movimiento llamó su atención; algo que serpenteaba dentro del tanque.

—¿Viste eso? —le preguntó a la chica—. ¿Allá, debajo de aquella roca?

—Estaba mirando al tiburón.

—Juraría que fue un tentáculo.

—Probablemente una anguila. Les permiten tenerlas aquí, ¿sabes?

Se quedaron de pie y contemplaron el paisaje marino que se desplegaba ante sus ojos; era lo mismo que estar en el fondo del océano, con peces de todas las formas, tamaños y colores posibles que creaban imágenes intrincadas.

Después de un lapso considerable, Kenny por fin apartó la mirada.

—¡Qué raro! —comentó—. Todos los demás se fueron.

—¿Quieres decir que estamos solitos? —murmuró Kiyomi, y miró a Kenny alzando una ceja—. ¡Qué romántico!

Kenny tragó saliva. Algo distrajo su atención.

—Espera un momento. Creí que todos los niños japoneses se portaban bien y no tiraban basura.

—Sí. ¿Por qué?

—Alguno de los que estuvieron aquí dejó pegado ahí en el vidrio un gran trozo de chicle. Mira.

Kiyomi vio una masa del tamaño de un puño pegada al vidrio, con una punta de metal adherida.

—¡Kenny! ¡No es chicle! —gritó ella—. ¡Es...!

El explosivo plástico detonó con un relámpago y un estallido ensordecedor. Kenny gritó de dolor y se tapó los oídos con las manos.

Por todo lo ancho de la ventana del tanque apareció una red de grietas y el muro de acrílico explotó. Miles de toneladas de agua inundaron la sala.

Sin tiempo para pensar, Kenny alzó las manos como para rechazar a un atacante, cerró los ojos y retuvo la respiración, listo para recibir el impacto. El agua inundó la sala con el rugido de una ola que revienta y arrastró consigo las formas oscuras de criaturas marítimas que se revolvían.

Una sensación de humedad y frío ascendió por las piernas de Kenny. La fuerza de la corriente estuvo a punto de derribarlo.

—¡Kenny! —se oyó la voz de Kiyomi por encima del estallido del agua—. ¡No sé qué estás haciendo, pero no lo dejes de hacer!

Gracias a una sensación de ligereza en su propio cuerpo, Kenny se dio cuenta de que a través de él fluía poder, pero no supo cómo era posible. No tuvo tiempo de enfocar su voluntad, ni siquiera de representarse ninguna acción, y no obstante utilizaba su *ki* de manera puramente instintiva. Para hacer ¿qué?

Al abrir los ojos casi se le doblan las rodillas. Una sección enorme del muro del tanque estaba rota y el agua salía por los lados, pero la mayor parte del líquido ondulaba en posición fija, sostenido por una barrera invisible de energía que emanaba de las manos extendidas de Kenny.

—¿Qué hago ahora? —aulló Kenny tratando de dominar una oleada de pánico.

—Sostén el agua lo suficiente para que podamos salir —replicó Kiyomi—. Hay que subir al piso superior…

—Eso no servirá de nada —sentenció Kenny con los dientes apretados—. Resulta cada vez… más difícil controlar esto. Tienes que irte ahora mismo. ¡Corre!

—No voy a dejarte aquí —se negó Kiyomi, y avanzó chapoteando hacia él, pues el agua les llegaba a la cintura.

—¿Y tú dices que el necio soy yo? ¡Vete!

La barrera de energía se curvó más hacia adentro.

—No te voy a dejar. Tú no me abandonaste, y…

Algo agarró la mano alzada de Kenny y la jaló. Al mismo tiempo, también sus pies recibieron un jalón que le hizo perder el equilibrio. Cayó hacia atrás, con los ojos llenos de espanto, pues al romperse su concentración, el campo de fuerza se deshizo y el agua se dejó caer con todo su peso.

Una forma de torpedo gris metálico cortó el agua hacia él. Kenny captó una visión de pesadilla: filas sucesivas de dientes serrados en encías color de rosa.

Convocó a Kusanagi para que acudiera a su mano y quiso alzar el brazo para atacar al tiburón toro que estaba casi encima de él, pero no pudo mover el brazo. Eso que lo agarraba no le permitió soltarse.

Kenny se retorció y trató de patalear para alejarse del tiburón, que en el último instante cambió de trayectoria y pasó a su lado en dirección a Kiyomi mostrando un destello del vientre pálido.

Del tanque roto salieron más tiburones, rayas y una multitud de otros peces. Kenny sintió que algo le apretaba las piernas y el pecho. La única extremidad libre era el brazo izquierdo, e intentó alcanzar la espada que sostenía en la mano derecha a base de jalones y vueltas. En medio de sus movimientos percibió que se desenrollaba un tentáculo largo, delgado, de color oxidado, con un lado repleto de discos blancos. Se acercó a su rostro, y trató de enredarse en su cuello. Él agarró el tentáculo, lo jaló con fuerza clavándole los dedos, y se vio cara a cara con un ojo amarillo cuya pupila era una rendija horizontal.

El pulpo gigantesco aseguró su presa, se echó hacia atrás y maniobró, de manera que puso el centro de su cuerpo directamente encima de la cabeza de Kenny, quien sintió que veía una extraña forma de brújula, con flechas nudosas que indicaban diversas direcciones. En el medio había una pequeña abertura de la cual emergió un pico semejante al de un loro.

Kenny no se atrevió a gritar, porque se arriesgaba a perder el poco aire que le quedaba en los pulmones, pero mientras más se resistía, aumentaba la presión del animal sobre su cuerpo. El pico se abrió y cerró varias veces antes de descender sobre la cara de Kenny, que echó hacia atrás la cabeza. Sin embargo, con el cuerpo aprisionado no podía hacer mucho más. El pico estaba a sólo unos cuantos milímetros de su rostro, y se abrió a todo lo ancho.

En el agua vio un destello plateado y los tentáculos se aflojaron todos al mismo tiempo, soltando a Kenny. El cuerpo de costal del pulpo flotó hacia arriba en medio de nubes de sangre azul y tinta negra, mientras los tentáculos más pesados se iban hacia abajo. Kiyomi adoptó una posición de combate, con una lata vacía de Pringles en una mano y su espada corta *tanto* en la otra. Su cabeza estaba dentro de una burbuja de aire, como una escafandra de buzo, y ella apuntó hacia arriba.

Después de emplear unos segundos para crear su propia bolsa de aire, Kenny tomó aliento y enseguida se agachó mientras una sombra grande pasaba sobre ellos. El tiburón toro dio varias mordidas al pulpo muerto y, cuando comenzaba a alejarse, algo llamó su atención. Torció la cabeza y se dirigió hacia Kenny. El chico miró los raspones y cortadas que tenía en las manos, y recordó haber leído algo años antes: un tiburón podía detectar una parte de sangre en un millón de partes de agua.

Haciendo honor a su nombre, el tiburón toro embistió a través del agua, impulsado por movimientos potentes de la gruesa cola. Kenny vio la boca abierta, bordeada de dientes afilados como navajas, y alzó la espada para recibir al escualo.

—¡Kenny! ¡Ten cuidado!

La voz de Kiyomi le llegó amortiguada, pero el significado era claro. Kenny agitó las piernas para hacerse a un lado y escapar del alcance del tiburón… para ser tomado cautivo por dos potentes manazas que se apoderaron de él desde atrás.

El tiburón toro se alejó. Kenny dio un grito al sentir que le retorcían el brazo hasta hacerle soltar la espada.

—Ya no eres tan bravo, ¿verdad, niño? —atronó una voz en su oído.

Kenny reaccionó de inmediato. Tardó un segundo en concentrarse y de pronto el agua alrededor de las manazas soltó burbujas y se puso a hervir.

—¡*Auuu!* —se escuchó, y las garras soltaron a Kenny.

Con una patada hacia atrás, Kenny plantó los pies sobre el sujeto que lo tuvo agarrado y empujó. Una vez libre, rodó en el agua y se dio vuelta para encarar al atacante. El tiburón toro describió varias circunferencias alrededor de ellos, observándolos, a la espera de una ocasión para embestir.

La criatura que estaba frente a Kenny tenía casi tres metros de altura. Su forma parecía humana, pero con brazos y piernas gruesas como troncos, hombros abultados y una cabeza lisa y puntiaguda que le brotaba del pecho, sin cuello visible. Kenny, al contemplar la piel áspera color gris, los ojos apagados y mortecinos y la enorme boca, no dudó que se trataba de una especie de tiburón-*oni*.

El monstruo dio un pisotón con una aleta terminada en garras sobre la espada caída, y soltó un rugido de desafío al muchacho sobre quien arrojaba su sombra.

—Yo saber quién ser tú, Kuromori —declaró con voz rasposa—. Sin espada, tú nadie. En agua, tú débil, yo fuerte. ¡Listo a morir ahora!

Una mueca sonriente apareció en su rostro, dejando ver hileras de dientes triangulares de aspecto malvado.

—Olvidaste algo —le recordó Kenny—. Yo necesito aire para respirar. Tú no.

Extendió ambas manos y lanzó una corriente de pequeñas burbujas hacia el tiburón-*oni*.

—¡Jo! ¡Burbujas no dar miedo a mí! —replicó el *oni* y dio un paso hacia Kenny.

—¿Eso crees?

Los pequeños globos de aire se consolidaron en torno a la cabeza del tiburón-*oni* y enseguida se fusionaron en una sola burbuja grande, que se resbaló como collar plateado hasta llegar a los hombros y cubrir las aberturas de las agallas.

El tiburón-*oni* se comenzó a asfixiar y trató de arrancarse con las manos la burbuja de aire en forma de dona plateada.

—¡Auxilio! —articuló con voz entrecortada—. No poder... respirar...

Al detectar una presa fácil, el tiburón toro nadó rápidamente hacia el monstruo vencido.

—Por favor... —graznó el tiburón-*oni* con una mano extendida.

—¡Yo me encargo de esto! —anunció Kiyomi que se movió para obstruir el paso del tiburón toro.

El pez le lanzó un mordisco a la chica, que ella supo esquivar con una torsión. Se agarró a la aleta dorsal de la bestia del mar y le clavó la espada corta en el cerebro. Un brote de sangre se elevó como humo rojo y el tiburón fue a dar al suelo. Kiyomi le clavó una y otra vez la espada en la cabeza.

Kenny retrocedió, horrorizado, pero de pronto recordó al *oni* que se ahogaba.

—¿Quién te envía? —lo interrogó—. Es tu última oportunidad.

—Matar... a mí... si digo —suplicó el tiburón-*oni*.

—¿Ah, sí? ¿No te parece un poco tarde para eso? El monstruo asintió con la cabeza y dio una palmada en el piso como señal de derrota.

—*Ei... ein... no... yo...* Kenny agitó una mano y la burbuja grande se deshizo en espuma. El tiburón-*oni* tosió, atragantado.

—Kiyomi —llamó Kenny, una vez recuperada su espada—. ¡Kiyomi!

Ella pareció no oírlo. Con la cara deformada por la furia, seguía clavando el *tanto* en la cabeza del tiburón muerto.

Kenny buceó hacia ella y le tocó la espalda. Kiyomi giró de pronto y le lanzó una puñalada con su espada corta.

Kusanagi saltó de su mano para bloquear el golpe y cortó la hoja del *tanto* como si fuera de gasa. Kiyomi parpadeó al mirar el mango cercenado en el puño y se cubrió la boca con la otra mano para ahogar un sollozo.

—Todo bien —la tranquilizó Kenny—. Tenemos que salir de aquí.

Varios tiburones, atraídos por el olor de la sangre, nadaban en torno a ellos.

Kenny se impulsó hacia arriba con las piernas y nadó para llegar a la superficie. En el trayecto pasó junto a un majestuoso tiburón ballena y tuvo que esquivar a una mantarraya. Por fin su cabeza se asomó del agua, y alzó la mirada para ver un techo cuadrado de vidrio y, un poco más lejos, el domo de la entrada.

Unos minutos después, Kenny y Kiyomi se sacudían el agua mientras avanzaban por un sendero curvo flanqueado por árboles para regresar al área de los vehículos.

—¡Es cosa de locos! ¿Sabes? —prorrumpió Kenny mientras exprimía por tercera vez su chamarra con capucha—. Me refiero a locos en serio, con énfasis en la palabra serio.

Kiyomi asintió con la cabeza, mirando fijamente el suelo.

—Es la segunda vez, en dos días, que casi nos matan —prosiguió Kenny—. Ayer con bombas y balas. Hoy nos engañaron con el viejo truco del *oni* disfrazado de colegial. ¡Es increíble! Nos echaron encima el maldito océano. ¿Qué entiendes de todo esto?

—Ken-*chan* —musitó Kiyomi.

—Significa que se prepara algo grave, sin duda, y quieren eliminarnos antes. Estos tipos siempre van un paso por delante de nosotros...

—¡Kenny!

Se detuvo a media frase.

—¿Sí?

—Soy yo. Yo soy el enlace.

—¿Qué? ¿A qué te refieres?

—He estado pensando en esto. Hoy vinimos aquí de recreo, ¿verdad? Y ¿qué sucedió? El peor de los desastres imaginables en un acuario. Es como si no se conformaran con matarnos. Nos quieren someter a los peores peligros y al mayor estrés en el proceso. De ese modo, aunque no nos maten, aceleran mi… mi transformación, y acabarán por ganar de otra forma.

—¡*Uf*! Pensé que el paranoico era yo. ¿Por qué desearían que tú te transformaras en un… en un… ya sabes qué?

—Porque eso nos saca de la jugada. Si te tienes que dedicar todo el tiempo a evitar que yo siembre la destrucción, eso les permite a *ellos*… quienquiera que sean… actuar libremente.

Kenny entrecerró los ojos y pensó en lo que estaba oyendo.

—En caso de que sea cierto lo que dices, ¿nos vigilan todo el tiempo y crean dificultades para obstaculizar y distraer?

—En cada ocasión han estado preparados para nosotros.

—Es cierto.

Kenny caminaba con las manos en los bolsillos mientras le daba vueltas en su mente al problema. Por fin soltó un suspiro.

—¿Qué pasa? —preguntó Kiyomi.

—Hay una posibilidad —concluyó Kenny—. No quiero hacer eso, pero es la única manera de adelantarnos a esos tipejos.

—Y ¿de qué se trata?

—Necesito hablar con alguien tan pronto como pueda para obtener respuestas a mis preguntas.

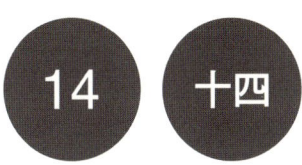

—Ya casi estamos ahí —le dijo Kiyomi a Kenny, con la mirada en la ventana de la limusina, por cuyo marco pasaban como exhalación bloques de conjuntos habitacionales y tiendas pequeñas que flanqueaban aquel tramo de la Ruta Metropolitana 4, mejor conocida con la denominación poética de Aoume Kaido, o Camino de las Ciruelas Verdes.

—¿Tan pronto? —repuso Kenny dándose vuelta en el asiento—. Pensé que el santuario de Inari estaba en Kioto. Y estamos en…

Se asomó en busca de alguna señal en el camino.

—En Nishi-Tokio —le aclaró Kiyomi—. El lado oeste. Necesitas ver a Inari cuanto antes; ya llegamos.

Kenny meneó la cabeza.

—No entiendo.

—El santuario principal, madre de todos los demás, está en Kioto. En el resto de Japón hay otros treinta mil santuarios de Inari.

—En tal caso, ¿por qué acudimos a éste? —insistió Kenny y miró el reloj para verificar que llevaban una hora de camino—. ¿Acaso no había ningún otro más cerca del acuario?

—En 1929, Inari transfirió una parte de su espíritu de Kioto a este santuario. Puedes considerarlo la sucursal oficial en Tokio.

—Entonces, ¿es lo mismo porque Inari habita aquí?

Oyama giró a la derecha para tomar una calle estrecha y de aspecto sencillo. Pronto apareció ante ellos una gran puerta *torii* roja y el automóvil se detuvo a un lado.

—No tardo mucho —dijo Kenny y agarró la manija de la portezuela.

—Espera, voy contigo —propuso Kiyomi.

—No. Creo que será mejor ir yo solo —la detuvo Kenny—. Además, tal vez no seas bienvenida... en tu estado actual...

En los ojos de Kiyomi apareció un relámpago de rabia antes de que cruzara los brazos y se recostara en el asiento forrado de cuero.

Kenny salió del vehículo y contempló la puerta *torii* que se alzaba a gran altura y marcaba el umbral entre el mundo material y el del espíritu. Respiró hondo antes de cruzarla y pasó junto a arbustos recortados y dos tramos de escaleras de piedra. Una puerta techada lo recibió, flanqueada por dos estatuas a modo de guardianes que representaban zorras. Cada una de ellas llevaba un delantal color rojo. Una sostenía en la boca una llave y la otra una joya.

Una vez pasada la puerta se encontró en un patio largo que lo condujo al *honden*, el edificio bajo que servía de vivienda a la deidad patronal. Kenny recordó los rituales de etiqueta y acudió al puesto de purificación, donde se lavó manos y boca, conforme a sus enseñanzas, tomando el agua con un cucharón de bambú. Por último, se acercó a la reja de entrada del *honden*, donde hizo dos reverencias, dio dos palmadas y se inclinó nuevamente.

—¿Hola? —llamó Kenny—. ¿Hay alguien en casa?

Miró a su alrededor y confirmó sus sospechas de ser el único visitante al santuario. Se acercó a la reja y vio dos ventanas de vidrio ahumado más allá del cofre de las ofrendas, sin distinguir más que el reflejo de su propio rostro bajo la visera de sus manos.

—Es costumbre cruzar las manos sobre el pecho antes de hacer la reverencia final —indicó una voz, que sobresaltó a Kenny—. Tal vez quieras intentarlo de nuevo.

Un anciano japonés ataviado como sacerdote de Shinto —o sea, túnica blanca, sombrero negro, pantalones púrpura y zapatos negros— señaló con la mano abierta el *honden*.

—Claro, lo que sea —masculló Kenny en voz baja, y repitió sus ruegos sin omitir cruzar las manos.

—Mi Señora lo recibirá ahora, Kuromori-*sama* —dijo el sacerdote—. Lo ha estado esperando.

Las puertas de vidrio ahumado se abrieron y dejaron salir una nube de humo de incienso que se derramó sobre los escalones. Kenny se alzó de hombros frente al sacerdote y se sumergió en la nube.

Los espesos aromas de rosa, sándalo, cedro y trébol cedieron su lugar a una fresca brisa otoñal. Se oyeron cantos de aves que llegaban de todas direcciones y Kenny se protegió los ojos del resplandor del sol que brillaba en el azul de un cielo despejado. Sus pies pisaron, en lugar de un *tatami*, un césped cortado con perfección. Un viejo árbol de cerezas extendía sus ramas retorcidas sobre su cabeza. A lo lejos brillaban las cumbres de varias montañas.

En la base del árbol se extendían tapetes de paja como para un picnic. Una mujer vestida con un deslumbrante kimono blanco estaba sentada sobre sus talones, con los ojos cerrados y las palmas de las manos suavemente posadas sobre su regazo.

Kenny titubeó y se detuvo para limpiarse la cara con su manga húmeda y alisarse los cabellos. Se sentía sucio y descompuesto, como una mancha de chocolate sobre un vestido de bodas.

Inari abrió los ojos y habló:

—Kuromori, me has decepcionado.

—¿De verdad? —replicó Kenny al acercarse—. Pensé que lo había hecho bastante bien.

Inari parpadeó despacio.

—Eso se debe a que todavía eres un niño.

Kenny apretó los labios.

—Ya sospechaba yo que iba a oír esto. Por eso no quería venir.

—Por favor, siéntate.

Inari se dedicó a atender una tetera de hierro colocada en un brasero de carbón frente a ella.

Kenny se sentó en el *tatami* con las piernas cruzadas y vio a la diosa servir con un cucharón de bambú agua hirviendo en una taza de barro. Enjuagó la taza y enseguida añadió más agua caliente a un poco de té verde pulverizado que puso en la taza. Lo revolvió con un agitador de bambú y se la presentó a Kenny. Todos sus movimientos mostraban suavidad y control.

—Qué gracioso —dijo Kenny, sonriendo para sí mismo—. La vez anterior que estuve en una ceremonia de té, también estaba mojado y olía mal.

El rostro de Inari no expresaba emoción alguna.

—Kuromori, yo te invité a que fueras mi guerrero, y no creo haber errado. Sólo a ti se te ocurriría ahogar a un pez dentro del agua.

Kenny sonrió.

—En ese momento me pareció buena idea.

Después de hacer una breve reverencia, tomó la taza con la mano derecha, la puso sobre la palma de la mano izquierda y le impartió un movimiento de rotación tres veces antes de beber la espuma amarga de color verde. Invirtió los movimientos y le devolvió la taza a la diosa.

—Gracias. Estoy más habituado a las bolsitas de té PG Tips, pero esto es delicioso.

Inari volvió a sentarse sobre los talones.

—¿Ya sabes por qué motivo estoy disgustada contigo?

—Es fácil. Porque cometí un error al traer a Kiyomi de regreso. Violé una importante… ¿No? ¿No es por eso?

Inari meneaba la cabeza muy levemente.

—Intenta de nuevo.

—¿Porque no maté a Namazu? ¿O es que no he practicado con Genkuro-*sensei*? Uh… ¿O por no usar hilo dental con regularidad?

—Tú hiciste una promesa: me servirías sin fallar y sin hacer preguntas.

—Lo recuerdo bien —admitió Kenny en voz baja.

—Juraste cumplir mi voluntad en el mundo mortal, actuar con honor y poner tu deber antes de tus propias necesidades.

—Sí, como un caballero o un samurái.

—Pero no me has cumplido esa promesa, a pesar de todo.

—Pero no lo hice tan mal. Le gané a Hachiman, conseguí la espada y vencí a ese absurdo y gigantesco dragón...

—¡Todavía eres tan joven! Tu abuelo era un hombre capaz de entender razones. Tú aún no sales de la infancia.

—¿No puedes dejar de decir eso? Ya tengo quince años. No soy un niño.

—La madurez llega en tres etapas: primero el cuerpo, luego la mente, lo último en madurar es el corazón —explicó Inari y respiró hondo antes de soltar el aliento—. Kuromori, muchos de mis hermanos piensan que poner tanta fe en un *gaijin* fue una locura de mi parte. Creen que eres arrogante, impetuoso y poco disciplinado.

Kenny se frotó la frente.

—Bueno. Nadie es perfecto. Pero pude terminar el trabajo.

—En efecto. Yo les respondo que todo eso es cierto, que eres necio, impulsivo y orgulloso. Pero también que eres valiente, que no careces de recursos y que tienes *gaman*, es decir, persistencia, aguante, algo que te impulsa a no rendirte nunca, aun en situaciones muy desfavorables, pero esa resolución es a un tiempo tu mayor fortaleza y tu debilidad más grave.

—¿Cómo es posible?

—Insistir en que tienes razón cuando otros piensan que cometes un error es una fortaleza, siempre y cuando estés en lo correcto. ¿No sabes por qué la niña Harashima estaba destinada a morir?

—¿Qué?

El repentino cambio de orientación tomó a Kenny por sorpresa.

—Para liberarte. Tu alma está dividida. Cuando debes servirme a mí, tu corazón anhela estar con ella. La presencia de Kiyomi no te permite avanzar ni te deja convertirte en un auténtico guerrero.

Kenny se ruborizó, al principio con sentimientos de vergüenza que se transformaron en enojo.

—Espera. Tú me dijiste antes que yo debía soltar el pasado, perdonar para poder sanarme… y que… las emociones eran parte de ello.

—Eso dije, y te condujo al paso siguiente. Pero también necesitas desapegarte de esas cosas, para que no te retengan o se vuelvan en tu contra.

—¿Lo que me dices es que Kiyomi tenía que morir para que yo me transformara en un superguerrero tuyo? ¿Que lo eché a perder al hacerla regresar de la muerte?

El hermoso rostro de Inari permaneció impasible.

—¡Eso es una locura! —exclamó Kenny—. Tú me enseñaste que yo podía elegir entre aceptar o cambiar el destino. ¿Y si no quiero ser eso que tú deseas? ¿No lo pensaste?

—Kuromori, no podemos más que demorar el destino. Kiyomi sigue alejándose, ¿no es verdad? Y sólo por eso te has acordado de mí, para pedirme ayuda. Lo que te trae a este lugar hoy no es el deber, sino tus sentimientos por esa chica.

—Es mi amiga. Y le debo la vida. Eso es todo. Yo pago mis deudas.

La mirada de Inari se posó en Kenny.

—Tú sabes que leo tus pensamientos.

Kenny se volvió a ruborizar.

—En ese caso, ayúdame. Es lo menos que puedes hacer. Salvé millones de vidas para ti cuando detuve a Namazu. ¿Acaso eso no cuenta para nada?

—¿Te importa tanto esa chica como para negociar su vida?

—Si lees mi mente, sabes que cambiaría mi vida por la de ella. ¿Tú cuánto me necesitas?

—Los jóvenes están tan repletos de pasión —comentó Inari, sonriendo—. Resulta... refrescante. Muy bien. Volverás a ponerte a mi servicio, y a cambio de eso te diré cómo salvar a Kiyomi.

—¿De verdad? ¿Tú sabes cómo...? De acuerdo. Te doy mi palabra. Gracias. ¿Qué debo hacer?

—Hachiman no es el único que te tiene rencor, ni sus seguidores están solos en desear vengarse por lo que perciben como una humillación. Los dioses tenemos muy larga la memoria, y el tiempo no significa nada para nosotros.

—¿Eso quiere decir que les da lo mismo esperar mil años para desquitarse?

—Así es. Yo veo en el porvenir un tiempo de oscuridad que se cierne sobre todos nosotros. Tengo motivos para creer que ya se está ejecutando un plan cuyo propósito consiste en exterminar todas las formas de vida en estas islas.

Kenny inclinó el cuerpo hacia adelante.

—¿Le harían daño a Japón?

—En un trance de dolor, hay quienes atacan incluso aquello que aman. Algunos prefieren destruir lo que no pueden poseer.

—¿De eso se trata todo este lío de los *oni*?

—Necesitas viajar al Monte Chikurinji en Okayama. Ahí hay otro instrumento para observar las estrellas, más grande y poderoso que el que destruiste. Intentarán robárselo. Es necesario que los detengas.

—¿Por qué? ¿Para qué necesitan un telescopio? —preguntó Kenny.

—No lo sé, pero es muy importante para ellos. Eso es motivo suficiente para impedir que lo consigan.

Kenny asintió.

—Conforme. Y ¿qué con Kiyomi?

—Debes ser capaz de entender lo que hiciste. Kiyomi murió por las heridas que le infligió el *ushi-oni*. Su espíritu, su alma, su *ki* abandonó su cuerpo y emprendió el viaje a Yomi, el País de los Muertos. Pero antes de que su esencia llegara allí por completo, tú lograste recuperar una parte de ella y utilizaste el alma de un *oni* para compensar lo que faltaba. El espíritu de un *oni* es más fuerte que el de un ser humano, y por eso asume el control.

—¿Qué puedo hacer para impedir que eso suceda?

—Tendrías que encontrar la parte que falta en el espíritu de Kiyomi y restaurarla en su cuerpo.

—¿Y su alma se encuentra en Yomi?

Inari alzó una mano como signo de prudencia.

—Ten cuidado, joven Kuromori. El inframundo lo rige mi hermano, Susano-wo, un ser temible.

—¿Se llama Susana? ¡Parece broma!

—Escucha, Kuromori-*san*. Susano-wo no es sólo uno de los más poderosos entre los dioses, pues también es astuto; sus actos son impredecibles y cargados de locura. No se puede confiar en él.

—¿Cuán malvado puede ser?

—Él gobierna las tormentas y mata dragones para entretenerse; en una ocasión desolló a un caballo y arrojó el cadáver ensangrentado a la casa de su hermana mayor.

—Suena bastante mal.

—Ni pienses en entrar en negociaciones con Susano-wo respecto a Kiyomi, pues nada bueno saldría de ello. Has demorado el destino de la chica, pero no lo cambiaste. Ahora necesitas ir al Monte Chikurinji y cumplir con tu deber, tal como lo has jurado.

Kenny movió la cabeza afirmativamente y se mordió el labio.

—Una última pregunta. El tiburón-*oni* me dijo algo cuando le pregunté quién lo envió. Sus palabras fueron *"Eiein no yo"*. ¿Significa algo?

Por un momento Inari adoptó una actitud pensativa.

—La traducción correcta depende del contexto, pero los significados posibles incluyen "el mundo de siempre", "la noche eterna" y aun "los cuatro permanentes".

—Eso no me ayuda. ¿Es el nombre de alguna organización, de un clan o alguna otra cosa? ¿Una palabra en clave?

—No lo sé. Pero quienquiera que sea, desea tu muerte.

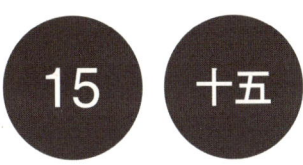

—¿A qué distancia queda Okayama? —preguntó Kenny tan pronto subió a la limusina y cerró la puerta.

Kiyomi alzó la cabeza, apagó la música de su teléfono y se quitó los audífonos.

—¿Okayama? Eso está en Chugoku, a unos seiscientos kilómetros. ¿Por qué?

—Inari me pidió que fuera ahí. Algo sobre otro telescopio.

Oyama echó a andar el motor y el automóvil se puso en marcha.

—¿De verdad? —repuso Kiyomi y sus dedos tocaron la pantalla de su teléfono—. Ya lo encontré. El Observatorio Astrofísico de Okayama, en la cima del Monte Chikurinji. ¿Es ése?

Sí —asintió Kenny—. Ella dijo que los *oni* van a hacer otro intento.

Kiyomi leyó la página web.

—Un telescopio de 188 centímetros, el más grande de Japón.

—¿Menos de dos metros? Entonces es pequeño —objetó Kenny.

Kiyomi echó la mirada hacia arriba.

—No seas tonto, la medida corresponde al tamaño de la lente. El telescopio tiene nueve metros de longitud y pesa cincuenta toneladas. Van a necesitar a muchos *oni* para sacarlo y no será nada fácil a una altitud de trescientos setenta y dos metros sobre el nivel del mar.

—Ah. ¿Está ahí para evitar la contaminación del aire?

—En efecto. El aire se adelgaza y se ven mejor las estrellas. ¿No te dijo Inari para qué lo quieren?

Kenny meneó la cabeza.

—No, sólo debe ser importante para ellos, ya que se esfuerzan tanto por conseguirlo.

—Kuromori-*san*, me tiene usted muy decepcionado —declaró Harashima, con las manos cruzadas en la espalda.

El padre de Kiyomi estaba frente al banco de pantallas de televisión en su oficina, todas en silencio, con escenas caóticas de los servicios de emergencia que acudían al Parque de Biología Marítima.

—Usted me prometió que una visita al acuario sería un paseo de relajación —prosiguió Harashima—. En cambio, tenemos una cobertura internacional en los noticieros, con reportes de ataques terroristas en Tokio. ¿En qué estaba usted pensando?

—Señor, no fue culpa mía —protestó Kenny—. Era una trampa. Nos estaban siguiendo, y alguien hizo explotar un tanque de peces. ¡Un lío mayúsculo!

Kiyomi entró a la oficina, con un pedazo de carne roja a medio comer en las manos.

—Kiyomi-*chan*, ¿necesitas hacer eso? —inquirió su padre.

—Perdón. ¿Quieres que lo ponga en un plato? —dijo Kiyomi mientras arrancaba otro bocado.

—¿Ve usted lo que ha hecho? —murmuró Harashima a Kenny.

—No lo culpes, papá —intervino Kiyomi—. Ken-*chan* hizo todo lo posible.

A Harashima se le torció la boca como si chupara una ciruela en salmuera.

—¿Ah, sí? Kuromori-*san*, ¿cuál es el nombre científico del pulpo gigante del Pacífico?

—Uh...

—Vamos, papá —dijo Kiyomi—. Todo el mundo sabe que es *Enteroctopus dofleini*. Haz otra pregunta.

Una vez que terminó la reprimenda, Kiyomi acompañó a Kenny hasta el camino de salida.

—Gracias a ti, no me dejan salir —le comunicó ella—. Un arresto domiciliario virtual. Es por mi propio bien, desde luego.

Kenny soltó un suspiro.

—¿Has oído la historia del Rey Midas?

—¿Aquél que convertía todo en oro?

—Sí. Yo soy Midas al revés. Todo lo que toco se convierte en caca.

Kiyomi se rio.

—Es probable que consigas trabajo en una fábrica de fertilizantes. Ahí no tendrías problemas.

—No sé. En estas tierras hay algunos monstruos de verdad raros y sangrientos. ¿No habrá entre ellos alguna caca gigante?

—Que yo sepa, no. Aunque si existe, no dudo que tú serás quien la descubra.

La sonrisa de Kenny desapareció.

—Si no te permiten salir, ¿cómo vas a venir a Okayama conmigo?

Kiyomi meneó la cabeza.

—No iré. Papá enviará a mi tío contigo.

—¿A Sato?

—Sí. Se supone que va para mantenerte controlado y asegurar que cumplas con tu deber.

—¿Conque ésas tenemos? En esta guerra, ¿pasé de arma secreta a mono mascota? No tardaron mucho en cambiar de opinión.

—Ken-*chan*, no debes tomarlo así.

—Tal vez no, pero es lo que siento —repuso Kenny y dio una patada a la grava del camino—. ¿Cuándo podré...?

Tosió y se aclaró la garganta antes de seguir.

—*Uh*, tú y yo... deberíamos pasar juntos algo de tiempo. Pronto. ¿Cuándo resulta conveniente para ti?

Kiyomi inclinó la cabeza y miró a Kenny con un gesto de interrogación.

—Señor Blackwood, ¿me estás invitando a salir contigo?

—No exactamente... bueno... es que tú y yo... hacemos un buen equipo, ya sabes, como en el juego de tenis mixto.

—¿Me estás pidiendo que juguemos tenis? —replicó Kiyomi, en tono ofendido.

—No importa. Te llamaré. Me permitirán hacer eso, ¿verdad?

—¿Qué te hacer pensar que tomaré tu llamada?

Con esas palabras, Kiyomi giró sobre sus talones y con pasos violentos regresó a la casa.

—Y ahora, ¿qué hice? —se desesperó Kenny alzando los ojos al cielo.

La limusina se detuvo a su lado y Oyama abrió la portezuela para el pasajero.

—Conforme, de acuerdo, entiendo las indirectas —masculló Kenny y se metió al vehículo.

Media hora después, Oyama lo depositó en Honan Dori y Kenny cubrió a pie la distancia que lo separaba de su bloque de departamentos.

—¡Kenny! Sabía que eras tú.

—¿Qué?

El joven se dio vuelta y encaró a Stacey Turner, su compañera de clase del grupo de animadoras, que cargaba un montón de libros de texto y masticaba un chicle con fruición.

—Ohhh, te portas muy mal —dijo ella, guiñándole un ojo—, pero no importa. Me gustan los chicos malos. Al parecer, te reportaste enfermo hoy, pero como nadie telefoneó pensé que te estabas volando las clases. ¿Qué me dices?

Stacey lo encaró alzando una ceja.

Kenny sacudió la cabeza para aclarar sus ideas.

—¿Stacey? ¿Q-qué haces aquí? ¿Cómo supiste dónde…?

—No soy tonta. Fui a la oficina, les propuse traerte la tarea para que no te atrases, y sintieron tanta gratitud que me dieron tu dirección. Toma.

Le tendió el montón de libros, todos señalados con papelitos adhesivos de diferentes colores. Kenny los tomó, todavía lleno de confusión.

—Lo que tienes que decir es "Muchas gracias, qué amiga más buena eres por traerme la tarea" —le aconsejó Stacey e hizo una bomba con el chicle mientras esperaba su respuesta.

—¡*Uh!* Sabes, no es buen momento —farfulló Kenny.

—Es suficiente. De nada. ¿Por qué tanta prisa? ¿Va a venir tu novia?

—¿Qué? No tengo novia.

Ella volvió a alzar la ceja.

—Oh, qué tonta soy. Cuando ayer te fuiste corriendo, lo que te esperaba era un taxi. Uno de dos ruedas, traje ajustado de cuero y un trasero bien gordo.

—Oye, Kiyomi no tiene un trasero gor...

—¡Caíste! Ella tiene nombre, la defiendes y la conoces bien.

—Stacey, ¿de qué se trata esto?

Stacey extrajo del bolsillo trasero de sus jeans un periódico enrollado y le mostró la primera plana como si fuera el cartel de un criminal.

—¡Mira! Sé que eres tú, así que ni te molestes en negarlo.

Kenny tomó el periódico en japonés con textos y fotos. No pudo leer nada, pero resultaba imposible no ver la foto borrosa de un chico de pelo claro vestido de futbolista que corría entre el humo, tomada por las cámaras de seguridad.

Stacey volvió a hacer otra bomba y de pronto arrugó la nariz.

—¡*Uf!* Necesitas bañarte. Hueles a...

Sus ojos se dilataron y dio un paso hacia atrás.

—¡Lo del acuario hoy! ¡Dios mío! Andabas metido en eso también.

Kenny miró a su alrededor para cerciorarse de que estaban a solas en el vestíbulo.

—Stacey, escucha. No debes hablar de esto con nadie.

—Deja que adivine. ¿Pondría en grave peligro mi vida? Qué imbécil eres. Como si me fuera a tragar algo así. Si quieres llamar la atención, debería bastarte con ser un *gaijin* rubio, sin recurrir a la rutina del agente secreto. ¡Los chicos son como perros!

—¡Pero yo no hice nada! ¿Por qué me molestas?

—No te molesto. Es sólo… curiosidad. Anoche vi el noticiero y me pareció raro lo del incendio en el observatorio, tan cerca de la escuela, y cuando mencionaron al chico misterioso vestido de futbolista…

—No era yo —mintió Kenny, con los ojos fijos en el piso de mármol.

—¡No me digas! —replicó Stacey agitando un dedo en señal de reproche—. Entré a internet, saqué todas las fotos de los periódicos, las pasé por Photoshop para limpiarlas y vi claramente un escudo de Newcastle United en la camiseta. ¿Cuántas de esas camisetas puede haber en Tokio?

Kenny encorvó los hombros, vencido.

—¿Qué es lo que quieres?

Stacey arqueó las cejas.

—¡Kenny! Eso es... una grosería. No quiero nada, sólo pretendo conocerte un poco mejor, eso es todo. Tienes que admitir que resulta muy fuera de lo común, y sin duda hace que todo luzca más interesante.

—¡Por favor, créeme! Es mejor que no sepas. Por tu propio bien.

—Eso lo decido yo. Puedo correr el riesgo.

Kenny apretó las mandíbulas.

—Me gustaría darte las gracias por venir, pero...

—Eres honesto. Eso me agrada —declaró Stacey y le dio unas palmaditas en la mejilla—. Entonces nos vemos mañana en la escuela. Hablaremos un poco más.

—¡Espera! —intervino Kenny, recordando sus modales—. ¿Podrás volver tú sola? ¿No quieres que te acompañe a la estación o algo así?

—Ah, qué lindo. Todo un caballero inglés. Sin embargo, voy a estar bien. Llevo seis años en Tokio. Sé cómo cuidarme —le aseguró ella y dio unas palmadas a su mochila.

—Bueno... pero de cualquier modo ten mucho cuidado.

Kenny la vio partir, luego se dio vuelta para acercarse a los elevadores. Apenas tuvo tiempo de presionar el botón cuando el grito de una chica sacudió el aire.

Kenny dejó caer los libros y corrió a la puerta.

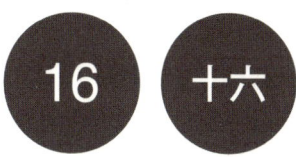

Los gritos provenían de una calle lateral a la vuelta de la esquina y Kenny fue a toda velocidad hacia el sonido… para ser recibido por la risa de Stacey, que se agarraba los costados.

—Oh… qué cara… pusiste —articuló entre sus carcajadas—. ¡No tiene precio! Ya lo sabía…

De pronto sus ojos se ensancharon.

—¡*Guau!* ¡Qué espada tan bonita! ¿Dónde la tenías metida? ¿En el trasero? —preguntó, pero un nuevo acceso de risa la interrumpió.

—¡Esto no tiene gracia! —bufó Kenny e hizo desaparecer la espada, sintiendo que le ardían las orejas.

—Ohhh. Mira qué cara más severa —barbotó Stacey—. Entonces es cierto. ¿Eres una especie de superhéroe? Hey, ¿qué hiciste con la espada? Juro que hace un instante tenías una *katana* en la mano.

—Creí que necesitabas ayuda —masculló Kenny, antes de girar sobre sus talones—. Gracias por molestarme para nada.

—¡Espera! ¡Kenny! Sólo estaba bromeando. ¡Caray! Qué falta de sentido del humor.

La calle era estrecha, con un par de máquinas de venta en la esquina, una que ofrecía tazas de café; la otra, bebidas alcohólicas. Kenny se movió para volver a la puerta del vestíbulo cuando lo detuvo el sonido de un motor potente. Al volverse vio un convertible Lamborghini rojo que se detuvo junto a él. Iba descubierto, y dos mujeres jóvenes le hicieron señas de que se acercara. La conductora se cubría la cara con una máscara quirúrgica para filtrar el polen y llevaba en la mano un plano de las calles de Tokio.

—*Sumimasen* —dijo la que iba al volante, haciendo un ademán para que Kenny se aproximara.

—No puede ser en serio —comentó Stacey.

La conductora se bajó del coche, dejando ver un largo muslo. Vestía una chamarra negra de cuero, minifalda y lentes oscuros de moda. Su pelo grueso y brillante era tan largo que casi llegaba al suelo.

—*Mayotte shimaimashita* —le dijo a Kenny—. *Nihon daigaku e no michi o shitte imasu ka*?

Kenny se detuvo y fijó la mirada en ella mientras tragaba saliva. Se volvió a Stacey en busca de ayuda.

—Dice que se han perdido —tradujo Stacey, con los puños sobre las caderas—. Cuando termines de admirarla, quiere saber cómo llegar a la Universidad Nihon.

La acompañante también se bajó del auto y osciló sobre unos tacones de altura peligrosa. Iba vestida igual que la conductora, y podría ser su hermana. Le mostró el plano a Kenny.

—*Uh-buh-duh* —articuló Kenny, jalando el cuello de su camiseta—. Yo... uh... ejem. *Gomen nasai. Nihongo o wakarimasen.*

Las mujeres intercambiaron una mirada y soltaron una risita.

—*Kawaii, ¿da ne?* —dijo la conductora a su amiga.

Stacey hizo gestos imitando provocar vómito con dos dedos en la garganta.

—¡Oh, por favor! —exclamó la chica, y dio un paso para aproximarse—. Esto es ridículo. ¿Hola? *Nihongo o hanashimasu. Tasukeru koto ga dekiru?*

Las mujeres japonesas no hicieron el menor caso de su ofrecimiento de ayuda. Kenny dio un paso atrás y sintió la puerta de vidrio a sus espaldas. Ambas mujeres constituían un espectáculo y él no sabía en absoluto cómo manejar la situación.

La que llevaba la máscara jaló el elástico tras las orejas, como si se tratara de un juego.

—¿*Watashi... kirei?* —preguntó en un tono de voz incitante.

—¡Qué maravilla! Primero, ellas consideran que eres muy tierno. Y ahora quiere saber si te parece bonita —tradujo Stacey—. Y yo ¿qué? ¿Acaso soy un trozo de hígado?

—¿Qué le digo? —exclamó Kenny, desconcertado.

—¿Yo qué sé? Ni siquiera le puedes ver la cara —respondió Stacey.

—¿*Kao o mitai?* —volvió a ronronear la dama de la máscara.

—Dice que si quieres verle la cara —dijo Stacey, y se puso la mochila en los hombros.

—Uh, bueno —contestó Kenny.

Los dedos de uñas largas retiraron la máscara, y fue Kenny quien tuvo motivo para gritar. En lugar de boca, el rostro de la mujer mostraba un corte de oreja a oreja, abierto y crudo, bordeado por dientes triangulares serrados, y una larga lengua de serpiente que se asomaba y retraía.

En el mismo instante aterrador, los llamativos cabellos largos de la monstruosa mujer cobraron vida propia, ondulando como serpientes para aferrar en aros prensiles los brazos, piernas y garganta de Kenny. La cara de Stacey se puso pálida.

—¡*Glkkk!* —gorgoteó Kenny, incapaz de hablar por la fuerza con que los látigos de pelo le estrangulaban la garganta.

La mujer con la boca cortada alzó los brazos y tomó la cara del chico con las manos, acercándose como para darle un beso. Una danza de manchas cubrió los ojos de Kenny y sintió ligera la cabeza. Supo que necesitaba enfocar el *ki* para canalizarlo, pero estaba a punto de desvanecerse. Se le aproximaron los dientes serrados mientras la boca se abría a un tamaño imposible.

—¡Kenny! ¡Cierra los ojos! —le avisó Stacey.

Kenny cerró los ojos, oyó el ruido de pies que corrían, un sonido que soplaba *pfft-pfft* y enseguida sonaron gritos de dolor.

—*¡Aaaaaahhh! ¡Itai! ¡Itai! ¡Me ga itai!*

Kenny sintió unas cuantas gotas dispersas sobre la piel de la cara, y enseguida una sensación de quemadura en donde hicieron contacto. Se aflojaron los cabellos en torno a su garganta y aspiró llenándose de aire el pecho.

—¡Atrás, amiguita! Te lo advierto —amenazó Stacey.

Kenny abrió los ojos lacrimosos y vio a Cara Rajada tambalearse sobre el pavimento, con las manos sobre la cara, que no paraba de gritar. Su compañera avanzaba sobre Stacey, que blandía una lata pequeña, del tamaño de un desodorante. El pelo de la mujer se movía sin cesar y ondulaba como si estuviera bajo el agua. Se abrió en forma de abanico y formó varias colas en forma de látigo.

—*Tomare* —fue el aviso final de Stacey.

Pelo de Látigo se sonrió y uno de sus mechones se alzó para remover los lentes oscuros, dejando ver sus ojos tan negros y mortecinos como los de un tiburón. Sin querer, un escalofrío recorrió el cuerpo de Stacey, y los traicioneros mechones aprovecharon el momento para dispararse enredándose en la muñeca de la chica y le arrebataron la lata que tenía en la mano.

Kenny se limpió los ojos y entró en acción al ver que los extremos del cabello se solidificaban para formar puntos afilados como agujas.

—¡*Ima, shine!*—gritó Pelo de Látigo y las puntas de estilete se alzaron, listas para caer como una docena de flechas.

—¡No! —aulló Kenny y lanzó su espada como si fuera una lanza.

Los mechones serpentinos reaccionaron con la rapidez de un relámpago y ajustaron su dirección para capturar a Kusanagi en el aire.

—¡Oh, desgracia! —exclamó Kenny.

Pelo de Látigo sonrió y se volvió para encararse con el chico, con un mechón que apuntaba el aerosol hacia él y otro que blandía la espada.

—¡Corre, Stacey! —ordenó Kenny—. Yo la detengo.

—No podrás si te da con el rociador de pimienta —repuso Stacey mientras buscaba algo en su mochila—. Ten, usa esto.

Le arrojó a Kenny una lata de spray extrafuerte para el pelo.

Alzó la mano para atraparlo, pero otro mechón se disparó e interceptó la lata.

—¡Hey! ¡No es justo! —protestó Stacey.

—Ponte fuera de su alcance —dijo Kenny mientras se desplazaba en un arco alrededor de Pelo de Látigo, con un brazo alzado para protegerse los ojos.

La atacante le lanzó un tajo con la espada y él dio un salto hacía atrás.

Cara Rajada soltó un grito y enseguida se oyó un golpe amortiguado cuando chocó con el auto deportivo y cayó sobre el asiento del pasajero.

Kenny hurgó en su cerebro para realizar un rápido inventario de su limitada variedad de opciones. Tenía algo de control sobre los elementos —aire, agua, fuego, tierra y metal—, pero Kusanagi poseía suficiente potencia para cortar cualquier cosa que él creara.

—Rápido —dijo Kenny, manteniendo distancia—. Arrójame otra cosa.

—¿Otra? Bueno. Ahí va.

Stacey le lanzó un grueso libro de matemáticas. Un mechón agarró el libro y se dobló por el peso.

—Perfecto —declaró Kenny y se concentró en el libro, que se encendió en llamas y prendió los cabellos que lo rodeaban.

Pelo de Látigo soltó un grito de alarma y tiró todo lo que tenía aferrado para golpear sus cabellos contra el suelo en un intento de extinguir el fuego. Kenny se acercó, aguantando la respiración para evitar la pestilencia del pelo quemado. De una patada, envió la lata de spray para el pelo en dirección a Stacey y recuperó su espada. Stacey recogió la lata, apuntó y mandó una nube densa de laca en la dirección de Pelo de Látigo. De inmediato el pelo se conglomeró en bultos pegajosos.

—¿*Nandayo?* —se lamentó la mujer.

Kenny tomó una página de álgebra ardiendo y tocó con ella el mechón que tenía más próximo. ¡*Wuf!* Se encendió al instante y Pelo de Látigo comenzó a gritar cuando las llamas envolvieron su cabeza. Kenny esperó unos segundos antes de enviar un soplo de viento para extinguir el fuego y dispersar el humo maloliente.

Pelo de Látigo se puso las manos sobre el cráneo quemado, calvo del todo y plagado de ampollas.

—¡*Kami ga nai!* —exclamó, con la voz entrecortada por el horror.

Kenny puso la punta de la espada sobre la garganta del monstruo.

—Largo de aquí —espetó—. Y di a quienes te mandaron que recibí el mensaje.

Pelo de Látigo afirmó con la cabeza, se arrastró al Lamborghini y se fue en el auto, con las piernas de Cara Rajada pataleando en el aire.

—Me debes un ejemplar de *Cálculo avanzado* —dijo Stacey mientras recogía sus cosas—. ¿Qué diantres fue todo eso?

Kenny recogió el libro de texto chamuscado.

—Es una larga historia.

Stacey se cruzó de brazos y suspiró antes de hablar.

—Ésas fueron una *harionago* y una *kuchisake onna*. Las dos son *yokai*. Lo que te pregunto es: ¿por qué te persiguen?

—Pero, ¿cómo sabes...? —barbotó Kenny, atónito.

Stacey echó la mirada hacia arriba.

—¡Por favor! Tengo cerebro, dame crédito. Además, soy medio japonesa. Nos criamos oyendo estos cuentos. Nunca las había visto, y sin duda fue a ti a quien atacaron, no a mí. Y, por cierto, de nada.

—¿Qué?

—Por si no te diste cuenta, pequeño héroe, acabo de salvarte el trasero.

—Recuerda que tú fingiste un ataque mientras yo andaba distraído en mis asuntos. Ésa fue la causa del problema.

—¿Y la espada? ¿Adónde se fue?

—Mira, estas... cosas monstruosas me han tomado por el Enemigo Público Número Uno, ¿comprendes? Las puedo ver, aun cuando ellas no quieran, y eso es algo que aborrecen. Las atraigo. Soy un imán para monstruos, y por eso no te conviene estar cerca de mí. ¿Está claro?

Stacey inclinó la cabeza y contempló a Kenny.

—¡Qué divertido! Oigo palabras valientes, pero veo a alguien completamente perdido, a quien le vendría bien tener una amiga.

—Stacey, es probable que sea cierto, pues casi siempre tienes razón, pero debes entender esto: yo no quiero que tú seas mi amiga —declaró Kenny—. Lo mejor es que te vayas a tu casa y olvides todo lo que has visto.

De los ojos de Stacey emanó una mirada de veneno puro.

—¿Por qué no te vas al infierno? —dijo, y se marchó como borrasca hacia la estación del metro.

—Ya voy a medio camino —murmuró Kenny con voz inaudible.

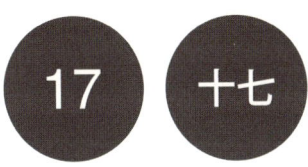

Kenny se quitó los zapatos deportivos, que despedían fuertes olores, y entró a la sala.

—Acaban de llamar de la escuela —dijo Charles alzando la mirada desde el escritorio—. Me dijeron que no asististe.

—Y ¿qué les has dicho? —preguntó Kenny, y extendió un brazo al frasco de galletas.

Charles empujó su silla hacia atrás y se acercó.

—Les dije que despertaste con algo de fiebre y que me pareció mejor que te quedaras en casa. Pudiste al menos enviarme un mensaje de texto.

Kenny mordió un buen bocado de una galleta de chispas de chocolate.

—Papá, ¿estás decepcionado de mí?

Charles meneó la cabeza, sonriendo.

—No, hijo. A estas alturas ya te conozco demasiado bien —explicó, y se inclinó para oler el pelo de Kenny—. ¿Qué tal estuvo el acuario?

—Digamos que de momento perdí el interés por el sushi. ¿Qué dicen en las noticias?

—Hay alarma general: dos incidentes terroristas en pocos días.

Kenny se sacudió las virutas de las manos.

—¿Qué tenemos para cenar?

—¿Qué te parece *okonomiyaki*?

—Bien.

—Pon la mesa para tres.

—¿Quién más viene?

—No echaste el cerrojo en las puertas del balcón, ¿verdad?

—¡Oh, no!

—Está en tu habitación.

Kenny abrió de golpe la puerta de su cuarto esperando lo peor. Vio enseguida que no se equivocaba: cajones abiertos, ropa revuelta, libros tirados y, en medio del desastre, Poyo recostado en el futón de Kenny, con las piernas cruzadas, absorto en la lectura de la revista *Sports Illustrated*.

Kenny avanzó enojado y le arrebató la revista.

—¡A ver, tú, gordo inútil! —explotó—. ¡Mientras yo estoy peleando con los monstruos, tú te dedicas a la flojera y a revolver mis cosas!

Poyo abrió los brazos y se encogió de hombros.

—¿Por qué no acudiste en mi ayuda? —exigió Kenny.

Poyo se puso una mano detrás del cuerpo, se retorció y sacó un silbato de bambú.

—¡*Puaj*! ¿Debería saber en dónde lo tenías escondido? —preguntó Kenny.

El *tanuki* sonrió y sacudió la cabeza.

¡*Bzzzt*! Kenny consultó su reloj inteligente y vio un mensaje: Lo recogeré mañana a las 09:00 en punto para viajar a Okayama. Debe usted estar listo. Sato.

—Genial —murmuró Kenny, y enseguida le habló a Poyo—. Voy a darme un baño. Cuando regrese, tú y yo tenemos que hablar de ciertas cosas. Mientras tanto, recoge este desorden.

Poyo se sentó en sus cuartos traseros, hizo un saludo con su mano peluda y se cayó de espaldas.

Kenny tardó veinte minutos frotándose bajo el agua antes de eliminar el olor a acuario que emanaba su piel. Se miró en el espejo para ver el estado de sus heridas y notó las huellas azulencas en su garganta. Seguía cubierto de cortadas, llagas y moretones, pero la sensación de limpieza le resultó muy agradable.

Cuando volvió a su habitación, Poyo había recogido todo.

—Se ve que puedes hacerlo, con un poco de voluntad —sentenció Kenny.

Se puso unos pantalones deportivas y una sudadera con capucha. De la cocina le llegó el aroma a comida que se freía y su estómago hizo ruido. Se sentó en un puf y le hizo una señal a Poyo para que se acomodara frente a él.

—He estado pensando en cómo salvar a Kiyomi —le comunicó Kenny al *tanuki*—. Tú sabes que ella está enferma, ¿verdad?

Poyo se tiró al suelo gimiendo y se tapó la cara con las manos.

—Yo sé cómo curarla, pero necesito saber lo que tú piensas, ¿entiendes?

El *tanuki* volvió a sentarse.

—Una parte de su alma está en Yomi, es decir, el infierno. Y ahí el que manda es un tal Susano. ¿Qué te parece si tomamos la ruta más directa, abrimos con Kusanagi una puerta de acceso y entramos ahí para charlar con él? ¿Te parece buen plan?

Poyo hizo oscilar la cabeza de un lado a otro, en una enfática negación.

—¿Demasiado peligroso? ¿Se te ocurre alguna otra idea?

La criatura peluda asintió y se movió hacia un cuaderno agarrando un marcador en su puño regordete. Kenny se quedó a la espera observando a Poyo, absorto en sus trazos. Al terminar, arrancó la página y se la dio a Kenny.

—¿Qué es esto? ¿Un plátano y una mantarraya?

Poyo se dio una cachetada en el rostro.

—Ah, un momento, ya entiendo. Es el plano del territorio principal de Japón. Cuatro islas y marcaste un punto cercano al mar interior, a medio camino entre Kioto y Usa. ¿Qué hay ahí?

Poyo volvió a tomar el cuaderno y trazó dos líneas paralelas con patas verticales y el boceto de un demonio junto a una casa.

—Una puerta *torii*. Un santuario dedicado a Susi. ¿Es eso?

Poyo hizo movimientos de afirmación con la cabeza y se puso a saltar de una pata a la otra.

—Si hablamos con él ahí, ¿podemos intentar que se cure Kiyomi?

Poyo alzó la mano para chocar con una palmada.

*

Después de la cena, Kenny se sentó frente a la computadora, entró a internet y se puso a copiar itinerarios de tren en su cuaderno.

—¿Cómo que jaque mate? —protestó Charles con el dedo sobre el tablero de ajedrez—. Ah, ya veo, un doblete al descubierto. Muy bien. Tú ganas.

Poyo sonrió y tomó más galletas.

Charles se desperezó y revisó su teléfono en busca de mensajes.

—¡Ah! Kenny, ¿te acuerdas que me preguntaste sobre aquel *oni* plateado? —le comentó a su hijo—. Envié una pregunta a la facultad, y el profesor Yoshihara acaba de enviarme un mensaje.

Kenny bajó la pluma.

—No está del todo seguro —prosiguió Charles mientras leía el texto—, pero cree recordar que se menciona a un *oni* plateado en una oscura redacción del cuento *Taketori Monogatari*, una versión que se remonta al año 762 de nuestra era.

—¿Qué? Pero eso es hace... unos mil trescientos años.

—Sí. ¿Conoces esa historia?

—No.

—Pues es fascinante. Viene a ser una analogía del cuento occidental de Pulgarcita al mismo tiempo que una obra precursora de ciencia ficción.

La voz de Charles adoptó tono de conferencista.

—Hasta donde recuerdo, se trata de un viejo cortador de bambú que se encuentra un tallo que resplandece. Lo abre y encuentra adentro una bebé diminuta, del tamaño de su dedo pulgar. Como él y su mujer no tienen hijos, se lleva a la bebé a casa y la crían como si fuera de ellos. Con el paso del tiempo, crece y se vuelve una mujer hermosa de tamaño normal.

Charles se acercó al refrigerador sin dejar de impartir su seminario.

—Al extenderse la fama de su extraordinaria belleza le proponen matrimonio cinco príncipes, pero no quiere a ninguno de ellos. Se le ocurre pedir que ejecuten tareas imposibles, sabiendo que no podrán realizarlas. Cuando ninguno de ellos cumple, Pulgarcita puede vivir en paz con sus ancianos padres.

Sacó una jarra de té helado y se sirvió un vaso.

—En el tercer acto del cuento, la chica está llorando al ver la luna llena. Resulta que es hija del Dios de la Luna, que la envió a la Tierra para protegerla durante una rebelión. Al terminar la guerra, su padre envía una comitiva real para llevarla a casa de nuevo.

—Entonces, ¿por qué llora? —inquirió Kenny.

—Ha vivido veinte años en la Tierra, y no conoce más vida que ésa —continuó Charles después de beber un poco de té—. Hay una trama secundaria en que el emperador se enamora de ella, pero me la voy a saltar. En la siguiente luna llena, aparece un puente que va de la Luna a la Tierra, y un ejército de guerreros de plata lo cruza para escoltar a la princesa hasta Tsuki-no-Miyako, la capital de la Luna. Al beber una poción mágica y vestirse con una túnica de plumas blancas, se le borran todos los recuerdos de su vida anterior en la Tierra. Es conducida a los cielos. Abandona a sus padres, rompiéndoles el corazón. Fin del cuento.

—Guau. Qué final más alentador —comentó Kenny—. ¿Qué tiene que ver con el *oni*?

—Yoshihara-*sensei* piensa que se menciona a un *oni* plateado entre las tropas leales al Dios de la Luna, pero podría tratarse sólo de una lectura defectuosa del *kanji*. ¿Te sirve de algo?

Kenny cerró el cuaderno después de frotarse los ojos.

—En realidad, no, pero de cualquier modo muchas gracias.

Charles enjuagó el vaso vacío en el fregadero.

—Veo que empacaste una maleta para mañana. Ya sé que no puedes darme detalles, pero al menos dime cuán peligrosa es la misión.

—¿En una escala de uno a diez? Vamos, papá, no es así como funciona. Además, Sato estará conmigo, de modo que me va a ir bien.

—¿De verdad? ¿Sato ha organizado todo? ¿Por eso has estado mirando los horarios de salida del *Shinkansen*?

—Mira, papá...

—No, nada de "mira papá" —lo interrumpió Charles mientras se secaba las manos con un trapo de la cocina—. Si quieres que yo confíe en ti y te deje ir solo, entonces tú también tienes que confiar en mí.

—Papá, tú no puedes impedir que yo...

Charles arrojó el trapo sobre la barra.

—¡No se trata de eso! Se trata de que tú eres mi hijo y tengo derecho de saber dónde estás, en caso de...

—Voy a Matsue.

—¿En la prefectura de Shimane? ¿Para qué?

—Necesito hablar con alguien ahí.

—¿Con quién?

—Prefiero no decir.

—¿Y cuándo piensas regresar?

—El mismo día; es un viaje rápido. Es preciso que yo haga esto, papá, para salvar a Kiyomi. Si no lo hago, entonces le pasará lo mismo que a mamá, y será por mi culpa.

Charles se acercó y abrazó los hombros de Kenny.

—Bueno. Te pido que no dejes de llamarme.

Kenny movió afirmativamente la cabeza junto al pecho de su padre.

—Papá, tal vez ni siquiera sirva de nada, pero debo intentarlo. De lo contrario… más le valdría a ella estar muerta.

La torre del Edificio Número 6 de las Oficinas del Gobierno Central, sede de la Agencia de Inteligencia para la Seguridad Pública, también conocida por el nombre de Servicio Secreto Japonés, se alzaba al otro lado del foso del Palacio Imperial, en el lado este del Parque Hibiya.

Sato tocó la puerta de un laboratorio en el sótano y entró apresuradamente. El equipo de técnicos con bata blanca se pusieron en posición de firmes de inmediato. Sato les indicó con un ademán que despejaran las mesas de acero inoxidable alrededor de las que estaban reunidos, dejando ver el cadáver pálido de un enorme cocodrilo blanco.

—Suzuki-*san*, su reporte, por favor.

Un hombre de talla pequeña con lentes hizo una inclinación y las luces se reflejaron en su calva.

—Si me hace favor de venir conmigo —indicó.

El cocodrilo yacía sobre su espalda, con el abdomen abierto por un corte profundo que iba de la garganta a la cola.

Suzuki indicó las mesas laterales cargadas de recipientes de metal llenos de vísceras y entrañas de color rojo.

—Como puede usted apreciar, hemos removido los órganos primarios para medirlos y pesarlos —le informó Suzuki—. Todo es normal, aparte del tamaño. Se trata en verdad de un espécimen magnífico.

—¿Dijo normal? —preguntó Sato, y se aproximó al cuerpo del monstruo, con expresión de disgusto en el rostro—. No me parece normal el caso de un cocodrilo gigante de agua salada, de ocho metros de largo, viviendo en un drenaje de Tokio.

Extendió ambas manos con las palmas hacia abajo a unos centímetros de las escamas lisas. Con pasos lentos y deliberados, Sato caminó en círculo alrededor del animal, manteniendo las manos fijas. Recorrió el cuerpo hasta la cola y enseguida invirtió el proceso. Cuando llegó a la cabeza se detuvo, frunció el ceño y se puso a trazar signos complicados en el aire.

Uno de los técnicos que lo miraban soltó una risa de burla. Suzuki lo silenció con la mirada.

Sato acercó tanto la cara al hoyo abierto en el cráneo de la criatura que la nariz tocó la carne fría y muerta.

—Un fórceps —pidió, extendiendo una mano, y Suzuki se apuró a entregarle el instrumento.

—Queda muy poco tejido del cerebro... —arguyó el técnico laboratorista, preguntándose qué habría omitido.

Sato tomó las largas pinzas nasales y las metió bajo la quijada para penetrar en la cavidad craneal. Cerró la pinza y la jaló con suavidad.

A Suzuki se le cortó el aliento cuando Sato extrajo un pequeño disco de metal del que colgaban alambres microscópicos.

—¿Qué es eso? —inquirió el técnico.

—Forma parte de una interfaz neuronal —dedujo Sato, hablando en parte para sí mismo—. Sin duda, uno de los experimentos anteriores de Akamatsu. Kiyomi tenía razón. Fue una trampa.

*

Kenny puso el despertador a las 6:00 a.m. Se levantó del futón y se vistió rápidamente.

—Te has levantado temprano —observó su padre cuando Kenny entró a la cocina—. Veo que en verdad te esfuerzas para no encontrarte con Sato-*san*.

Kenny fue a la despensa, sacó una caja de cereal y llenó dos tazones con muesli. Puso uno de ellos en el suelo, añadió leche al otro y se sentó frente a la barra, con una cuchara en la mano.

Charles terminó su café y pan tostado, le revolvió el pelo a Kenny y se preparó para ir a su trabajo.

—No se te olvide llamarme —dijo, mientras se ponía los zapatos—. Te dejé algo de dinero en un sobre junto al tostador. Ten mucho cuidado, ¿de acuerdo?

—Claro, papá —replicó Kenny con la boca llena.

—Hablo en serio.

La puerta se cerró, entonces Poyo se acercó para olisquear el cereal servido para él. Hizo un sonido de náuseas y alejó el tazón.

—Kiyomi no tiene la severidad suficiente para ponerte a dieta, pero conmigo es diferente —le advirtió Kenny.

Tap-tap, alguien llamaba a la puerta del departamento. Kenny y Poyo intercambiaron una mirada de prudencia.

—¿Quién es? —preguntó Kenny.

—Domino's Pizza —dijo la voz de una chica.

Kenny puso el ojo en la mirilla de la puerta.

—¿Stacey? Vete.

—Perdón. ¿Debí decir Pizza Hut?

—Aunque dijeras Santa Claus. Lárgate.

—Si no me dejas entrar, voy a cantar el himno nacional aquí en el corredor. Sin duda tus vecinos se pondrán muy contentos.

Kenny abrió la puerta, le lanzó una mirada de furia a Stacey y señaló con el dedo la sala de estar.

La chica entró al departamento.

—Qué bonito lugar tienes. ¿Vives aquí con tu...? ¡Oh, Dios mío! Qué *tanuki* más feo y gordo. ¿Acaso te autorizaron a tener aquí este animal? ¿No es antihigiénico?

Kenny gruñó.

—Stacey, te presento a Poyo. Poyo, ella es Stacey, y no me mires así. No es más que una compañera de mi escuela.

Poyo extendió una garra a guisa de saludo, pero Stacey no le hizo caso.

—¿Es tu mascota? —prosiguió ella—. No, espera, ya sé. Es tu compañero, ¿verdad? Tú Batman, él Robin.

—¿Qué haces aquí? Creí que estabas furiosa conmigo, igual que todos los demás.

Stacey agitó una mano como si espantara una mosca.

—Eso fue ayer. Ya tuve tiempo para pensar en lo que sucedió. Es increíble que no esté postrada sufriendo estrés postraumático.

—En realidad no me interesa —replicó Kenny y puso su tazón vacío en el fregadero.

—Anoche tuve un sueño en el que me decían que debería ayudarte.

—¿De veras?

—No. Pero ¡qué importa! Te traje desayuno —anunció Stacey y sacó una bolsa de donas de la mochila—. Puedes considerarlo como una ofrenda de paz.

—Acabo de comer.

Poyo gimió y se irguió sobre las patas traseras para alcanzar la bolsa, pero Stacey enseguida la apartó.

—¡Pruébalas! Hasta hay una dona de Hello Kitty con listón rosa —insistió la chica—. ¿No quieres? Bueno. Oye, toda la vida he estado oyendo historias sobre los *yokai*, pero hasta el día de ayer jamás pensé que fueran reales. De pronto tú apareces y salen a puñados de todas partes. ¿Tienes idea de lo asombroso que resulta?

Kenny fijó los ojos en ella un instante.

—Tú estás loca —comentó.

—¿Bromeas? Imagínate nada más lo que pasaría si alguien encontrara al monstruo del Lago Ness. Sería un banquete mundial para los medios.

Kenny echó un vistazo a su reloj.

—Me tengo que ir.

—¿A la escuela? Magnífico, vamos juntos —propuso Stacey y dejó la bolsa de donas sobre la barra.

—No —se rehusó Kenny—. No voy a la escuela.

Se metió a la habitación y agarró su mochila.

—Ohhh. Vas a volarte las clases de nuevo —dedujo Stacey y tomó una decisión rápida—. De acuerdo. ¿Adónde vamos?

—Nada de "vamos". Tú irás a la escuela y yo... necesito ir a otro lugar.

—Oye, espera. Puedo ayudarte. Por ejemplo, ayer...

—No.
—Pero ni siquiera sabes hablar japonés. ¿Cómo vas a...
—No.
—Entonces... les contaré a todos sobre ti.

Kenny respiró hondo y contó hasta diez.

—No, Stacey —dijo con voz tranquila y resignada—. No le contarás a nadie, porque si cualquiera de esas cosas decide que te puede usar para hacerme daño, te encontrarán y te matarán, con la muerte más lenta y horrible que puedas imaginar.

—No te creo.

—Viste a esas cosas ayer. No son nada comparadas con lo que anda por ahí.

Poyo se arrastraba hacia atrás con el mayor disimulo hasta que llegó a la esquina de la barra, donde extendió una garra. Su brazo se alargó poco a poco, como si fuera de hule.

—Stacey, ¿de verdad quieres ayudarme? —le preguntó Kenny y le puso la mano sobre un hombro.

Stacey dijo que sí con la cabeza.

—En lo que me sea posible.

—Entonces ve a la escuela y cúbreme. Si preguntan, diles que estoy enfermo. Que tengo amigdalitis. Lo que sea, para que no sospechen. ¿Puedes hacer eso? ¿Por favor?

Stacey apretó los labios.

—Con una condición: que cuando vuelvas a clase me cuentes de qué se trata todo esto.

—De acuerdo, es un trato.

Con gran sigilo, la manita de Poyo se cerró sobre la bolsa de papel y la alzó de la barra.

Cuatro horas después, Kenny apagó su iPod y se quitó los audífonos. Se enderezó bostezando. Por la ventana del *Shinkansen* pasaban vertiginosas imágenes de campos de muchos colores y montañas a lo lejos. Había viajado a Shin-Osaka, donde cambió al tren bala Sanyo, que lo llevaría a Okayama. Ahí salía un expreso local Yakumo con destino a Matsue, en donde tomaría un taxi para completar su viaje al Kumano Taisha, el principal santuario del temible Susano-wo.

Kenny abrió la cremallera de la mochila y sacó un ejemplar de *The Japan Times*, el periódico en lengua inglesa que compró en Osaka. El próximo lanzamiento del reflector solar dominaba la primera plana, y pasó rápidamente las páginas hasta encontrar el reportaje sobre el acuario de Tokio.

La versión oficial hablaba de un leve terremoto que afectó el sellado entre dos paneles de acrílico, a tal grado que cedieron. Las autoridades acentuaron que se trataba de un accidente y que no se sospechaba de ninguna acción criminal.

Kenny hizo una mueca. Con eficiencia, Sato mantenía a los medios de información lejos de la verdad. El chico abrió una bolsita de dulces M&M de crema de cacahuate.

En cuanto se escuchó el ruido de la bolsa, un hocico peludo salió de abajo del asiento y Poyo se trepó a él.

—Estaba pensando —susurró Kenny— que necesitamos cambiar de tren en Okayama. ¿No es ahí donde se supone que debía ir con Sato?

Poyo lanzó un caramelo al aire y lo atrapó con la boca, chasqueando la lengua ruidosamente.

—¿No crees que tal vez llegue a la estación al mismo tiempo que nosotros? ¿Y si nos ve?

El *tanuki* se rascó una oreja con la pata trasera y se alzó de hombros.

—Éste es el plan. En cuanto lleguemos, tú sales y exploras para ver si tenemos paso libre. Sato no puede verte a menos que se ponga sus lentes. ¿Entendiste?

No hubo ningún incidente en Okayama y Kenny llegó a la estación de Matsue a media tarde. Después de preguntar en la oficina de información para turistas, tomó un taxi que lo llevó rumbo a las montañas por una carretera llena de curvas. Hacía calor y el aire se sentía pegajoso, con nubes bajas sobre los cerros. El taxi se detuvo junto a una tienda de conveniencia con cuatro máquinas dispensadoras afuera y un signo llamativo.

—¿Es aquí? —preguntó Kenny después de echar un vistazo a las pocas casas que formaban el pueblo, pero enseguida decidió intentar en japonés—. Uh, *taisha-wa, doko desu ka*?

Con una mano enguantada de blanco, el conductor apuntó al otro lado de la calle, donde una columna gruesa de piedra con textos labrados en la superficie se alzaba al lado de una puerta *torii* de concreto, de unos cinco metros de altura.

Kenny cruzó la carretera, con Poyo pegado a sus talones, y vio un sendero de grava bordeado por árboles detrás de la puerta *torii*. A ambos lados, sobre sendos pedestales había dos estatuas de piedra, erosionadas por el tiempo, cubiertas por líquenes y musgo, con aspecto de gatos iracundos. Tenían encogidas las patas delanteras y por sus bocazas asomaban los colmillos, mientras que las patas traseras estaban tiesas. Una cola frondosa se curvaba sobre sus lomos. Poyo retrocedió ante las viles criaturas.

—¡Qué cobarde eres! —lo regañó Kenny—. No son más que estatuas. No te van a…

Las dos figuras de piedra se volvieron para enfrentar a Kenny con expresión de furia.

—Nuessstro amo te essspera, Kuromori-*sssan* —dijo la que estaba más cerca.

Kenny tragó con dificultad, pensando que tal vez su idea no había sido tan buena.

El sendero de grava hacia el este que se encaminaba al santuario mostraba parches de musgo de un verde grisáceo que le conferían un aspecto enfermizo. Lo flanqueaban pinos torcidos y esqueléticos, asemejando guardias erizados, con las ramas arqueadas que se trenzaban por encima y bloqueaban el sol otoñal.

Kenny se estremeció en las frías sombras, al tiempo que se esforzaba por no atender el olor a putrefacción que subía del suelo.

Al final del camino un puente color rojo cruzaba un río poco profundo, que en cada orilla ostentaba enormes puertas *torii*. Del otro lado, escalones grises de piedra conducían al santuario, envuelto en un denso bosque.

Kenny se abrió paso arrastrando los pies hasta la base de la escalera. Hizo alto en la *temizuya*, el área de purificación, donde se lavó las manos y la boca.

Al final de la escalera, otras dos estatuas *komainu* lo contemplaron con expresión severa, siguiendo cada uno de sus pasos. A través de una puerta techada que conducía al patio interior colgaba una enorme cuerda. Kenny alzó la mirada; la cuerda estaba hecha de paja, y observó que cada uno de los aros trenzados tenía un metro de grueso.

—Acércate más —le advirtió Kenny a Poyo, que se quedaba atrás.

El *honden*, sencillo salvo por algunos adornos de oro al frente, consistía en un edificio de madera con techo inclinado de pizarra. Un porche cubierto albergaba la caja de ofrendas y sostenía otro tramo gigantesco de cuerda. El vestíbulo no tenía la grandiosidad de los otros que Kenny vio en Kioto.

Se acercó, hizo dos reverencias y dio dos palmadas, después de las que se inclinó de nuevo.

No sucedió nada.

Poyo se rascó la oreja con una pata trasera. El viento movió las hojas, como si quisiera señalar silencio a Kenny. Un cuervo gordo lo miró sin pestañear.

—¿Debo hacerlo de nuevo? —le susurró Kenny a Poyo—. ¿Más reverencias? ¿Necesito hacer una ofrenda?

A Poyo se le movieron las orejas, se le frunció la nariz y de un brinco se abrazó a la pierna de Kenny, con sus patas delanteras aferradas a la pantorrilla del chico.

—¡Ea! ¿Qué haces? —exclamó Kenny—. ¿Suelta mi pierna, pedazo de...

Un ruido rasposo de algo que se arrastraba se aproximó a él, y la piel de los brazos de Kenny se erizó.

—*Chotto matte* —dijo una voz ronca.

La figura de lo que fue antes un hombre japonés no era sino una cáscara podrida. Tenía la piel púrpura con manchas azulencas. Uno de sus ojos colgaba de la cuenca, y el otro era del todo blanco salvo por una diminuta pupila negra. De unas partes del cráneo colgaban largos pelos canosos; sus dientes eran largos y amarillos, igual que las uñas. El viejo se acercó cojeando, apoyado en un bastón. Kenny vio que uno de sus pies estaba roto y se arrastraba tras él, sujeto por un jirón de piel con aspecto de cuero. De su camisa harapienta salía un pedazo de intestino color de rosa, que oscilaba con cada uno de sus pasos.

—*Kinasai* —dijo la criatura y dobló uno de sus dedos.

Por un momento, Kenny se arrepintió de no haber llevado con él a Stacey para que sirviera de intérprete, pero el significado del gesto no podía ser más claro.

El anciano se alejó, andando sobre el muñón del tobillo, y Kenny lo siguió hacia la parte de atrás del *honden* en una trayectoria que daba la vuelta alrededor del edificio. Se detuvo frente a un par de puertas laqueadas, decoradas con hoja de oro en una representación de un dragón de ocho cabezas. La criatura llamó a la puerta una sola vez con la base de su bastón y enseguida se alejó. Las puertas se abrieron en silencio hacia adentro y revelaron escalones de piedra que descendían a la oscuridad.

Kenny se limpió las sudorosas palmas de las manos en sus jeans y se arrodilló para acariciar las orejas de Poyo.

—Supongo que no quieres bajar conmigo, ¿no es así? —le preguntó.

La cabeza de Poyo bajó al suelo y se tapó los ojos con las garras, lloriqueando.

—Supongo que eso significa que no. Oye, si algo sucediera… si no vuelvo… dile a Kiyomi que yo…

Kenny se interrumpió y frotó sus mejillas para ocultar el rubor que las cubría.

—Nada más les dices a todos que lo intenté, ¿de acuerdo?

Poyó gimió y se alzó sobre sus patas traseras. Extendió el brazo y le dio la mano a Kenny.

Con el corazón agitado y la boca seca, Kenny pisó el escalón superior y miró hacia abajo para determinar hasta dónde bajaban las escaleras, pero fue inútil. La oscuridad densa se tragaba la luz como un gaznate hambriento.

En la mente de Kenny resonaron las advertencias de Inari: "Susano-wo es astuto y sus actos son impredecibles y cargados de locura. No se puede confiar en él. Ni pienses en entrar en negociaciones con Susanowo respecto a Kiyomi, pues nada bueno saldría de ello. Ahora necesitas ir al Monte Chikurinji y cumplir con tu deber, tal como lo has jurado".

—Ya es demasiado tarde para todo eso —masculló Kenny para sus adentros—. Yo causé todo este desastre, así que...

Echó un último vistazo a Poyo y comenzó su largo descenso a las sombras.

Después del primer millar, Kenny dejó de contar escalones.

Una pequeña flama brillaba en la palma de su mano, que daba luz suficiente para avanzar. Las escaleras parecían infinitas, y el aire se sentía húmedo y frío como una tumba.

En algún momento Kenny extendió los brazos para tocar las paredes, pero no pudo encontrarlas. Tuvo la horrible sensación de que la escalera flotaba en las tinieblas y no se apoyaba en ningún sustento sólido. Si acaso se resbalara y cayera... Arrojó de su mente esos pensamientos, demasiado terribles para prestarles atención.

Después de veinte minutos, Kenny distinguió un débil resplandor de luces más abajo. Con alivio, se apresuró a recorrer el resto de los escalones y sintió que sus pies tocaban tierra desnuda. Varias criaturas diminutas huyeron de su presencia, creando una impresión de movilidad en el suelo al escarbar en busca de seguridad.

Había dos hileras de linternas una frente a la otra, como las luces de una pista de aterrizaje. Más allá de los charcos de luz se percibían movimientos de cosas grandes, vigilando cada uno de sus pasos.

Al final aparecieron dos braseros de piedra, a los lados de un enorme trono de marfil labrado. Cada uno de los brazos estaba adornado con sendos cráneos de dinosaurio, y el respaldo consistía en un enorme costillar.

—*¡Ryu no hone da!* —dijo una voz ensordecedora atrás de Kenny, que lo hizo dar un brinco y tirarse al suelo, donde rodó y se agazapó en posición de defensa.

Un fornido gigante con rasgos japoneses lo miró con severidad. Medía no menos de seis metros. Largos cabellos negros cubrían sus hombros y la mitad de la cara quedaba oculta por una espesa barba. Vestía un blusón blanco con tirantes rojos de *hakama* y botas pesadas atadas con correas.

Susano-wo se inclinó sobre el chico agazapado en el suelo y olfateó el aire con un gesto de desprecio.

—¿Un *gaijin*? —dijo, y las palabras entraron a empujones en la mente de Kenny—. ¿Has venido aquí, a mi casa, a visitarme y no has tenido la cortesía de por lo menos aprender mi lenguaje?

—*Gomen nasai* —articuló Kenny—. *Watashi no nihongo wa warui desu.*

Susano-wo lo contempló un instante y prorrumpió en una risa que sonó como una sucesión de ladridos breves.

—Tienes razón en pedir disculpas. Tu japonés no es malo, es atroz. No ofendas más mis oídos. Nos comunicaremos de manera directa.

Pasó al lado de Kenny y tomó asiento en el inmenso trono.

—¿Qué opinas de mi sillón? —inquirió.

—Uh, es muy... audaz —repuso Kenny mientras se enderezaba.

Susano-wo dio varias palmadas a uno de los enormes cráneos de dinosaurio, que hacía las veces de cojín para la mano.

—Hueso de dragón —comentó—. Yo mismo maté a cada uno de éstos. ¿Cómo te llamas tú, muchacho?

—Kenny, señor. Kuromori.

Susano-wo entrecerró los ojos y se acarició la barba frondosa.

—He oído hablar de ti, Kuromori, el elegido de Inari —dijo el gigante, escupiendo las últimas palabras—. Pensé que tendrías más edad.

—Usted se refiere a mi abuelo.

El dios inclinó la cabeza, reflexionando.

—Ah, ya, eso explica muchas cosas. ¿Y tú vienes para darle continuidad a su trabajo?

—No exactamente...

—Entonces ¿por qué viniste aquí, Kumatori? —explotó Susano-wo—. Inari no tiene nada que ver conmigo.

Kenny resistió el impulso de salir corriendo de ahí.

—Se trata de un asunto personal —explicó, en tono firme, sin hacer caso del error deliberado en la pronunciación de su nombre—. No tiene nada que ver con Inari.

Susano-wo se inclinó hacia Kenny.

—Ah, ¿no? ¿Nadie te ha enviado?

—Nadie me envía.

—En ese caso, ¿sabe alguien de tu presencia aquí?

—Nadie lo sabe.

—Qué interesante. Si yo quisiera matarte y quedarme con tu alma, ¿no se enteraría nadie? Tienes exceso de valentía o de estupidez. ¿Cuál de las dos?

Kenny se alzó de hombros.

—¿Hay acaso alguna diferencia?

Una amplia sonrisa se extendió por la cara de Susano-wo.

—¿Qué se te ofrece?

Una gota helada de sudor bajó por la columna dorsal de Kenny.

—Hace un par de meses, murió... alguien a quien conozco.

Susano-wo encogió los hombros.

—Son cosas que suceden. ¿Deseas manifestar tu arrepentimiento? ¿Preguntar dónde escondieron algún tesoro? ¿Pedir perdón por haber sido un mal hijo?

—No, nada de eso —explicó Kenny—. Esta amiga mía, no se quedó muerta. Pudimos traerla de vuelta, pero no toda su...

Un gesto de furia oscureció los rasgos severos.

—¿Me robaste? ¿Me has quitado algo mío, a lo que tengo derecho? —barbotó Susano-wo y dio un puñetazo en el cráneo de dragón.

—No había llegado su hora todavía —protestó Kenny.

—¿Quién te crees que eres para tomar esa clase de decisiones? —preguntó el dios y se recostó de nuevo sobre el respaldo—. Dime, ¿cómo cometiste un acto tan despreciable?

—Un *oni* dio su alma a cambio.

—¡Ja! —estalló Susano-wo—. Todos los *oni* me pertenecen. Soy su rey y obedecen cada una de mis órdenes.

—Pasó exactamente como dije —insistió Kenny.

—¿Así que me diste lo que ya era mío a cambio de algo que me robaste? Una situación poco propicia, ¿no crees?

—Ése es el problema. Una parte de ella todavía está aquí. En Yomi, con usted.

La sonrisa se hizo más ancha dejando al descubierto una hilera deforme de dientes ennegrecidos.

—¿Conque ésas tenemos? ¿Qué significa para ti esta chica?

Kenny apartó sus ojos de la mirada fija del dios.

—Ya se lo dije. Es mi amiga.

—Kusanori, yo he estudiado los corazones de los hombres desde que comenzaron a latir en estas tierras. No necesito leer tus pensamientos para saber que mientes. La chica en cuestión, ¿es valiosa?

Kenny movió los pies y acomodó el cuerpo con inquietud.

—No lo sé. Supongo que es buena persona.

Susano-wo se frotó las palmas de las manos.

—¿Es valiente? ¿Fuerte? ¿Lista?

—Sí, también todo eso.

—¿Y crees que tú mereces semejante premio?

Un destello malicioso brilló en los ojos negros.

—No lo sé. Qué puede importar eso, si ella está muerta.

—Es cierto —repuso Susano-wo y se arrellanó en su trono—. En efecto. Dime, Kumohori, ¿qué estás dispuesto a hacer para probar que eres digno de lo que pides? ¿Para salvar a la chica?

Kenny cerró los ojos.

—Yo haría cualquier cosa.

—Excelente —declaró Susano-wo, y en sus ojos apareció una expresión malévola—. En tal caso, tengo algo que proponerte.

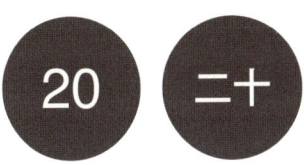

Kenny alzó la mirada.
—¿Qué es lo que debo hacer?

De un salto, Susano-wo se puso de pie. Hincó una rodilla en el suelo y con el dedo trazó un círculo. Del centro emergió un hilo de luz azul pálida que se consolidó en forma fantasmal de una chica adolescente.

—¿Es por ella que viniste aquí para ponerte a mi merced? —inquirió Susano-wo, alzando la voz.

—Sí —admitió Kenny mientras le ardían los ojos por el esfuerzo de concentración mirando la imagen evanescente.

El espíritu de Kiyomi se dio vuelta al percibir el sonido de la voz de Kenny, y al verlo se puso las manos sobre la boca en un gesto de sorpresa.

—¡Has de saber que aunque me hayas estafado en una ocasión, no podrás hacerlo de nuevo!

Una espada se materializó en la mano de Susano-wo y dio un tajo hacia abajo que partió a Kiyomi en dos.

—¡No! —gritó Kenny.

Cada una de las mitades del espíritu de Kiyomi se derrumbó sobre sí misma, encogiéndose para condensarse en un pequeño círculo. Cayeron al suelo con un ruido de vidrio roto.

Susano-wo recogió los objetos y se los mostró a Kenny: dos anillos de jade, uno de color beige claro y el otro de un rojo arándano. Se los puso en los dedos y volvió a su trono.

—Tu abuelo rescató muchas reliquias sagradas de las manos de los invasores extranjeros y las escondió para protegerlas —dijo la voz profunda de Susano-wo—. Pero otras han estado perdidas durante siglos. Mi voluntad, Kuromori, es que encuentres dos de ellas para mí. A cambio, te daré las dos mitades del alma de la chica, una por cada tesoro. ¿Puedes hacer eso?

—Puedo —asintió Kenny, con la mandíbula apretada.

—Ya lo veremos. El primero es el Yata no Kagami, un espejo que pertenece a mi hermana, Amaterasu. Nadie lo ha visto desde hace cientos de años.

—Me imaginaba algo parecido. Y el otro, ¿qué es?

—Primero necesitas conseguir el espejo. Una cosa lleva a la otra.

—De acuerdo. ¿Tiene usted alguna sugerencia sobre dónde comenzar a buscar?

Susano-wo se inclinó hacia el frente en su trono.

—Si yo supiera dónde está el espejo, no te necesitaría —aclaró el dios y alzó un dedo en señal de advertencia—. Una cosa más: nadie debe saber lo que estás haciendo para mí, bien sea humano, dios o cualquier criatura. Esto se queda entre tú y yo. En secreto. ¿Comprendes?

—Entendido —accedió Kenny.

—Excelente. Puedes volver a la luz.

Cuando Kenny estaba a punto de irse, Susano-wo volvió a hablar:

—Dime una cosa. ¿Sigue siendo el mundo tan hermoso como lo recuerdo? ¿No lo han estropeado los seres humanos?

—Aún es bellísimo —replicó Kenny—, sobre todo en esta época del año. Los arces están rojos y la puesta del sol da una tonalidad de oro a todas las cosas. La semana pasada contemplé el Monte Fuji, y era...

Kenny se interrumpió al observar una sola lágrima que escapó del ojo de Susano-wo y rodó por su mejilla, dejando una estela brillante.

El dios se la enjugó.

—Vete ya y no mires atrás —ordenó el dios.

Kenny se echó a correr antes de que Susano-wo cambiara de parecer.

—¿Te cuento primero las buenas o las malas noticias? —le preguntó Kenny a Poyo mientras esperaban el autobús para regresar a Matsue.

Por toda respuesta, Poyo comenzó a babear.

—Me lo merezco —murmuró Kenny—, por no hacerte una pregunta de sí o no. En fin, la buena noticia es que ya sé lo que debo hacer para salvar a Kiyomi.

Poyo movió afirmativamente su cabeza peluda.

—La mala noticia es que no tengo la menor idea de por dónde comenzar.

Tomaron el autobús Ichibata y bajaron por la carretera en la montaña, con el sol de la tarde tras ellos. Tan pronto apareció ante ellos la ciudad de Matsue, tanto el reloj como el teléfono de Kenny zumbaron para anunciar mensajes recibidos. Empezó por consultar el reloj.

El primer mensaje decía: ¿Qué diablos te pasa? ¿Dónde andas? Deberías estar con mi tío en Okayama. Papá se puso histérico. Ahora mismo estoy furiosa contigo.

El segundo mensaje rezaba así: Alcánzame en la estación de Okayama esta tarde a las 18:00. Última oportunidad. Sato.

—Como si eso pudiera suceder —comentó Kenny, y accionó el aparato para ver la hora. Ya eran las cinco y cuarto.

Revisó sus mensajes en el teléfono. Uno lo envió Stacey para informarle que, en lo que a sus compañeros de clase se refería, les dijo que Kenny sufría una intensa diarrea por comer sushi en mal estado.

Charles también se había manifestado: LLÁMAME. Kenny marcó el número.

—Kenny —dijo su padre, que contestó después de la segunda señal—. ¿Cómo te va?

—Estoy bien, papá. Me dijiste que te llamara.

—Sí, sí, es cierto. Me parece que estás en grandes dificultades.

—Pero pensé que tú dijiste que estaba bien…

—No es conmigo la dificultad, sino con tu abuelo. Es necesario que lo llames, de ser posible ahora mismo.

—¿Te dijo de qué se trata?

—No, pero necesita saber en dónde estás. Casi me arranca la oreja con sus regaños por dejar que andes de vago tú solo en un país extranjero.

—¿Le contaste algo?

—Sólo le dije que estabas en una situación segura, que yo sabía dónde ubicarte y que le llamarías. ¿Harás eso por mí?

—Claro, papá.

—¿En cuanto termine esta llamada?

—Sí, papá —suspiró Kenny—. Ya te lo dije.

—Buen chico. ¿Cuándo llegarás a casa?

—Depende de qué tren alcance. Te llamaré tan pronto lo sepa.

—Muy bien. Ten cuidado, hijo.

—Gracias, papá.

Kenny fijó la mirada en el teléfono. No deseaba discutir con su abuelo, pero al mismo tiempo, ¿a quién más preguntarle sobre un artefacto japonés extraviado?

El autobús ya se encontraba a las afueras de Matsue y en unos cuantos minutos Kenny estaría en la estación. Marcó el número.

—¿Hola? —la voz del viejo sonaba igual de fuerte y clara que siempre.

—Abuelo, habla Kenny.

Una pausa larga.

—¿Dónde estás?

—No puedo decirte.

—Ya veo. ¿Estás cerca de Okayama?

—No lo suficiente para encontrarme con Sato, si es eso lo que quieres saber.

—No me agrada tu tono, jovencito.

—A mí tampoco me agradó que me usaras como chivo expiatorio, pero no me diste la menor oportunidad de elegir.

—Estaban en juego millones de vidas, Kenny.

—Lo entiendo, abuelo. Está claro. Hacemos lo que es necesario hacer, ¿verdad? Pues eso es lo que estoy haciendo ahora mismo.

—Inari te necesita en Okayama. También Sato. Hiciste una promesa.

—Hice más de una promesa. ¿Qué pasa si entran en conflicto?

—En ese caso debes elegir y asumir las consecuencias.

—Es justo lo que estoy haciendo.

Otra larga pausa.

—¿Te puedo ayudar en algo?

El corazón de Kenny latió más rápido.

—Sí. En tus viajes, cuando trabajabas aquí, ¿supiste algo relacionado con el Yata no Kagami?

Aunque no podía estar seguro, a Kenny le pareció que al otro lado de la línea se le cortaba el aliento al abuelo.

—Kenneth Blackwood, escúchame con la mayor atención —dijo el abuelo, con un filo acerado en la voz—. No debes tener nada que ver con ese objeto. Lleva escondido más de mil años, con mucha razón. No sé en dónde está, ni quiero saberlo. Te sugiero que olvides esa locura que tienes en la cabeza, que vuelvas a Tokio y ofrezcas todas las disculpas necesarias para recuperar la confianza de quienes se han sacrificado tanto por ti. ¿Está claro?

Kenny estuvo a punto de murmurar que sí cuando se alzó una oleada de resentimiento en su interior. A lo largo de todo el día no hizo sino sufrir jalones y empujones, en la lucha entre el deber y su conciencia, y se indignó de que lo regañaran como a un niño…

—Abuelo, no se oye, la conexión está fallando. No tengo señal.

Kenny cortó la llamada.

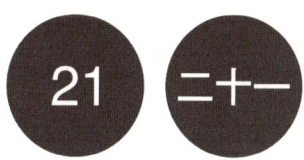

Una vez que compró los pasajes de tren para volver a Tokio, Kenny se dirigió a un restorán de fideos en el conjunto comercial de la estación y ordenó un tazón caliente de *soba* de harina integral cubierta con una rebanada de berenjena frita y rebozada. Un televisor colocado en la pared sintonizaba un programa japonés de concursos.

Poyo recorrió el mostrador dando cuenta de las sobras en los tazones abandonados.

Kenny consultó el reloj. Faltaban diez minutos para la salida de su tren, lo suficiente para llamar a su padre.

—Papá, estoy por salir. Calculo que llegaré a casa alrededor de la medianoche.

—De acuerdo, avísame si te atoras en cualquier lugar para que vaya por ti.

—Eso haré —Kenny giró en su banco y su mirada fue a dar a la pantalla del televisor, donde un sudoroso japonés se esforzaba por responder una pregunta mientras le pasaban un teléfono.

A Kenny se le ocurrió una idea que tuvo el efecto de ensancharle los ojos.

—Oye, papá, en el folclor japonés, ¿cuál es el equivalente de "Llama a tu amigo".

—¿Perdón? No comprendo.

—Me refiero a esto. ¿Qué harían los dioses si no supieran la respuesta a alguna pregunta? ¿A quién le preguntarían?

—Déjame ver... Existen varios dioses japoneses del conocimiento. En el *Kojiki* hay un viejo relato sobre la llegada de un buque que lleva a un dios desconocido. Su identidad quedó en el misterio hasta que el sapo sugirió preguntar a Kuebiko, el Príncipe Desmoronado, que no camina pero lo sabe todo. Identificó al recién llegado como...

—Papá, tengo algo de prisa. ¿Existe un santuario del tal Kuebiko? ¿En dónde se ubica?

—Espera sólo un momento.

Kenny oyó el sonido de los dedos de su padre operando el teclado.

—Ah, aquí lo tengo. En Sakurai. Forma parte del conjunto del Santuario Omiwa.

—Papá, eres un genio. Muchas gracias.

Kenny puso fin a la llamada y, con sus zapatos deportivos rechinando sobre el piso de mosaicos, se echó a correr hacia la oficina de información turística.

Diez minutos después, el expreso de Yakumo salió de la estación de Matsue. Poyo se esforzó por permanecer erguido en el asiento mientras observaba a Kenny, quien desplegaba un mapa de trenes y trazaba la ruta con el dedo.

—Nos quedamos en este tren hasta llegar a Okayama. De ahí hay que abordar el *Shinkansen* hasta Osaka, para tomar uno de los trenes de cercanías a Sakurai. Llega alrededor de las once, así que necesitaremos un lugar donde dormir.

Dieron las seis de la tarde y Kenny sintió una punzada de remordimiento por no haberse encontrado con Sato, tal como le prometió. "Bueno", pensó, "no dudo que se las sabrá arreglar él solo". Contempló el campo que se deslizaba al otro lado de la ventana del tren. Con el estómago lleno, arrullado por el suave movimiento del vagón, pronto se quedó dormido.

Kenny se incorporó bostezando y estiró los brazos.

Fuera de la ventana reinaba la oscuridad, en la que brillaban las estrellas; el tren seguía avanzando. Kenny puso la cara contra el vidrio frío, aplastando la nariz, y miró su reflejo distorsionado dentro del halo formado por el vaho de su aliento.

El tren se detuvo y las puertas resoplaron al abrirse. Kenny salió a una plataforma sumida en la penumbra y envuelta en una bruma. Estaba totalmente solo. Por encima de su cabeza, un reloj dio las doce del mediodía, y Kenny alzó los ojos hacia el cielo repleto de estrellas.

—¡Kenny! ¡Ayúdame! —gritó la voz de Kiyomi.

Kenny giró sobre sus talones y avanzó en la dirección de donde venía la voz. En la oscuridad distinguió la forma arrodillada de una figura vestida de cuero que se tapaba la cara con las manos.

—¿Kiyomi? Aquí estoy —dijo Kenny y se hincó a su lado—. Ya estás bien.

—¿Te parece bien esto? —gritó ella, y le clavó los dedos extendidos en la garganta.

Sus ojos tomaron un color ámbar y de su frente brotaron dos cuernos puntiagudos.

Kenny soltó una patada y se arrastró hacia atrás.

—¡Tardaste demasiado! —aulló Kiyomi—. ¡Demasiado tiempo! Ahora... ahora soy... ¡esto!

La chica sacó su *katana* y la apuntó al corazón de Kenny.

—Me has convertido en un monstruo —añadió ella—, y por eso te mataré. A menos que primero tú acabes conmigo.

—No, Kiyomi, no hagas esto.

Ella lanzó un tajo con la espada. Kenny se arrojó a un lado y convocó a Kusanagi. ¡Nada! Volvió a llamar a la espada, que de nuevo se rehusó a aparecer.

Kiyomi se acercó con el arma levantada para dar el golpe fatal.

—¡*Matte!* —ladró una voz ronca y Kiyomi quedó paralizada.

Kenny se puso de pie y se encaró con Susano-wo.

—¿Dónde está mi espejo? —exigió el dios.

—No lo sé —replicó Kenny.

—¡Esfuérzate más!

Susano-wo agarró al chico con un enorme puño y lo lanzó al cielo como si fuera un muñeco. La respiración de Kenny se detuvo mientras pasaban junto a su cara jirones de nubes. Entre las estrellas brillaba un disco de luz brillante y no pudo evitar ir hacia su resplandor.

Al principio, Kenny creyó que era la luna llena, pero al acercarse vio en el centro una mancha muy pequeña que oscilaba y se volvía más grande hasta asumir la forma de un chico de pelo rubio, que al acortarse la distancia aumentó de tamaño. Kenny alzó el brazo para protegerse la cara antes de estrellarse en el espejo gigante, que se deshizo en millones de relucientes astillas. Atontado por el impacto, volvió a precipitarse a la Tierra, ya muy distante de él, agitando débilmente los brazos.

Kenny se despertó sobresaltado. Durante varias semanas no había tenido ningún sueño tan vívido y sospechó que encerraba algún significado, pero ¿qué sería?

Le dio unas palmadas a Poyo en la cabeza.

—¿Echas de menos a Kiyomi?

El *tanuki* dijo que sí con un movimiento de cabeza, sacando la lengua.

—Yo también. Recuérdame que nunca hay que comer *soba* antes de dormir.

Los dos viajeros desembarcaron en la estación de Okayama y tomaron el *Shinkansen* de Sanyo que debía conducirlos a Shin-Osaka.

Kenny encontró su asiento y se llevó una agradable sorpresa al ver que era el único pasajero en el vagón. Se reclinó en el sillón, extendió el descanso para los pies y se acomodó para el viaje.

Sin mediar ningún aviso, las luces se apagaron y el vagón quedó a oscuras. Kenny se incorporó y sintió que el ambiente se enfriaba. Poyo soltó un gemido y de un clavado se metió bajo el asiento.

—¿Hola? ¿Qué pasa? —dijo Kenny mientras se ponía de pie.

Al echar un vistazo atrás, verificó que el vagón inmediato sí estaba iluminado; la falla afectaba solamente su vagón.

Oyó un ruido de algo que chocaba en el extremo más alejado del vagón. Kenny convocó a Kusanagi y se acercó sigiloso al sonido, con el corazón palpitando aceleradamente. Se detuvo junto a un compartimento de equipaje cuya puerta estaba abierta.

Al levantar los brazos para cerrarla no vio la forma monstruosa que cayó del techo justo tras él.

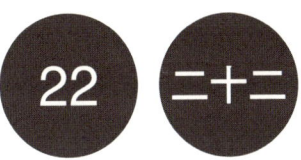

Poyo salió como relámpago de su escondite, y con un gruñido hundió los dientes en una extremidad larga y delgada. La criatura aulló y lanzó una patada que arrojó al pequeño *tanuki* al otro lado del vagón, donde pegó contra una ventana.

El ruido hizo girar a Kenny para enfrentar una imagen de pesadilla. El monstruo era una especie de enorme araña con el abdomen cubierto de manchas, patas con rayas de tigre terminadas en ganchos y una cabeza semihumana. Encima de los maxilares y palpos de una boca de arácnido, dos ojos amarillos saltones lo miraron con rabia. En la cabeza crecían mechones gruesos y sus colmillos relucían de veneno. Era tan grande que tapaba todo el pasillo.

Con un chillido estridente atacó a Kenny. Sin ver en la oscuridad, el chico dio un tajo desesperado con la espada. La araña monstruosa se hizo a un lado con una agilidad increíble para su tamaño e hirió el pecho de Kenny con uno de sus talones.

El ruido de algo que se desgarraba llegó a sus oídos y Kenny rogó que fuera su ropa, no su carne. Por la parte frontal de su cuerpo se extendió la sensación de una franja de dolor y las costillas le ardieron como si sufriera una quemadura. Volvió a amagar con la espada y lanzó varios tajos horizontales, pero la criatura los esquivó agachándose y atinó a darle una coz que mandó a Kenny volando hacia atrás. Cayó deslizándose sobre su trasero y el monstruo se le aproximó para la acometida mortal.

Kenny se agarró el pecho y, con el aliento entrecortado, hundió los talones de sus zapatos en el tapete para impulsarse hacia atrás, hacia la puerta que comunicaba con el siguiente vagón. Pero la bestia no le daba tiempo para pensar, y con la débil iluminación que se reflejaba desde el otro vagón, la vio avanzar hacia él, haciendo sonar las mandíbulas. Su cabeza golpeó la puerta y de pronto vio un contenedor de color rojo detrás de una lámina de vidrio opaco.

La araña corrió hacia su presa con un nuevo chillido. Kenny dio un puñetazo al vidrio, agarró el extinguidor y apretó los disparadores apuntando la manguera al monstruo.

¡Fssssshhh! Una nube blanca de dióxido de carbono estalló sobre la cara de la araña, que de inmediato

retrocedió dejando salir un tramo de hilo brillante. Kenny sintió la hebra golpear el extinguidor y arrancárselo de las manos con un potente jalón.

—¿Lo quieres? ¡Ten, todo para ti! —rugió Kenny, y de un golpe Kusanagi rebanó limpiamente la boca del extinguidor que su atacante acababa de arrebatarle.

El contenido presurizado del extinguidor lo arrojó con impulso de misil y se clavó en las mandíbulas abiertas del arácnido. Se oyó un repugnante crujido y la criatura trató de retroceder chillando, pero las patas resbalaron en los desechos de su propio cuerpo.

Kenny logró levantarse del piso y avanzó hacia el monstruo en retirada. Secciones de su boca estaban aplastadas por el extinguidor incrustado en los maxilares rotos, de los que goteaba un fluido. De un salto se adhirió al techo con el propósito de huir.

—¡Oh, no! ¡No irás a ningún lado! —gritó Kenny y corrió tras la criatura, con la espada en alto, que le rebanó de la cabeza a la cola.

La araña se convulsionó y sus entrañas se desplomaron al piso en un asqueroso charco amarillo.

Aunque Kenny trató de esquivarlas, las tripas húmedas lo salpicaron.

—¡*Puaj*! —exclamó al tiempo que se quitaba una masa repugnante del pelo.

La chamarra de Kenny estaba desgarrada y manchada de su propia sangre. Los restos de la araña se desintegraron y el polvo fluyó hacia abajo como la arena en una clepsidra. Poyo rodó en el suelo antes de erguirse, sacudir el cuerpo y zambullirse de un salto en la mochila de Kenny.

—¿Te encuentras bien? —le preguntó Kenny, apoyado en un sillón para recuperar el aliento.

El *tanuki* alzó la vista para asentir antes de reanudar su búsqueda.

—¿Por qué cuando esas cosas se hacen polvo, permanecen todas las asquerosidades que dejan? —se preguntó Kenny, limpiándose viscosidades color mostaza en sus jeans.

Poyo se acercó para entregarle un pequeño estuche de plástico.

—¿El botiquín de primeros auxilios? Gracias.

Con pasos inseguros, Kenny se dirigió hacia el cubículo semicircular del escusado al final del vagón. Al correr la puerta apareció un retrete inmaculado con un lavabo redondo a la izquierda y una pequeña ventana en el techo. Llenó el lavabo de agua y, con el ánimo de inspeccionar su herida, se quitó la camiseta hecha jirones, algunos de ellos incrustados en un desgarrón lívido, que arrancaba desde el pezón derecho y llegaba hasta encima del corazón. Medía unos veinte centímetros de largo y ardía al contacto con el aire. Cada bocanada le causaba un dolor agudo.

Mojó unas toallas de papel y se limpió la cortada lo mejor que pudo mientras soltaba varias maldiciones. A continuación se aplicó medio tubo de crema antiséptica, antes de vendarse el pecho con una tira de gasa. Por último, Kenny extrajo dos analgésicos de un paquete y se los tragó.

Le dolía la cabeza y su mirada se movía a la deriva. Se echó agua fría en la cara y tuvo que aferrarse al lavabo para resistir el acceso de náuseas que le sobrevino.

Tap-tap-tap. Kenny alzó la vista hacia la fuente del sonido. Venía del techo, pero eso no era posible. El tren bala corría a 280 kilómetros por hora, más rápido que los vientos de un huracán categoría 5. Cualquier cosa que estuviera arriba sería arrancada por la fuerza del aire.

Kenny esperó un poco, examinando distintos puntos del techo, pero el ruido ya no sonaba.

Se agachó para recoger del suelo la sudadera ensangrentada y de súbito la ventana explotó en una granizada de vidrio temperado. Una pata flaca y alargada le rodeó el pecho, lo arrastró hacia arriba a través de la abertura y lo arrojó del tren. Su cuerpo salió dando volteretas por el cielo nocturno. El choque del aire a gran velocidad sacó el aliento de los pulmones de Kenny, y alcanzó a ver las luces del *Shinkansen* que se perdían en la distancia como una loca espiral. Percibió vislumbres de arbustos de té en filas ordenadas que se alternaban con el cielo lleno de estrellas, mientras giraba dando vuelcos. Un punto distante de una luz cada vez más intensa le permitió enfocar su mente en algo, y se concentró en su *ki* para convocar un golpe de viento que aminorase su caída. Sin embargo, en ese momento se dio cuenta de que la luz provenía de un tren que avanzaba directamente hacia él por la vía opuesta.

La mente de Kenny dirigió el viento para empujarlo a mayor altura en el aire. El segundo *Shinkansen* pasó atronador bajo él y se alejó como un relámpago.

—Ya estoy harto de todo esto —masculló Kenny para sus adentros mientras en sus venas corría una rabia al rojo vivo.

Soltó un rugido de furia, reunió toda su ira, la visualizó como combustible de un jet y la canalizó hacia atrás de él. El viento que lo hacía flotar de pronto lo propulsó hacia adelante, como si lo empujara la onda de choque de una explosión.

Se le dificultaba respirar y de sus ojos manaban lágrimas cuando pasó volando muy por encima de las vías. Quería extender los brazos para planear un poco, pero la fuerza del aire lo mantuvo con los brazos apretadamente pegados al cuerpo. Sin registrarlos, sintió pasar como relámpagos casas, cables de electricidad, torres de señales. Kenny se alarmó al sentir que la piel de la cara se calentaba por la fricción del aire, y cuando estaba a punto de reducir la velocidad apareció bajo sus ojos la línea ondulada de su propio tren.

Ajustó el ángulo de descenso y aterrizó rodando sobre el techo del *Shinkansen*. Para frenar, abrió los brazos y las piernas a fin de oponer resistencia a la superficie lisa y curvada. Quiso intentar ponerse de pie, pero el viento lo derribó sobre la orilla del techo. Kusanagi resplandeció en sus manos y Kenny clavó la espada en la piel metálica del vagón. Recorrió cinco metros antes de que Kusanagi se hincara con firmeza.

Kenny se concentró en mantener una corriente estable de aire sobre su espalda a fin de contrarrestar la fuerza del viento, antes de ponerse de pie.

Otra criatura arácnida, aún más grande que la primera, apareció para enfrentarlo. Kenny observó que se sujetaba al techo del vagón por medio de largos cables de telaraña. Abrió los palpos y soltó un aullido de furia, aunque su voz apenas se dejó oír sobre el torbellino del aire.

Kenny puso los pies en posición de combate y alzó la espada.

La araña torció el abdomen y su glándula hiladora produjo fragmentos de hilo que adosó a sus garras. Fue entonces cuando se soltó de los cables y avanzó hacia Kenny, con los pies adheridos a la superficie del techo.

Los golpes del viento apenas le permitieron abrir los ojos a Kenny, pero distinguió la forma amenazante que se aproximaba a cada instante. Soltó sendos latigazos con cuatro de sus patas terminadas en garfios, dirigidos respectivamente a la cabeza, el pecho, la cintura y las piernas de Kenny. Con la espada bloqueó el ataque por arriba, pero sus pies fueron barridos bajo su cuerpo, y de nuevo se halló dando tumbos a lo largo del vagón. La araña gigante corrió tras él.

Con toda su fuerza Kenny clavó la espada Kusanagi sobre el techo y se aferró a ella para que sirviera de freno mientras efectuaba otro corte largo en la superficie de metal. Se le ocurrió de pronto una idea, y clavó varias veces más la espada antes de retroceder ante el monstruo. Se encontró en el extremo del vagón, detrás de él no había más que vacío. La araña percibió esa desventaja y se arrojó sobre el chico haciendo sonar sus mandíbulas.

Kenny esperó hasta el último momento para saltar al tiempo que aumentaba la intensidad de la corriente contraria de viento. Voló sobre la cabeza de la bestia y cayó agazapado tras ella. La araña frenó resbalando, se dio la vuelta y metió una pata en la sección perforada del techo. Cayó hacia adelante con un chillido de rabia, recuperó el equilibrio y trató de zafar la extremidad atrapada por el metal aserrado. En ese instante, Kenny la acometió con la espada en alto y aplicó un tajo que partió en dos la cabeza de la criatura. El cuerpo dio una sacudida, se le aflojaron las piernas y de repente se desmoronó. El viento dispersó el polvo.

Kenny se desplomó en su asiento al lado de Poyo. Con expresión culpable, el *tanuki* sacudió las migas de dona, se quitó los audífonos y le devolvió el iPod a su dueño legítimo.

—No importa, está bien —concedió Kenny y miró la pantalla—. ¿Qué estás oyendo? ¿*Autopista al infierno*? Qué apropiado. Tal vez, después de todo, debí ir con Sato a Okayama. Éste ha sido el peor viaje en tren de mi vida.

Su reloj zumbó para anunciar un nuevo mensaje de Kiyomi. Kenny, es demasiado tarde. Necesitas regresar ahora mismo.

—En efecto, demasiado tarde —aceptó Kenny—. Pero ya no hay regreso.

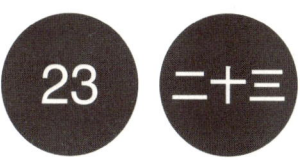

Temblando por el aire frío de la noche, Sato se apretó el abrigo contra el cuerpo y reptó entre las hierbas altas y enhiestas en busca de un punto de vista conveniente para vigilar el observatorio iluminado. El domo de la estructura del recinto del telescopio parecía el casco de un centurión romano, en el que la cortina en la parte superior hacía las veces de cresta.

A Sato le llevó la mitad del día trasladarse desde Tokio hasta el Observatorio Astronómico de Okayama en la cumbre del Monte Chikurinji. Tan pronto llegó, dispuso varias medidas de seguridad alrededor de las instalaciones incluyendo un retén fortificado en el camino antes de comenzar el periodo de vigilancia desde afuera, a la espera de ciertos visitantes no deseados.

Se agazapó tras una roca y volvió a preguntarse en dónde podría estar Kenny. Aunque llevara poco tiempo de tratarlo, lo conocía lo suficiente para saber que el chico era digno de confianza en lo que se refería a actuar correctamente, y por ello su ausencia lo desconcertaba aún más. ¿Qué motivo pudo obligar a Kenny a desobedecer una orden directa, emanada nada menos que de una diosa?

La brisa arrastró hasta sus oídos un ruido extraño de golpes rítmicos. Sato se levantó tratando de ubicar de dónde provenían los ruidos… pero enseguida se arrojó al suelo al ver el cielo invadido por la forma inmensa de un helicóptero Chinook Boeing CH-47J que cubrió las estrellas. Se encendieron las luces de aterrizaje y en un costado se abrieron las escotillas.

Sato se cubrió tras un arbusto para protegerse de la andanada de tierra y hojas impulsada por las hélices gemelas. Se puso unos anteojos especiales y enseguida percibió a una docena de *oni* que saltaban al suelo y se dirigían al domo. Todos iban armados y vestían uniforme.

El último de los *oni* tenía la cara color plata. Sus órdenes sonaban como ladridos.

—Cuatro y Cinco, hagan volar las puertas. Hay que entrar rápido y salir aún más rápido. ¡Muévanse!

Se interrumpió para olfatear el aire y se volvió para encarar el escondite de Sato.

—¡Eh, tú, humano! Somos doce contra ti solo. ¿Quieres entrar a la fiesta?

Apuntó una pistola de mayor tamaño que todas las conocidas por Sato, quien abandonó el arbusto, saltó sobre la cresta de la montaña y se dejó rodar hacia abajo.

Al despertar la mañana siguiente, Kenny salió de su hotel cápsula y desayunó a la manera tradicional japonesa: sopa *miso*, salmón a la plancha, arroz, *natto* y pepinillos, todo ello acompañado de té verde.

Pagó la cuenta, recogió a Poyo del basurero en donde el *tanuki* prefirió pasar la noche y emprendió el camino a la estación Shin-Osaka. Su reloj zumbó para anunciar un nuevo mensaje:

Qué idiota eres. Compra el periódico para enterarte de lo que has hecho.

Kenny se acercó al puesto de periódicos con gesto malhumorado y compró *The Japan News*. El reportaje principal se refería al lanzamiento de la pieza final del escudo solar, programada para ese mismo día. Sin embargo, en la mitad de la primera plana vio una foto del cascarón destruido del domo de un observatorio astronómico, que vomitaba llamas al cielo nocturno.

Después de viajar durante dos horas hasta la estación Miwa en Sakurai, Kenny se había aprendido de memoria los sucesos, gracias a varias lecturas. El incidente era una copia de lo sucedido en Tokio dos días antes: un grupo no identificado de terroristas hizo explotar el Observatorio Astronómico Nacional en el

Monte Chikurinji, situado en la Prefectura de Okayama. En la explosión se destruyó el telescopio de 188 centímetros, el más grande de Japón. Ninguna organización había reivindicado el ataque, pero su cercanía en el tiempo con los recientes atentados terroristas en Tokio llevó a las autoridades a pensar que existían conexiones entre los tres eventos, probablemente perpetrados por los mismos criminales desconocidos.

Kenny sintió que se le formaban nudos en el estómago. Inari, a quien él había jurado servir, le ordenó impedir la destrucción del telescopio. En cambio, él se lanzó a una búsqueda insensata, desoyendo la inequívoca advertencia de la diosa de no entrar en negociaciones con Susano-wo. Tal vez ella tenía razón al pensar que sus sentimientos hacia Kiyomi le nublaban el juicio y lo volvían inútil para lo que Inari requería de él.

"No", pensó Kenny, "eso no importa. Nada modifica el hecho de que ahora el destino de Kiyomi está en mis manos. Yo fui la causa del desastre y es mi deber poner las cosas en orden".

La estación Miwa era pequeña, apenas una plataforma cubierta. Kenny y Poyo pasaron junto a los taxis negros estacionados afuera, examinaron el mapa frente a la estación y dieron vuelta a la derecha para entrar en una callejuela angosta flanqueada por puestos de comida y artesanía local.

En la siguiente intersección vieron una enorme puerta *torii* a lo lejos, que señalaba el camino al Santuario de Omiwa. Un paso a desnivel los hizo cruzar de nuevo las vías del tren y llegaron al santuario, ubicado en las faldas del Monte Miwa, no sin antes pasar junto a una nueva serie de puestos de comida.

Una hilera de árboles con linternas rojas, erguidos como centinelas, bordeaba el camino de ascenso al monte. Un puente corto para viandantes culminó en unos escalones de piedra, que Kenny trepó para encararse con varios senderos que conducían a una variedad de pequeños santuarios independientes, cada uno de ellos dedicado al culto de una deidad distinta.

—Es cosa de locos —le dijo Kenny a Poyo—. ¿Cómo saber cuál es el que conduce al de ese tipo, Kuebiko?

Poyo encogió los hombros y enseguida se acercó a una joven pareja que caminaba del brazo, jaló el pantalón del hombre y éste se volvió y vio a Kenny detrás de él.

Kenny hizo una mueca de apuro y trató de usar el poco japonés que sabía:

—*Sumimasen*, uh, ¿*Kuebiko jinja wa*...?

El hombre respondió sonriente.

—No se preocupe, sé hablar inglés. ¿Busca el Santuario de Kuebiko? —preguntó y señaló al norte—. Baje de este cerro, dé vuelta a la izquierda. Verá el camino a mano derecha. Tendrá que subir muchas escaleras. El Santuario de Kuebiko queda arriba de todo.

Kenny hizo una reverencia para expresar su agradecimiento y de inmediato siguió las instrucciones recibidas, acompañado por Poyo. Las escaleras lo condujeron a través de un denso macizo de bambú, más hileras de linternas y nuevas puertas *torii*.

—A saber quién sea este sujeto, pero no cabe duda que se esfuerzan por ocultarlo de la vista —masculló Kenny y se detuvo para recuperar el aliento.

En lo alto de la pequeña colina se alzaba el edificio del santuario, una construcción sencilla que comprendía un vestíbulo de unos seis metros de ancho para los devotos y un pequeño puesto de información a un lado. A la derecha lo protegía un macizo de árboles altos, y a la izquierda había una pendiente que permitía ver libremente el panorama de los alrededores. Kenny hizo un alto para mirar tres montañas en forma de cono a media distancia, con una enorme cresta en el horizonte. Habían dejado un espantapájaros maltrecho en actitud de contemplar la ciudad.

—¡Guau! Desde aquí se puede ver todo —comentó Kenny dirigiéndose a Poyo antes de aproximarse al *haiden*.

Hizo una reverencia, dio dos palmadas y se volvió a inclinar. Al otro lado de una barrera marcada por una cuerda colgada en lo alto, un búho de madera los miraba desde una jaula abierta por delante, frente a tres botellas de *sake*, el tradicional vino de arroz japonés.

—No me esperaba esto —farfulló Kenny.

Rodeó el edificio, que en un costado sostenía varias hileras de placas enmarcadas en forma de pera, cada una del tamaño de la palma de la mano.

—Son *ema*, ¿verdad? —le preguntó a Poyo—. Los de Inari tenían forma de zorro. Me pregunto qué representan éstos.

Dio vuelta a una de las placas. En el respaldo estaba impresa la figura de un búho.

—¿Kuebiko es un búho? ¡Claro! El Dios del Conocimiento. Eso tiene sentido.

Volvió al *haiden* para examinar más de cerca al búho de madera. Medía unos treinta centímetros de alto y lo mismo de ancho, y el color de su cabeza era negro como el carbón, mientras que su torso aparecía cubierto de plumas color beige claro. El pico angular y estrecho apuntaba hacia abajo, y el tamaño exagerado de los ojos a cada lado le confería aspecto de bizco.

Kenny volvió a presentar sus respetos, con reverencias y palmadas, pero el búho permaneció mirando al vacío.

—¡Eh, necesito ayuda! —protestó Kenny—. ¿Es porque no me lavé las manos? Aquí arriba no hay ningún lugar de purificación.

—¡*Psst*! Eh, tú, muchacho. ¿Por qué le hablas a un trozo de madera?

Kenny volvió la cabeza en busca del dueño de la voz. Aparte de Poyo, no había nadie.

—¿Hola? ¿Quién habló?

—¿Qué? ¿Acaso piensas que la estatua de madera es un ventrílocuo? Entonces el títere has de ser tú.

Kenny se apartó de los árboles, acercándose paso a paso al sonido de la voz.

—Vas mejor. Caliente, caliente.

—¿Quién eres? —inquirió Kenny.

—¡No me digas que hiciste un viaje tan largo para buscarme y ni siquiera sabes quién soy!

Kenny llegó al mirador y contempló la ladera de la colina, los árboles, los techos grises de las casas y la enorme puerta *torii* en el pueblo. Captó su atención un movimiento encima de él: un cuervo saltaba de una rama a otra.

—¿Eres ese cuervo?

—¡Cómo voy a ser un estúpido cuervo si ni siquiera soy un búho! Eso es una tontería.

Frustrado, Kenny pateó un guijarro que salió volando y dio contra el espantapájaros.

—¡Oye! ¡Primero no me haces caso, luego me llamas cuervo y ahora me atacas! ¿Te parece que es manera de pedir ayuda?

Kenny se deslizó por la pendiente y se detuvo frente al monigote.

—¿Eres un espantapájaros?

La figura era de tamaño natural, sobre una estructura en T de dos vigas atadas. Los brazos extendidos terminaban en manos hechas de palos. Una vieja bata casera *hanten* colgaba sobre una camisa rellena de paja y las piernas estaban formadas por unos pantalones abombados que se ataban sobre unos muñones al final. La cabeza consistía en un bultito de arroz coronado por un sombrero cónico de paja.

—Prefiero considerarme un observador —indicó Kuebiko, herido en su dignidad.

—Ya veo por qué te llaman el Príncipe Desmoronado —dijo Kenny.

—¡Cómo te atreves! —exclamó el hombre de paja—. El hecho de que lleve aquí cierto tiempo no te da licencia para burlarte de mí. Ya lo verás; algún día te harás viejo.

—¿De verdad eres Kuebiko, el Dios del Conocimiento? —le preguntó Kenny.

—¿De verdad tú eres el chico que derrotó a Hachiman en su propia casa?

—Supongo que eso significa que sí. Me llamo...

—Ya lo sé.

—Estoy aquí para...

—Ya lo sé.

—Vengo desde...

—Ya lo sé.

—En ese caso, también sabes que no he tenido ninguna intención de ofenderte. He venido por el respeto que me infunde tu vasta sabiduría.

—Hmm. La adulación es agradable, pero te falta algo. Necesitas que te ayude porque tu novia se va a convertir en...

—No es mi novia.

—¿Eso crees? Soy el Dios del Conocimiento. No trates de engañarme.

Kenny aflojó los puños y se sentó en la hierba fresca.

—¿Cuánto sabes sobre... todo lo que está pasando? ¿Y sobre las razones por las que he venido?

—¿Te refieres a tu trato secreto con ya-sabes-quién?

A Kenny se le encorvaron los hombros.

—¿Eso significa que no me ayudarás?

—No he dicho eso, ¿o sí? —reviró Kuebiko, y los botones que ocupaban el lugar de los ojos soltaron un destello.

—¿Cómo es posible que sepas todo eso?

—Yo sé todo lo que los humanos saben, cada una de las cosas que ven y hacen. Te llevarías una sorpresa si vieras todo lo que se aprende parado aquí con tan sólo observar, cada segundo de cada minuto de cada hora...

—Entiendo.

—... de cada día de cada semana...

—Está bien, ya sé lo que sigue.

—... de cada mes de cada año de cada siglo de cada milenio. Yo. Veo. Todo.

—Supongo que algo ayuda la facultad de leer los pensamientos.

—No seas tan *gauche* —se ofendió Kuebiko.

—Ni siquiera sé lo qué significa eso.

Kuebiko inclinó la cabeza y observó a Kenny con atención.

—Inari escogió bien a su guerrero predilecto. ¿Deseas saber el lugar donde se encuentra Yata no Kagami, el Espejo de Ocho Manos de Amaterasu?

—Sí.

Se oyó el ruido de ramas rotas. Hubo una erupción en los arbustos y una bola peluda rodó por la pendiente y se detuvo a los pies de Kenny. Poyo se desdobló y quedó sentado en el suelo.

—Te tomaste tu tiempo —lo reprendió Kenny.

Poyo alzó los hombros y se rascó el trasero.

—¡Ejem! —exclamó Kuebiko fijando una mirada penetrante en Kenny.

—Perdón. Por favor, continúa. El espejo está en...

—No te lo puedo decir.

—¿Qué?

—Lo lamento. Conocimiento prohibido, ya sabes.

Poyo describió unos círculos sobre la sien con un dedo peludo.

—Ya veo, no sabes —declaró Kenny—. Tratas de disimular.

—¡Ajá! Psicología invertida. Muy bien. Veo tus pensamientos, muchacho.

Poyo se incorporó, olfateó la base del poste que sostenía al espantapájaros y alzó una pata trasera.

—¡Un momento! ¿Qué va a hacer? —barbotó Kuebiko horrorizado—. ¡No se atrevería!

—Creí que tú sabías todo —comentó Kenny.

El hombre de paja se agitó por todas partes.

—¡Alto! Tal vez podemos llegar a un acuerdo.

—Poyo, espera —ordenó Kenny—. Vamos a oír lo que dice.

Poyo bajó la pata.

—¡*Uf!* ¡La orina de *tanuki* apesta durante años! —afirmó Kuebiko—. Es imposible concentrarse con ese hedor en las narices.

—Mencionaste algo sobre llegar a un acuerdo —propuso Kenny, entrecerrando los ojos con expresión de suspicacia.

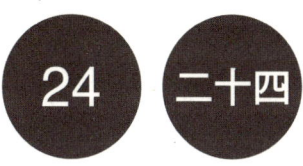

—Es muy sencillo —dijo Kuebiko—. Tan simple que hasta tú lo entenderías.

—Habla, pues —lo instó Kenny con una sonrisa forzada.

—Se trata de un juego llamado Quid Pro Quo. Tú me dices algo que yo no sepa, y yo correspondo con algo que no sepas tú. ¿Te parece justo?

—No es nada justo, porque tú lees mis pensamientos. Es ridículo, por no decir imposible.

Kuebiko alzó y bajó sus hombros, en un gesto que Kenny interpretó como indiferencia.

—En cambio, ¿qué te parece una partida de cartas? —sugirió Kenny y buscó en su mochila la baraja de MANDROIDE.

—Oh, no —objetó Kuebiko—. ¿No te has dado cuenta de que no tengo manos para jugar a las cartas? Además, tú haces trampa.

—No es cierto. Nunca he sido tramposo en…

—Yo te vi.

—Entonces sabes que en aquella ocasión yo no repartí las cartas.

—¿Jugamos mi juego o no?

Kenny volvió a meter las cartas en la mochila.

—¿Cuántas oportunidades me das?

—Tú tienes tres intentos para hacer preguntas que yo no sepa responder. Por cada conocimiento nuevo que tú me digas, responderé una de tus preguntas. ¿Sí?

Poyo meneó la cabeza. Kenny se arrodilló para rascarle la piel y murmuró:

—Tenemos que encontrar el espejo para salvar a Kiyomi. No tengo otra posibilidad.

—Ustedes los *gaijin* no cesan de asombrarme —comentó Kuebiko—. Hete aquí, en una conversación con uno de los seres supremos, el guardián de todo el conocimiento, y sin embargo pierdes el tiempo hablándole a un animal bobo.

Poyo lanzó al dios una mirada de rabia y puso la barbilla en sus manos.

—Está bien —aceptó Kenny—. Déjame ver... Algo que solamente yo sé. ¿De qué color...?

—Azul —barbotó Kuebiko.

—¡Pero si ni siquiera me dejaste terminar la pregunta! —protestó Kenny irritado, extendiendo los brazos—. Eso no cuenta.

—Lo siento —se disculpó Kuebiko—, no pude evitarlo. Resulta muy emocionante. Es mi juego favorito.

—Sí, apuesto que nunca pierdes —gruñó Kenny—. ¡Qué injusticia!

—Cuando estés listo —anuncio el hombre de paja.

Kenny rebuscó en su mente el fragmento de trivia más oscuro que pudo recordar.

—¿Cuántos vert…?

—Siete.

—¡Se supone que tienes que dejarme terminar las preguntas! ¡Caray! No eres tan listo si no sabes las reglas de tu propio juego.

Kuebiko hizo una mueca de compunción.

—Lo lamento. No lo volveré a hacer.

—Más te vale. Lo haces otra vez y pierdes el juego, ¿de acuerdo?

La cabeza de trapo asintió.

—Bueno… ¿Cuál es el ser vivo más grande del mundo?

—Oh, qué fácil —respondió Kuebiko—. Es un solo miembro de la familia *Armillaria ostoyae*, cuyo nombre común es hongo de la miel. Crece bajo el Bosque Nacional Malheur en el este de Oregon y cubre ocho punto nueve kilómetros cuadrados, pesa más de seiscientas toneladas y se le calcula una edad de dos mil cuatrocientos años. Creíste que iba a decir "la ballena azul", ¿verdad?

Los labios de Kenny se torcieron en un gesto de rabia.

—Tú ves todo sobre la Tierra, ¿no? ¿Qué sabes del espacio? En noviembre de 2012, ¿en qué planeta encontraron los científicos agua congelada?

—Mercurio —respondió sonriente Kuebiko—. Sí. Aunque las temperaturas diurnas alcanzan los 400 grados Celsius, un nivel suficiente para fundir plomo y hervir mercurio, el planeta siempre da la misma cara al sol, o sea, no tiene rotación, igual que la Luna. Como el lado oscuro está sumido siempre en la sombra y no hay atmósfera, las temperaturas bajan a menos de 173 grados Celsius. Algunos cometas, compuestos sobre todo de hielo, se estrellaron en el polo norte y dejaron fragmentos en los cráteres donde golpearon. Un hecho sorprendente, ¿verdad?

Kenny fijó la mirada en la figura zarrapastrosa.

—¿Cómo es posible que sepas todas esas cosas?

—Te lo dije —repuso el dios con una sonrisa de satisfacción—. Yo sé todo lo que saben los seres humanos. Te queda una última oportunidad.

Kenny se puso la mano sobre la cara para evitar distracciones y poderse concentrar por completo. Una mano pequeña y peluda lo jaló de sus jeans.

—Ahora no, Poyo. Necesito pensar.

Los jalones se hicieron más insistentes. Kenny bajó la mirada y vio que Poyo le daba un objeto.

—No, ahora no. ¿Qué tienes...?

De pronto a Kenny se le ensancharon los ojos y arrebató la bolsa de papel de las garras de Poyo.

—¿Qué estás haciendo? —preguntó Kuebiko en tono agudo.

Kenny alzó la bolsa de donas.

—Muy bien. Si te crees tan listo, dime qué contiene la bolsa.

El espantapájaros se quedó con la boca abierta.

—No puedes hacerme esa pregunta.

—¿Por qué no?

—Porque tú no sabes la respuesta.

—¿Y eso qué tiene que ver? Dijiste que debo decirte algo que tú no sepas. ¿Cómo voy a saber que tú no sabes? Tal vez estés fingiendo. Así puedo determinar primero si es verdad que tú no sabes.

—Pero eso es absurdo. ¿Acaso sugieres que yo sería capaz de... mentir?

—Digamos que es una posibilidad.

—Eso me parece digno de reprimenda. En toda mi vida nunca me habían insultado así.

—Pues deberías salir un poco más. Ahora, dime. ¿Qué hay dentro de la bolsa?

Kenny la movió haciendo sonar algo en el interior.

Kuebiko lanzó una mirada de furia primero a Poyo y enseguida a Kenny. El *tanuki* le envió un beso.

Kuebiko se aclaró la garganta.

—A juzgar por la complexión rechoncha de tu no tan pequeño compañero, es indudable que no pone freno a su consumo de calorías. Es obvio que la bolsa proviene de una franquicia de venta de comida especializada en golosinas azucaradas sobre una base de trigo, por lo cual puedo deducir que antes contuvo donas. Sin embargo, como viene de un *tanuki* es factible que adentro haya cualquier tipo de cosa, pues es conocida su propensión a saquear botes de basura.

Poyo volvió a rascarse el trasero.

—¿Vas a responder o no? —le urgió Kenny—. Con tus pretextos podríamos estar discutiendo una semana.

—No son pretextos. Concentro mi intelecto en el problema que se me presenta, y uso lógica deductiva a fin de…

—¿Ves? Más pretextos. Sigues en lo mismo.

—¡Es intolerable! Se trata de una bolsa de donas. A tu amigo el gordo es obvio que le gustan mucho. Tu compañera de clase, Stacey Turner, te compró cuatro donas: una de miel, otra de fresa, otra francesa de plátano y una de crema de naranja de Hello Kitty. Su intención fue congraciarse contigo para…

—¿Te rindes?

La boca de Kuebiko se abrió y cerró varias veces antes de hablar:

—Es un trozo rancio de dona que guardó para ti.

Kenny agitó la bolsa y sintió que el corazón se le hundía. Poyo se agazapó en el suelo y se cubrió la cabeza.

—¡*Ja*! Acerté —se jactó Kuebiko.

Kenny apretó las mandíbulas.

—¿Es tu respuesta final?

—Sabes que sí. Abre la bolsa, niño.

Kenny desenrolló la parte de arriba de la bolsa, la vació y de ella cayó un listón de chocolate color rosa que se anidó en la hierba.

—¡Noooo! —aulló Kuebiko agitando indignado sus brazos de paja.

Una sensación de alivio provocó que se le aflojaran las rodillas a Kenny y se dejó caer junto a Poyo.

—¿Te comiste cuatro donas y no me dejaste más que el listón de Hello Kitty? ¡Buen chico! —lo elogió Kenny acariciándole la cabeza al *tanuki*.

—¡Nadie debe enterarse de esto jamás! —prorrumpió Kuebiko—. ¿Me oíste?

—Te propongo un trato —repuso Kenny—. Tú guardas mi secreto y yo guardaré el tuyo. Ahora dime, ¿dónde encuentro ese espejo?

Kuebiko se aflojó sobre su estructura, con la cabeza hundida en el pecho, como si le hubieran sacado toda la paja.

—¡Oye! Tenemos un trato —insistió Kenny.

El espantapájaros permaneció inmóvil. Poyo avanzó oscilando hacia él y alzó la pata.

—¡Acepto! ¡De acuerdo! —reaccionó Kuebiko, enderezándose de pronto—. Te diré lo que sé, pero si alguien te pregunta no digas que fui yo. ¿Entiendes?

Kenny movió la cabeza afirmativamente.

—Entendido. En todo caso, ¿por qué hacen tanto escándalo con ese espejo?

Apareció un destello en los ojos negros bajo el ceño del monigote.

—¿Es ésa tu pregunta?

—No, para nada. Sólo dime dónde está.

—En el Monte Kurama. En las manos de Sojobo. La misma Amaterasu se lo dio para que lo resguardara.

—¿El monte Kurama? ¿Dónde queda eso? ¿Quién es el tal Sojobo? ¿Otro dios?

Kuebiko alzó la mirada al cielo y silbó sin melodía.

—Conque ésas tenemos, ¿verdad? —dijo Kenny y probó un trozo del listón de chocolate y fresa—. Qué mal perdedor.

Hizo una mueca de asco.

—¡*Puaj*! Con razón no te lo comiste —le comentó a Poyo.

Sacó su teléfono y llamó a su padre.

—Hola, papá.

—Kenny, tenías que venir a casa anoche. ¿Qué demonios sucede allá?

—¿Qué? ¿Dónde?

—En Okayama. El ataque al Observatorio. ¿Estás bien?

—No te preocupes, yo no tuve nada que ver en todo eso. Estoy a millas de distancia.

—¿De veras? ¿Sigues en Matsue?

—No, en Osaka. Papá, ¿dónde está el Monte Kurama?

—Al noroeste de Kioto. ¿Por qué?

—Tengo que ir allá.

—¡Kenny, esto es ridículo! ¿Cuándo vas a venir a casa?

—No lo sé. ¿Qué distancia hay de Osaka a Kioto?

—Unos cuarenta kilómetros.

—Ahora es mediodía, así que podré llegar a casa esta noche.

—Llámame cuando lo sepas —pidió Charles y cortó la comunicación.

Kenny sintió la mirada de Kuebiko clavada atrás de su cabeza.

—Está preocupado por ti —dijo el espantapájaros.

—No hace falta ser un Dios del Conocimiento para saber eso —replicó Kenny y juntó sus cosas.

—Y le sobra razón. Las montañas son muy peligrosas —comentó Kuebiko, y los botones de los ojos relucieron de malicia.

—¿De verdad?

—Ah, sí. Es el último refugio de muchos *yokai* salvajes que han tenido que emigrar a áreas más pequeñas al extenderse las ciudades de los hombres. No les agrada que se les perturbe.

—Trataré de no hacer ruido.

—Algo más, Kuromori —agregó el dios de paja, con una sonrisa de oreja a oreja—. No confíes demasiado en esa espada. No acudirá a ti cuando más la necesites.

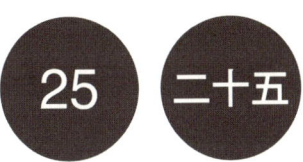

Kiyomi se detuvo un instante frente a la entrada del departamento de Kenny. Pegó la oreja a la puerta, pero todo estaba en silencio y forzó la cerradura sin hacer ruido.

—¿Hola? ¿Profesor Blackwood? —llamó desde el *genkan*—. ¿Hay alguien en casa?

Se quitó las botas y entró silenciosa al corredor. La habitación de Kenny quedaba a la izquierda.

Entró a la habitación y se puso a registrar cajones en busca de algún indicio sobre el posible paradero de Kenny. Se hallaba tan absorta que no percibió el ruido cuando se abrió la puerta principal.

Vació el bote de basura de Kenny y estaba a punto de alisar una bola de papel cuando entró en la habitación una brisa ligera. Giró de golpe y vio a una chica sorprendida que la miraba, con una lata de gas pimienta en la mano.

—¿Qué haces *tú* aquí? —demandaron Kiyomi y Stacey al unísono.

—Yo pregunté primero —declaró Stacey.

—Claro que no —reviró Kiyomi—. ¿Quién eres?

—Soy Stacey, la novia de Kenny —respondió Stacey, disfrutando al ver la expresión en el rostro de Kiyomi.

—Eso quisieras.

Stacey entrecerró los ojos.

—¿No te contó sobre nosotros?

—Debió olvidársele —dijo Kiyomi apretando los dientes.

—En todo caso, ¿qué haces tú aquí? —inquirió Stacey mientras echaba una mirada al desorden de la habitación—. ¿Has venido a robar algo?

—¿A plena luz del día, sin guantes? ¿Acaso eres tan estúpida?

Kiyomi alisó el papel y reconoció los trazos de Poyo. Stacey se inclinó para ver.

—Un mapa de Japón muy mal dibujado... ¡Oh, Dios mío! Tratas de saber en dónde está.

Kiyomi alzó los ojos sorprendida.

—¿Sabes tú dónde está Kenny?

—No, pero lo vi salir ayer en la mañana. ¿Se habrá escapado?

—Stacey... Kenny está metido en grandes dificultades, posiblemente en peligro. ¿Hay algo que...?

—¡Ejem!

El sonido de alguien que se aclaraba la garganta hizo saltar a ambas chicas. Al volverse se vieron frente a Charles Blackwood que estaba de pie en el umbral de la habitación.

—¿Hay algo que no me han dicho? ¿O es que se me olvidó cerrar con llave esta mañana? —preguntó.

Stacey se ruborizó a un rojo brillante. Kiyomi se levantó con el mapa en la mano.

—¿Profesor Blackwood? Necesito encontrar a Ken-*chan*.

—¿Esto te da licencia para entrar a la fuerza a mi casa?

—Lo siento mucho. En una situación normal jamás lo haría, pero esto es demasiado importante.

—¿Tú no sabes dónde está él?

—No. Está fuera de la red. No responde a mis mensajes.

Charles suspiró y le sonrió a medias a Kiyomi.

—Él te quiere, ¿sabes? Le gustas mucho.

Kiyomi asintió con la cabeza, con las mejillas enrojecidas, y le echó un vistazo a Stacey. Charles prosiguió:

—Ha ido en busca de ayuda para ti, algo sobre una curación.

Kiyomi hizo un gesto de enfado.

—¿No dijo adónde?

—La última vez que hablé con él mencionó el Monte Kurama.

A Kiyomi se le cortó el aliento.

—¿El Monte Kurama? ¡Oh, qué desastre! Esto es grave de verdad. Tomó su teléfono y marcó un número mientras Charles y Stacey intercambiaban miradas de desconcierto.

—¿Papá? —dijo Kiyomi al teléfono—. ¿Todavía sigue ahí Genkuro-*sensei*? ¿Sí? ¡Qué bueno! Tenemos que ir a Kioto. ¡Ahora mismo!

El viaje desde Miwa requirió el uso de cuatro líneas de tren. Cuando Kenny y Poyo salieron del tranvía de cable en el Templo de Kurama, metido en las frondosas faldas del Monte Kurama al noroeste de Kioto, el sol anaranjado descendía hacia el horizonte. Una pagoda *tahoto* roja y blanca se alzaba imponente junto a la estación.

El camino escarpado de ascenso a la montaña sagrada serpenteaba entre pendientes boscosas, y el aire de una fresca brisa traía aromas fragantes de los pinos, cedros y cipreses. Los paseantes incluían peregrinos japoneses y turistas que hacían pausas para descansar y disfrutar del paisaje montañoso. Poyo se detuvo tantas veces que Kenny le ofreció llevarlo en hombros, y el *tanuki* aceptó contento.

Una escalera empinada de piedra flanqueada por linternas rojas lo condujo hacia una enorme puerta techada, que a su vez se abría al patio frente al recinto principal, un edificio bajo de tejado gris, con pilares cuadrados que soportaban el alero, iluminado por grandes linternas de papel blanco levemente mecidas por el aire.

—Esto es diferente —dijo Kenny y depositó a Poyo en el suelo para estirar la espalda dolorida.

Estaba parado al centro de un área empedrada que formaba una figura geométrica. Un triángulo inscrito dentro de un hexágono, que a su vez estaba bordeado por tres círculos concéntricos de piedra. Todo el diseño quedaba rodeado por un cuadrado con un triángulo en cada esquina.

Kenny avanzó hacia la sala principal en busca de una puerta *torii* o de un cofre de ofrendas, pero no encontró ninguna de las dos cosas. Un monje vestido con una bata plisada negra sobre un kimono blanco que le rozaba los tobillos cruzó el patio.

A cada lado, encima de sendos pedestales se agazapaba una escultura de guardián que observaba a un desorientado Kenny dar vueltas. Se detuvo junto a una de ellas y al alzar la vista se encaró a unos colmillos descubiertos.

—¡*Huy!* —exclamó, dando un salto atrás.

—Ah, conque tienes el *poder* de vernos —dijo el tigre de piedra agitando la cola—. Te lo advertí, Koji. Tiene el Don.

La otra estatua de tigre bostezó exageradamente.

—Sí, sí. ¿Y qué importa?

—¿Cómo no va a importar? ¡Míralo! Es un *gaijin*.

Koji lo observó y sus ojos vacíos aumentaron de tamaño.

—Oh, oh. Eso no es nada bueno. ¿Te acuerdas de la última vez...?

—Nunca se me olvidará. Pronto, no le hagas caso.

Ambas estatuas se congelaron en su inmovilidad. Kenny las miró con reproche.

—Por favor yo sé que pueden hablar, y ustedes saben que sé. ¿Qué tal si mejor me ayudan para que pueda seguir mi camino?

No hubo respuesta.

—Oigan, llevo varios días de muchas dificultades, y se me acaba la paciencia —les advirtió Kenny—. Sólo quiero que me digan dónde encontrar a Sojobo, y yo...

—¡*Shhhhhh!* —bufó Koji—. No puedo creer que hayas pronunciado ese nombre en voz alta.

—¿Qué? ¿Sojobo?

—¡*Aaagh!* Lo has vuelto a decir. Moko, habla tú con él.

—¿Y por qué yo? Tú le dirigiste primero la palabra.

—No es cierto. Fuiste tú, cuando entró.

—¡Oigan, un poco de calma! No me importa quién de ustedes sea, siempre y cuando responda a mis preguntas —los interrumpió Kenny, y enseguida apuntó a Koji, que encogió el cuerpo—. ¡Tú! Estoy buscando a...

—Oí su nombre. No necesitas repetirlo.

—Bien. Tú sabes quién es. Por favor, ¿me puedes decir dónde encontrarlo?

Koji meneó la cabeza lentamente.

—No creo que sea buena idea. Estos días no tiene muchas visitas, y él valora su privacidad.

Kenny miró con la mayor frialdad a la estatua.

—A mí eso me importa un comino.

El tigre suspiró, con el labio inferior caído.

—Mira, muchacho, no sé qué esperas, pero éste es un templo budista, y es probable que por eso te hayas confundido. En estos edificios no se queda nadie. El caballero a quien buscas habita en los altos de la montaña. Toma el camino más allá del museo. Sube, y si conservas la vida no dudo que el Señor S o uno de sus chicos terminen por dar contigo. Entonces desearás que nunca te hubieran encontrado.

—No les tengo miedo —declaró Kenny.

—Pues deberías.

El camino para llegar a lo alto de la montaña consistió al principio en escalones de piedra, pero pronto pasó a tierra aplanada. Iba en zigzag alrededor de árboles gigantescos, erguidos como piernas de inmensas criaturas cuyas garras curvadas se aferraran a la tierra. Las gruesas raíces de los venerables cedros se entretejían en el sendero como nudos de lombrices enroscadas.

Kenny hizo un alto para echar una mirada final a las montañas multicolores del horizonte. Los rojos, amarillos, anaranjados y marrones vibrantes evocaron a Kenny las pinturas con esponja de sus días en preescolar.

—Poyo, ¿listo para seguir? —le preguntó al *tanuki*, que tenía la lengua de fuera y jadeaba.

Poyo, acostado sobre su espalda, afirmó con la cabeza.

—Ya sabes que no necesitas subir más si no quieres. No hay problema.

Poyo alzó la cabeza para mirar el camino de descenso y enseguida la espesura del bosque de los alrededores. Movió la cabeza de un lado a otro, como los espectadores de un partido de tenis, antes de levantarse y meterse al follaje.

—Gracias, amigo —dijo Kenny y se echó a andar tras el *tanuki*.

El suelo del bosque se hallaba tapizado de agujas de pino y ramas caídas. Algunas manchas de luz se filtraban entre las ramas, y grupos de helechos de color verde brillante hacían oscilar sus frondas. Kenny no tenía ni idea de hacia dónde lo conducían sus pasos, sólo que subían hacia la cumbre.

Se oyó el murmullo de un arroyo oculto y un pájaro carpintero pigmeo salió de su escondite, asustado por los dos visitantes.

—No está nada mal, ¿verdad? —le susurró Kenny a Poyo.

El *tanuki* hizo girar la cabeza por toda respuesta. Kenny percibió lo mismo: los vigilaban, una clara y angustiosa sensación que le erizaba la piel.

Kenny consultó su reloj. Pasaba de las cinco de la tarde y el sol no tardaría en ponerse. Se maldijo mentalmente por no llevar agua y comida, pero no previó una excursión tan prolongada por el bosque. En todo caso, no era tan grave pasar un poco de hambre. La prioridad consistía en dar con algún refugio, pues la temperatura nocturna iba a descender a niveles de un solo dígito.

—Hay que encontrar un sitio en donde dormir antes de que oscurezca demasiado —le advirtió a Poyo.

Por encima de ellos se oyó un chasquido. Los ojos de Kenny exploraron la dirección del sonido y vio a dos ardillas que se perseguían una a la otra entre las ramas. La brisa le hizo llegar otro sonido: un llanto agudo y prolongado.

—Poyo, ¿escuchas? Parece un niño que llora. ¿Aquí?

Poyo sacudió la cabeza.

—¿Estás seguro? Tal vez se haya separado de su familia y esté perdido.

De nuevo, Poyo hizo señas enfáticas de negación.

—En ese caso, ¿qué es? Si se trata de un niño, no podemos abandonarlo por la noche. Ven, vamos a ver.

Kenny se echó a andar rápidamente entre los arbustos, seguido por Poyo, que se esforzó por no quedarse atrás. El sonido de llanto se oía con más claridad y provenía desde el otro lado de un promontorio. Kenny saltó sobre un tronco derribado y bajó por una pendiente hacia un arroyo estrecho.

Un niño pequeño, de unos cuatro años de edad, estaba de pie dentro del agua. Tenía la cara cubierta de lodo y lágrimas y manchas de mocos. Llevaba puesto un impermeable azul de *Doraemon* y no tenía más que un zapato. Al ver a Kenny se paralizó, con los ojos dilatados y el pecho dando señas de gran agitación.

—Tranquilo —dijo Kenny y le tendió la mano—. No te haré daño. No tengas miedo.

De un salto, Poyo se colocó detrás del niño, gruñendo. Con un grito, la criatura brincó a los brazos de Kenny y enterró su cara manchada en la camiseta sucia del chico.

—Ya, ya. Todo está bien —lo tranquilizó Kenny, mientras le lanzaba una mirada de reproche a Poyo—. El *tanuki* feo no te va a comer, ¿verdad?

Poyo hizo un gesto de rabia y bebió agua del arroyo.

—¿Cómo te llamas —le preguntó Kenny al niño—. Uh, *Watashi-wa* Ken *desu. Anata wa?*

—Hiroshi —replicó el niño con voz chillona.

—Bueno, Hiroshi. ¿Cómo llegaste aquí arriba? ¿Dónde está tu familia? ¿Con quién viniste?

El niño alzó los ojos dilatados sin comprender y meneó la cabeza.

—*Wakaranai.*

—Genial. Te llevaremos a casa. Ven conmigo.

Kenny tomó de la mano al niño y comenzó a trepar la pendiente, pero el chico no se movió.

—¿Qué pasa? —inquirió Kenny.

Hiroshi señaló su pie sin zapato. El calcetín mostraba manchas de sangre y en el aire se movía la piel de una ampolla reventada.

—¡*Ay!* Con razón lloras.

Antes de que Kenny pudiera bajar la mochila para sacar el botiquín de primeros auxilios, Hiroshi alzó los brazos, con una súplica en los ojos.

—Está bien. Si puedo con Poyo, no dudo que pueda cargarte a ti.

Kenny se inclinó para tomar al niño en brazos. En el mismo instante, la criatura echó los brazos al cuello de Kenny y de un salto rodeó con las piernas la cintura de su benefactor.

—¡*Ug*! —gruñó Kenny, tratando de no perder el equilibrio.

—A ver si puedes cargarme ahora —bufó la voz de Hiroshi en la mente de Kenny, y duplicó su peso, que enseguida se volvió a duplicar.

Las rodillas de Kenny se doblaron y cayó hacia atrás al barro blando, aplastado por el peso cada vez mayor del cuerpo del niño. Sintió que se le comprimía el tórax y el aire escapó de sus pulmones. Cuando el lodo le cubrió las orejas, supo que tenía un grave problema encima.

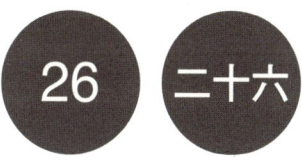

Kenny sintió que el corazón estaba a punto de estallarle. Se le abrió la herida del pecho; en sus oídos martillaba el pulso y vio manchas que danzaban ante sus ojos. Parecía que un elefante hubiera depositado todo su peso sobre su esternón, haciéndolo hundirse en la tierra reblandecida.

De reojo, Kenny percibió un destello de piel color café y oyó un gruñido sordo, seguido por el ruido de una mordida en cierta parte del cuerpo.

—¡Aiii! ¡Ketsu ga itai! —gritó Hiroshi, y por un instante se redujo la presión sobre el pecho de Kenny.

Una vez que se liberaron sus hombros, Kenny alzó los brazos y dio con las dos palmas de las manos un fuerte golpe sobre las orejas de Hiroshi. El niño echó atrás la cabeza con un aullido de dolor y soltó a Kenny para cubrirse las orejas. Se puso de pie con dificultad, pues Poyo seguía mordiéndole el trasero, y dio varios saltos circulares, esforzándose por soltarse del feroz *tanuki*.

A Kenny le dolía el pecho. Quiso incorporarse, pero no pudo; la succión del lodo era demasiado fuerte.

Poyo apretó más las mandíbulas y los gritos del niño ascendieron de volumen. La criatura se puso a girar sobre su propio eje cada vez con mayor velocidad, hasta que el sorprendido *tanuki* salió volando por el aire. ¡*Rrr-ass!* El pantalón del niño se desgarró, Poyo cayó sobre un macizo de helechos y, con un aullido, el monstruo infantil corrió hacia el bosque.

Poyo se aproximó con pasos oscilantes a Kenny y alzó el brazo en señal de victoria.

—Sí. Muy bien hecho. Cuando termines de celebrar, ¿puedes ayudarme a ponerme de pie? —se quejó Kenny.

Poyo escupió un trozo de tela ensangrentada y se quedó esperando.

—Está bien. Te pido perdón —dijo Kenny—. Debí hacerte caso. ¿Ya estás contento?

Poyo sonrió y se puso a excavar en el lodo.

Diez minutos después Kenny avanzaba entre los árboles en medio de una oscuridad creciente. Estaba mojado y tenía frío.

—Hay que encontrar un refugio —le recordó a Poyo, que iba delante de él—. Se va a acabar la luz y no me gusta la idea de acampar a cielo abierto.

Se oyó el ruido de hojas en lo alto y Kenny escudriñó las sombras. De nuevo, tuvo la clara sensación de que los vigilaban. Poyo se detuvo y olfateó el aire. Sus orejas temblaron y apuntó hacia la izquierda antes de desaparecer entre los arbustos.

—¿Qué pasa? —susurró Kenny—. ¿Viene algo?

Con precaución se arrastró tras el *tanuki* sobre una vereda para conejos en la maleza. A sus oídos llegó un gorjeo agudo, apenas audible por encima del ruido de las hojas.

—¿Qué fue eso? ¿Murciélagos? ¿Pájaros?

Poyo se puso un dedo regordete sobre los labios y se acercó sigiloso al ruido. Al aproximarse, Kenny distinguió la cadencia inequívoca de voces que conversaban. Se escondió bajo una rama y dijo en voz baja:

—¿Quién puede estar aquí a estas…?

¡Tuank!

Kenny salió volando hacia adelante con la cabeza aturdida por el golpe y cayó sobre un arbusto. Sintió como si le pegaran con un bat de beisbol. Con cautela se tocó el cráneo adolorido y vio sangre en los dedos. Gruñó y rodó hasta quedar en el suelo de espaldas, para ver qué lo había golpeado… y enseguida saltó sobre los pies.

Una pata de caballo sin cuerpo colgaba de una rama sobre la vereda. La parte superior estaba ensartada en el árbol, pero la rodilla, la espinilla, el tobillo y el casco se movían libremente.

—Esto tiene que ser una broma —comentó Kenny mientras se limpiaba en la hierba la mano ensangrentada.

En respuesta, la pata del caballo soltó otra coz.

—¡*Uuuuuh!* —gritó Kenny y se puso fuera de su alcance.

Se agarró al tronco de un árbol para conservar el equilibrio y seguir erguido. Le punzaba la cabeza y se sintió un poco mareado.

—Poyo, sé que ya lo dije antes —gimió—, pero en este país tienen de verdad los monstruos más raros y horribles.

Se alejó a tropiezos del árbol hacia el lugar de donde poco antes sonaron las voces, que habían enmudecido.

Kenny rodeó el tronco de un gran cedro rojo, mirando las raíces para no enredarse en ellas. Después de evitar un hueco donde pudo torcerse un tobillo, alzó de nuevo la cabeza… y vio una forma oscura que se arrojaba sobre él con un alarido desgarrador.

—¡*Mrrr-uh-uh-uh-uh!*

Kenny se tiró al suelo y rodó, con la cabeza cubierta con las manos. La cosa voló por encima de él y cerró la boca chocando los dientes. Se columpió colgada del árbol, con ojos enloquecidos y la boca abierta llena de espumarajos.

Kenny hincó una rodilla en la tierra y observó la extraña aparición. Consistía en una cabeza de caballo suspendida de su larga crin atada a una rama. Movía de un lado a otro los ojos de color amarillo y le enseñó los dientes puntiagudos.

—No puede ser tanta cosa absurda —comentó Kenny—. Primero una pata. Ahora la cabeza. ¿Qué sigue? ¿El trasero?

Se oyó una risita chillona atrás de él. Kenny se volvió despacio, pero no vio más que el bosque.

Poyo olfateó las raíces de un árbol de aspecto raro. El tronco era convexo, como un florero, y las ramas salían de él como las varillas de un paraguas. Su corteza brillaba; las hojas largas y delgadas tenían color verde oscuro. De sus ramas pendían varias frutas rosadas del tamaño de un puño, como adornos de un árbol de Navidad.

Poyo metió una garra entre las hierbas espesas de la base del tronco y sacó una de las frutas caídas. Se relamió los labios y abrió la boca.

—¡No! ¡A Miyo no! —gritó una vocecita.

—Poyo, espera —aconsejó Kenny.

Se acercó al árbol y alzó la mano para examinar una de las frutas.

—Ten cuidado. Soy muy sensible —dijo la voz.

Con movimientos cautelosos, Kenny hizo girar el objeto fragante y dio un salto atrás, alarmado. Dos ojos lo contemplaban encima de una boca pequeña y una nariz aplastada. La fruta ostentaba un rostro humano. De hecho, parecía la cabeza de un hombre calvo.

—Puede vernos —dijo una de las frutas.

—Claro que puede —replicó otra fruta en tono severo.

Kenny se dejó caer sentado en el suelo de golpe y miró a las frutas sobre su cabeza, que no cesaban de hablar.

—Es un chico...

—Y *gaijin*, además...

—¿Por qué nos puede ver?

—Desde aquí no lo distingo.

—¿Tiene hambre?

—No lo parece, pero si vieras al *tanuki* gordo que anda con él...

—¿No pueden callarse un minuto? —interrumpió—. Gracias. ¿Qué es ese caballo allá atrás?

—¿La cabeza? Es *sagari* —le respondió la fruta más cercana—. Un caballo murió junto a ese árbol hace tres años y su fantasma se instaló ahí.

—¿Y la pata?

—¡La pata patea!

Las frutas se rieron en coro.

—Entonces, ¿llevan aquí algo de tiempo?

—Cientos de años —repuso la fruta más próxima—. ¡Hemos visto cada cosa! ¡Qué historias podríamos contar! ¿Sabes que en una ocasión anduvo en este bosque Yoshitsune en persona? Eso fue antes de que se juntara con...

—¡Qué interesante cuento! —interrumpió Kenny echando un vistazo al cielo crepuscular—. Pero ya oscurece y estoy desorientado.

—Tienes un chichón feo por el golpe —observó una de las frutas.

—Gracias por la atención. ¿No saben de algún lugar seco y seguro en donde pueda dormir esta noche?

—¿Por qué estás aquí? —preguntó a su vez otra fruta—. Hace tiempo que nadie viene por estos rumbos.

—Ando en busca de alguien —repuso Kenny—. ¿No pueden cambiar de tema? Un momento, tal vez me puedan ayudar. Se llama...

—Sojobo —se oyó decir a una voz femenina—. Él no te quiere ver a ti.

Una esbelta jovencita japonesa salió de atrás de un árbol. Era de la edad de Kenny y vestía una túnica color esmeralda que al caminar ondeaba como el follaje. Su pelo y su piel mostraban matices verdes.

—¿Quién eres tú?

—Katsura —respondió ella.

—¿Vives aquí?

—¡Claro! —afirmó ella, sonriente—. ¿Dónde más iba a vivir?

—¿Conoces a Sojobo?
—Sé quién es.
—¿O sea?
—Es el guardián de esta montaña. Tiene bajo su protección a cada uno de los árboles que crecen aquí. Debes andar con cuidado.
—Sólo necesito un lugar caliente y seco para pasar la noche.

Katsura alzó un dedo.

—Allá arriba. ¿Ves esa roca grande? Al lado hay una cueva.

—Gracias —dijo Kenny y fijó en la mente la locación antes de darse vuelta.

—¡Hey! ¿Adónde se fue?

Poyo avanzó contoneándose hacia un árbol de ramas extendidas y tocó el tronco.

—¿Está ahí dentro? ¿Un espíritu arbóreo? ¿Y por qué no? Es el día de las cosas más raras.

Unos minutos más tarde Kenny terminó de subir la pendiente y se detuvo para recuperar el aliento, apoyado en un peñasco. Recordó la amistosa despedida de las frutas y sintió alivio al distinguir en la luz moribunda la forma de una cueva en la ladera de la montaña. Junto a la entrada corría un arroyo cuyas orillas estaban cubiertas de musgo.

Poyo olfateó el suelo y se puso a rascar con las garras delanteras para hacerse un hueco poco profundo dentro del cual se acomodó. Kenny se arrastró a la entrada de la cueva. Sus piernas le agradecieron la oportunidad de descansar mientras se quitaba los zapatos deportivos.

El *tanuki* gimió y se tapó la nariz con la mano.

—Mis pies no huelen tan mal, gordo impertinente —protestó Kenny.

El chico tocó con la palma de la mano el suelo esponjoso, mojado por la humedad del arroyo.

—No vendría mal cenar algo —dijo y se puso a rebuscar en la mochila—. ¿Qué opinas de media barra de cereal?

Poyo hizo una mueca de disgusto y le dio la espalda.

—Como quieras. Mejor para mí.

Kenny se recostó, resistiendo una oleada de somnolencia, y reflexionó sobre los extraordinarios sucesos del día. Se recargó en la mochila y cerró los ojos unos segundos.

—Daría lo que fuera por una buena y jugosa hamburguesa en este momento. Kiyomi, donde quiera que estés, me debes esa hamburguesa. Sólo te pido que no comas cruda la tuya.

Al abrir los ojos, Kenny tuvo la certeza de que las cosas eran diferentes. Algo había cambiado, se sintió seguro de ello, pero ¿qué? De repente se dio cuenta y se le heló el corazón al mirar las filosas estalactitas y estalagmitas blancas en la boca de la cueva: no eran formaciones de roca ¡sino dientes!

Dio un salto al tiempo que el suelo se alzaba bajo él. De golpe, se cerró la entrada a la cueva.

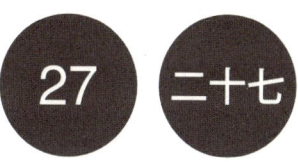

Antes de que Kenny cayera al suelo, Kusanagi ya estaba en su mano. A sus lados se oyó un crujir de muelas que se alistaban a convertirlo en puré. Una lluvia de saliva cayó del techo como una cortina pegajosa. No disponía más que de unos cuantos segundos.

Kenny se enfocó en su *ki* y apareció una esfera palpitante de luz del tamaño de una pelota de tenis. El piso se volvió a alzar y se inclinó hacia los dientes. Aunque sus pies resbalaron, Kenny clavó su *katana* en la carnosa lengua. La caverna se sacudió con un rugido en tono bajo y el techo se alzó al doble de su altura, para descender a continuación con toda su fuerza.

Acostado boca abajo, Kenny desclavó la espada y rodó para que la punta quedara hacia arriba y el mango apoyado en el piso.

¡*Splunch*! El techo descendió y la hoja de acero templado desapareció en la roca. Un aullido resonó en la cueva y el techo dejó de bajar, a unos centímetros del rostro de Kenny. Se volvió a alzar y Kenny decidió aprovechar la ocasión para desclavar la espada y arrojarse hacia la entrada.

Los dientes trabados formaron una pared que impedía la salida y el charco de saliva subió hasta sus rodillas. Kenny introdujo la espada en el surco entre dos dientes y dio un tajo horizontal amplio. Enseguida echó el brazo atrás y aplicó un fuerte puñetazo con todo el peso de su cuerpo.

Un ruido de rocas quebradas inundó los oídos de Kenny y tres incisivos enormes se desprendieron hacia afuera. El impulso lo condujo a través del hueco y aterrizó en la hierba, temblando y tratando de respirar.

Poyo saltó sobre los dientes caídos y acudió a él. Le lamió la cara, pero al sentir el sabor de las secreciones de la cueva le dio un acceso de náuseas.

—Ya lo sé —declaró Kenny—. Justo cuando pensaba que ya no podía haber nada peor en el día, ¿verdad? Este lugar es la central de los *yokai*.

Se puso de pie, empapado con las babas fétidas. El cielo tachonado de estrellas lucía una tonalidad índigo. Los árboles de los alrededores eran siluetas de columnas negras y retorcidas.

—Todavía necesitamos un sitio donde…

Gnrrrr. Un ruido de piedra contra piedra, como el de un bloque de concreto al arrastrarse sobre el piso.

Poyo pegó un grito y agarró a Kenny de los hombros para jalarlo. El ruido de molino fue acompañado de un movimiento; dos sombras grandes se alargaron a cada lado de la roca, sepultada a medias por la boca de la cueva.

—Esto no puede ser verdad —comentó Kenny al observar que los dos brazos rocosos se flexionaban provocando emisiones de polvo y tierra desde las grietas.

Los extremos de la peña se aplanaron como remos o palas y se hincaron en el suelo. Una ranura horizontal situada en el frente redondo de la roca se ensanchó para revelar un solo ojo inmenso de color amarillo. Enfocó con furia sobre Kenny un iris rojo y se empujó con los brazos contra el suelo para alzarse.

Poyo se echó un clavado al follaje y huyó cerro abajo.

—¡Oh, qué desastre! —exclamó Kenny y saltó sobre sus pies para bajar por la pendiente.

Perdió el equilibrio, se tropezó, rodó por el suelo y no supo cómo volvió a caer de pie. Se abrió paso entre la maleza, sin reparar en las ramas y agujas de pino que le picaban manos, rodillas, espalda y hombros, deslizándose y tropezando hacia abajo.

Oyó que tras él se rompían varios árboles jóvenes por la acción de la enorme piedra que lo perseguía aplastando todo lo que encontraba en su camino. Kenny corrió a toda velocidad mientras aumentaba el ruido de destrucción en sus talones, pues el monstruo se acercaba cada vez más. Cambió de dirección y tomó un ángulo distinto. El peñasco reaccionó al clavar uno de sus fuertes brazos en el suelo para alterar el curso de su avance y seguir tras su objetivo.

Kenny determinó que correr en la oscuridad bajando de una montaña era una pésima idea, pues el suelo estaba lleno de raíces y madrigueras de conejo que lo hacían tropezar a cada paso, además de las ramas bajas de los árboles que amenazaban golpearle la cabeza. Entre los árboles distinguió una luz que parpadeaba. Al chocar contra un arbusto, Kenny reconoció el arroyo, y donde hay agua…

Un esfuerzo final lo llevó por encima de un tronco podrido y cayó chapoteando en la hierba pantanosa sobre un lugar en que el arroyo se ensanchaba. Los zapatos deportivos se hundieron en el fango, pero no le importó y trató de llegar a la parte más honda, en donde el agua lodosa le llegaba a las rodillas.

—Más vale que esto funcione —murmuró y tensó todo el cuerpo.

El peñasco que lo perseguía hizo trizas un árbol y rebotó hacia Kenny, rodando sobre el lodo y haciendo salir oleadas de fango a los lados. Kenny contempló la forma oscura que se acercaba. El ojo brilló con expresión victoriosa, pero enseguida se abrió al notar que su marcha perdía impulso.

—¿*Hrrnh*? —gruñó, al tiempo que movía sus brazos en forma de remo. Mantuvo su movimiento de rotación, cada vez más lento, pero sin detenerse del todo. Kenny abrió la boca al ver que el monstruo no cesaba de aproximarse. Quiso sacar los pies del fango, pero la fuerza de succión lo paralizó. Lo peor era que también él comenzaba a hundirse.

Kenny respiró hondo, centró su *ki* e imaginó un fuego que ardía furiosamente. Las llamas le lamieron los dedos y las apuntó a la base de la roca que se aproximaba. Volvió a enfocar su atención y dos destellos incendiarios saltaron de sus manos. La piedra gigantesca se detuvo a pocos centímetros de él. Osciló, se movió hacia arriba y hacia abajo, rodó hacia atrás y comenzó a hundirse en el lodo.

Kenny dejó escapar un suspiro de alivio y se agachó con las manos en las rodillas. Una sensación fría de cosquillas en los dedos lo hizo mirar hacia abajo: el nivel del lodo iba subiendo por sus piernas. El pánico se apoderó de su pecho.

—¡Poyo! ¡Poyo! —clamó—. ¿Dónde andas, chico? ¡Esto parece arena movediza!

No hubo más respuesta que el sonido del viento y el fango.

—Genial —masculló Kenny.

Dejó de agitarse, pues sabía que cualquier movimiento no haría sino acelerar el proceso. El lodo le llegó a la cintura y parecía imposible zafarse de su fuerza.

Mientras Kenny buscaba en su cerebro alguna idea, vio una pequeña burbuja aparecer en la superficie y reventarse, seguida por otra, como eslabones de una cadena. La serie de burbujas avanzó hacia él. Contuvo el aliento y no se atrevió a moverse, previendo la aparición de un cocodrilo o algo peor.

La superficie viscosa tembló frente a él, antes de sacudirse y formar un nudo. Se dividió en tres puntas y ascendió con lentitud, como una extraña rama de árbol. Varias olas espesas salieron de un segundo miembro que emergió del lodo, y entre ellos apareció el bulto redondo de una cabeza. El cráneo calvo se alzó para revelar un solo ojo y una amplia boca de la que emanaban líquidos.

Kenny soltó un quejido.

—*Tanbo o kaese* —gimió la cabeza y extendió las manos de tres dedos hacia Kenny—. ¡*Tanbo o kaese*!

—Siento mucho no poder ayudarte —replicó Kenny, tratando de echarse hacia atrás para no ser alcanzado por el hombre de lodo—. Acude al templo que está más abajo. ¡O a la hospitalaria cueva!

La criatura agitó los puños y avanzó hacia el chico con facilidad; el fango no le estorbaba.

—Oye, échame una mano para salir de aquí y quedaremos en paz, ¿sí? —propuso Kenny.

—¡*Tanbo o kaese!* —aulló la criatura de lodo y puso una mano fangosa sobre la cara de Kenny.

—¡*Blurg!* —exclamó Kenny al sentir que la nariz y la boca se le llenaban de barro.

De nuevo, Kenny se concentró en la imagen del fuego, visualizando un incendio devastador con temperaturas para sacar ampollas y hacer vibrar el aire. Puso los brazos frente al pecho, uno junto al otro, con los puños hacia adentro, y liberó una onda de calor al rojo vivo.

—*Tanbo o… ¡urk!* —dijo el ser de lodo, interrumpido a medio aullido.

Kenny abrió los ojos. La mano sobre su rostro se volvió áspera y polvorienta, repleta de finas grietas. Echó atrás la cabeza y escupió el lodo que tenía en la boca.

Frente a él, la criatura de lodo estaba quieta y sólida, lo mismo que una estatua de terracota, y la mitad del pantano se encontraba en el mismo estado. De los juncos del arroyo no quedaban más que ascuas anaranjadas que flotaban en el aire como luciérnagas.

Al bajar la mirada, Kenny observó que ya no se hundía; el nuevo problema consistía en que estaba medio enterrado en barro duro como una roca. Puso las palmas de las manos sobre la superficie y empujó con todas sus fuerzas, pero fue inútil.

La oscuridad se hizo más profunda, y Kenny tembló al sentir el aire húmedo y frío del otoño. Sabía que no era posible pasar la noche atascado en la ladera de la montaña.

Al fin encontró la solución: era tan sencilla y obvia que no se le había ocurrido antes.

Kusanagi se materializó en sus manos. Kenny colocó la hoja de acero en posición vertical y hundió la *katana* en el suelo. Con el mayor cuidado, hizo un corte circular con la empuñadura junto a la cintura hasta cerrar la circunferencia. Enseguida dejó la espada y empujó con las manos sobre la tierra con toda la energía que le quedaba. Sintió dolor en los brazos, pero centímetro a centímetro fue alzando las piernas, incrustadas en un bloque sólido de barro cocido. Las alzó hasta donde pudo, y enseguida usó el mango de la espada para golpear el barro y liberar sus extremidades.

Agotado, se tiró de espaldas entre los escombros. Miró las estrellas al tiempo que respiraba con lentitud para calmar los latidos de su corazón. Una estrella fugaz cruzó el firmamento y durante un momento de horror Kenny recordó la pesadilla de la noche anterior. Pensó en formular un deseo cuando un haz luminoso se paseó sobre el suelo.

—¿Hola? ¿*Dare ga imasu ka?* —preguntó una voz femenina proveniente de la ladera de la montaña.

Kenny se incorporó sobre un codo.

—¿Quién anda ahí? —replicó.

La luz de la linterna cayó sobre su rostro y lo cegó por un momento.

—¡Oh, gracias a Dios que te encontré! —dijo la mujer con una entonación de enorme alivio.

Kenny oyó unas botas que se aproximaban y vio la luz oscilar con los pasos. Una esbelta mujer japonesa le tendió la mano. Vestía la camisa color mostaza y los pantalones verde olivo del uniforme de los guardias del parque.

—Recibimos un reporte sobre un visitante que se perdió al salir del camino —dijo la mujer—. Soy Emi Yamada, del Servicio Nacional de Parques.

—Kenny Blackwood —se presentó, tomó la mano que se le tendía y se puso de pie.

—¿Qué sucedió aquí? —preguntó Emi, haciendo brillar la luz sobre la tierra calcinada.

Kenny vio la luz pasar sobre el hombre de lodo y se tranquilizó al notar que Emi no reaccionaba.

—Debo haber hecho explotar un depósito de gas —explicó Kenny, pensando a toda velocidad—. Estaba perdido y encendí un fósforo.

Emi frunció el ceño.

—Tienes suerte de no haberte quemado —comentó, y dirigió la luz al hoyo de un metro de profundidad cortado por Kenny, arrodillándose al borde—.

Qué liso. Parece un corte para extraer una muestra. ¿Sabes algo al respecto?

Kenny extendió las manos.

—¿Yo? ¡Qué va! Para nada.

Emi se levantó.

—Bien. Haré el reporte por radio más tarde. Ahora mismo necesito llevarte a algún lugar caliente. También debes tener hambre.

—Un hambre voraz —asintió Kenny.

—No lejos de aquí hay una estación de guardias. Puedes comer algo allí y después te acompañaré al templo. ¿Te parece bien?

—Desde luego —repuso Kenny, agradecido por la compañía.

Se echaron a andar entre los árboles. Emi iba delante y parecía una experta en el territorio.

Después de unos centenares de metros, algo voluminoso se movió en el follaje de arriba y Kenny alzó la mirada.

—¿Qué sucede? —preguntó Emi, siguiendo su mirada.

Arrojó el haz luminoso al árbol y un par de ojos pequeños parpadeó al recibir la luz, dejando ver un pico amarillo debajo.

—*Fukuro* —dijo ella—. Un ejemplar grande.

—¿Uh? —fue todo lo que Kenny pudo articular.

—El nombre en latín es *Strix uralensis*. Búho de los Urales. No te hará ningún daño —explicó Emi, riendo.

Kenny no dijo nada, pero estaba seguro de dos cosas: en primer lugar, el ruido que oyó fue causado por un cuerpo mucho mayor que el de un búho; en segundo lugar, lo que se movía entre el follaje era alguien que vigilaba cada uno de sus pasos.

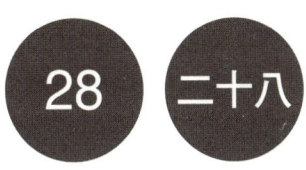

—¿Por qué te apartaste tanto del camino? —le preguntó Emi a Kenny mientras avanzaban por el bosque.

—Uh, me caí —replicó Kenny—. Me resbalé por una pendiente y cuando me detuve no supe dónde estaba.

—¿Como Alicia en el hoyo del conejo?

—Algo por el estilo.

—Eso explica las cosas —dijo Emi, asintiendo.

—¿Qué cosas?

—Bueno, tu aspecto. Se ve que fue una experiencia dura. ¿Cuánto tiempo estuviste perdido?

Kenny miró el reloj.

—Unas tres horas.

Emi alzó una ceja.

—Más de tres horas, a juzgar por la tierra que traes adherida. ¿Viniste solo?

—Sí.

—Hmm. ¿Puedo preguntar por qué? No hablas japonés, ni estás equipado para andar por el bosque. Andas perdido en más de un sentido.

A Kenny se le enrojeció el rostro.

—¿Acaso eres mi orientadora escolar?

—No seas grosero —lo reprendió Emi con suavidad—. No se te olvide que yo te estoy ayudando. ¿Cuánto hace que llegaste a Japón?

Kenny torció la boca mientras calculaba cuánto podía decirle a la mujer.

—Unos dos meses. Llegué a mediados de julio.

—¿Te gusta el país?

—Es asombroso. He viajado bastante toda mi vida y ya no siento que pertenezco a ninguna parte, pero aquí me encuentro a gusto.

—¿Con quién te quedas? ¿Un intercambio?

—No. Mi padre reside aquí. Vivo con él.

—¿Te trata bien? ¿No pelean?

—No, nos llevamos muy bien.

Kenny se preguntó adónde pretendía llevarlo ella con ese interrogatorio.

—Ah, entonces debe de haber una chica —dedujo Emi, y se rio al ver la expresión en la cara de Kenny—. Por lo común, la gente se pierde en un bosque por un solo motivo, que consiste en ponerle fin a todo. Aokigahara suele ser el sitio más frecuentado con tales fines, pero aquí también nos llegan algunos casos.

—Nada de eso —declaró Kenny en tono firme—. Sólo me equivoqué de camino. Nada más.

Emi reanudó la marcha y soltó otra pregunta.

—Cuéntame sobre ella. ¿Es alguien especial?

Kenny se sonrojó.

—Oh, sí. Muy especial. Es lista y valiente. Llena de vida... bueno, casi siempre...

Emi inclinó la cara.

—¿Por qué ahora no?

—Ha estado enferma. Bastante grave.

—¡Cómo lo siento! ¿Ya está mejor?

—Eso espero —repuso Kenny, y decidió cambiar de tema—. ¿Por qué te hiciste guardia forestal?

Emi esquivó una roca cubierta de helechos.

—Es fácil de explicar. Adoro este lugar. Es tan pacífico. Si pudiera, viviría aquí todo el tiempo. Nadie me molesta nunca.

—¿De verdad? —dijo Kenny—. ¿No sucede nada extraño, de día o de noche?

—¡Qué va! Conozco el bosque como la palma de mi mano.

Los árboles se volvieron más escasos y Emi lo condujo a través de un claro en el bosque. Al otro extremo se alzaba una maltrecha cabaña de madera.

—Henos aquí —anunció ella.

—¿Ésta es una estación de guardias? —inquirió Kenny, sin disimular un tono de voz escéptico.

—Sí. Al menos eso fue antes de que nos recortaran el presupuesto. Necesita reparaciones, pero al menos sirve para refugiarse de la lluvia.

Emi abrió el cerrojo de la puerta y entró. Las bisagras oxidadas protestaron. La guardia forestal encendió un cerillo y prendió varias velas.

Kenny entró tras ella. El lugar le recordó un cobertizo grande de algún jardín, oloroso a moho y madera vieja. En el centro de la habitación se erguía una mesa desvencijada, rodeada de sillas que no hacían juego entre sí. Un mueble con piezas medio rotas de vajilla se apoyaba en la pared como un borracho. Bajo una ventana cubierta de telarañas vio latas de alimentos y una olla que descansaba sobre una estufa de campamento. La habitación quedaba cerrada por una maltrecha puerta *shoji*.

Emi se acercó a la estufa y removió el contenido de la olla.

—Tengo un estofado, si quieres comer algo caliente; también hay alimentos secos.

Abrió una puerta del mueble y mostró paquetes de alimento.

—Veo que estás bien preparada —comentó Kenny mientras inspeccionaba una bolsa de calamar seco.

—Son comidas de campamento —explicó Emi—. A menudo, los excursionistas dejan aquí lo que les sobra. Necesitas comer algo; toma lo que quieras.

Kenny decidió evitar los Doritos con atún y mayonesa, y tomó una bolsa de galletas con sabor a ciruela que se llevó a la mesa. Emi se dedicó a calentar el estofado.

—Atrás hay un barril de agua de lluvia, por si quieres lavarte.

—Gracias. Quizá más tarde —repuso Kenny mientras comía unas galletas.

Emi colocó un tazón humeante de estofado sobre la mesa y se sentó frente a Kenny, lista para comer.

—Ya se hizo tarde —comentó—. Será mejor esperar al amanecer para el regreso. Puedo prepararte una cama en el rincón.

Puso la mano sobre la del chico.

Kenny se atragantó con una galleta y tuvo que toser. Se puso de pie.

—Uh, no quiero causarte ningún problema.

—No es ningún problema —replicó Emi, sonriendo—. Aquí estarás seguro.

—¿Seguro? ¿Contra qué? Dijiste hace un rato que no habías visto nada peligroso aquí.

—Es cierto. ¿Está todo…?

Una voz distante la interrumpió y quedó resonando en el aire.

—¿Qué fue eso? —preguntó Kenny con la cabeza inclinada para captar el sonido.

—No oí nada…

—Fue la voz de una chica. Juro que me llamaba por mi nombre. Escucha, ahí está de nuevo.

Kenny se aproximó a la puerta.

—Espera —dijo Emi y agarró su linterna—. Está oscuro afuera y tú no conoces el lugar. Yo iré para ver si hay alguien más que se haya extraviado.

—Voy contigo —propuso Kenny.

—No. Quédate aquí. Iré más rápido yo sola. Quédate en esta habitación y no toques nada, ¿de acuerdo?

—Espera un momento. Dijiste antes que alguien me reportó perdido. ¿Quién fue? —preguntó Kenny.

—Me tengo que ir —dijo Emi y desapareció por la puerta—. Corre el cerrojo cuando salgas y no te muevas de aquí.

El sonido de sus pies corriendo se desvaneció rápidamente.

Kenny escudriñó la noche, pero la oscuridad se había tragado a Emi por completo.

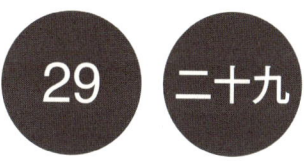

Kenny esperó en el umbral dos minutos sin ver nada, ni siquiera un destello de luz en el bosque.

—¡Poyo! —llamó—. ¡Poyo! ¡Si me puedes oír, corre cerro abajo, sigue el arroyo y encuentra la estación de los guardias!

Volvió a la habitación y se puso a rebuscar en las alacenas y los cajones. Debía de haber una linterna adicional en algún sitio.

Estaba seguro de haber oído la voz de Kiyomi que lo llamaba, a menos que alguna criatura extraña se hiciera pasar por ella. Pero ¿cómo supo su nombre? Y si Kiyomi andaba sola en estos bosques infestados de *yokai*...

Además de las comidas secas o enlatadas, los cajones revelaron colecciones ordenadas de artículos raros: uno contenía relojes de pulsera; otro teléfonos celulares; el tercero, encendedores y cajas de cerillos.

Kenny se quedó inmóvil cuando se disponía a abrir una caja de cartón sellada que vio debajo de un banco. Sintió que se le erizaban los pelos de la nuca y volvió la sensación inequívoca de que alguien lo vigilaba. Volvió la cabeza de golpe, pero la habitación estaba vacía.

Tomó una toalla sucia de la estufa, la humedeció y limpió a conciencia una esquina del vidrio de la ventana. Volvió a la caja, la puso bajo la ventana y abrió la tapa. Estaba repleta de carteras, pasaportes, tarjetas de crédito, licencias de conducir y otros documentos.

Kenny examinó algunos de esos papeles con el ceño fruncido. Algo no marchaba bien. Alzó la mirada a la esquina limpia de la ventana y el reflejo le hizo dar un salto. Docenas de ojos escrutaban sus movimientos. Volvió a mirar la ventana, pero todo estaba como antes. Se puso de pie, tomó la vela más próxima y la llevó a la puerta corrediza *shoji*.

—Ya sé que están ahí —declaró—. Ya los vi, no tiene caso que se escondan. Muéstrense.

No pasó nada.

—Bueno, les di una oportunidad.

Acercó la vela a uno de los cuadrados de papel *washi* de la puerta, que reflejó el brillo de la luz.

—En tres segundos quemaré este lugar. Uno... dos...

Aparecieron enseguida centenares de ojos que parpadeaban en cada panel de la puerta. Todos miraban a Kenny con severidad.

—He oído hablar de paredes con oídos, pero no con ojos —dijo Kenny, y descorrió la puerta con la vela en la mano.

Una montaña de mochilas se apilaba en el umbral. Kenny pasó sobre ellas y describió un círculo con la vela. Por todas partes aparecieron montones ordenados de equipo para acampar: bolsas de dormir, estufas, tiendas de campaña, tanques de gas, rollos de papel higiénico, sábanas aislantes para el suelo, cámaras, mapas. Una mesa con patas cortas estaba en el centro de la habitación y algo metálico brilló encima de ella.

El círculo de la luz de la vela se acercó para iluminar la superficie de madera de la mesa y mostró una colección de herramientas de carnicero: sierras, hachas, ganchos, tijeras y cuchillos especializados en desollar, deshuesar, cortar filetes, partir y rebanar.

A Kenny se le heló la sangre en las venas. Todos los instrumentos tenían señales de uso intensivo y las marcas sobre la madera de la mesa indicaban que se utilizaba como tabla para cortar. Kenny no quiso averiguar qué serían las manchas marrones que cubrían el suelo.

Andando de puntillas rodeó la mesa. El zapato deportivo lodoso de Kenny golpeó algo sólido. Se inclinó para ver de qué se trataba y retrocedió al ver un fémur humano. Se había desprendido de un montón de huesos apoyado en la pared, al lado de una pequeña pirámide de calaveras. Kenny dio un paso atrás. Había visto suficiente.

—¡Te dije que no tocaras nada! —gritó Emi detrás de él.

Kenny se sobresaltó y soltó la vela, que cayó encendida sobre una cobija haciéndola arder.

Emi se había transformado en una silueta aterradora que bloqueaba la puerta. Era del doble de tamaño que antes, con ojos amarillos, una boca enorme y cuernos cortos puntiagudos.

—¿Por qué no me hiciste caso? —se lamentó ella—. Habríamos estado muy bien los dos solos.

El fuego se extendió, acercándose a las tiendas de campaña enrolladas.

—¿Para qué? —dijo Kenny, y retrocedió hacia la pared de atrás—. ¿Para aparecer en tu menú? ¡No, gracias!

Sus talones tocaron la pared.

Emi se le acercó. Su lengua puntiaguda lamía el aire.

—No tienes escapatoria —lo amenazó.

Flexionó sus garras y empuñó uno de los cuchillos de carnicero.

—Ya veremos si eso es cierto —dijo Kenny y convocó a Kusanagi.

Giró sobre los talones y dio dos tajos a la pared, uno horizontal y el otro hacia abajo.

—¡Nooo! —aulló Emi y se lanzó contra él al tiempo que el fuego hacía explotar uno de los tanques de gas.

Kenny derribó con el hombro la puerta improvisada que había fabricado y salió al bosque totalmente oscuro, perseguido por la figura de la ogra de la montaña con el pelo envuelto en llamas.

—No escaparás —le advirtió ella, agitando el hacha—. Conozco bien el bosque y veo en la oscuridad.

Giró en un lento círculo con los ojos escudriñando las tinieblas del claro del bosque.

Kenny aguardó a que le diera la espalda y salió de su escondite, pero se le enredó la punta del zapato en la raíz de un árbol y fue a dar al suelo. Al incorporarse, la capucha se le atoró y cayó contra el tronco de un árbol.

—Te puedo oír —canturreó la criatura, que sofocaba las llamas del pelo con las manos—. ¡Uno, dos, tres, voy por ti!

Kenny gimió y se echó a andar a tientas por el bosque, pero no le sirvió de mucho. Oyó que la ogra se le acercaba rápido. Tras penetrar un macizo de helechos, salió a otro claro del bosque. La ausencia momentánea de obstáculos le dio ánimo y se lanzó hacia adelante, pero una enredadera se le enroscó en la garganta y comenzó a ahorcarlo.

—¡*Huurk!* —se ahogó Kenny, agarrado al fuerte tallo flexible, que lo alzó por el aire.

Sintió punzadas en la cabeza y sus piernas patalearon en el aire. Percibió un segundo tallo que trataba de enroscarse en su cintura.

—¡Eso es! ¡Sí! ¡Agárralo bien, que no se mueva! —ordenó la ogra, cuya voz sonaba cada vez más fuerte.

A Kenny se le cortó la respiración y se dio cuenta de que en unos segundos quedaría inconsciente. Hizo un esfuerzo de concentración para llamar a su espada y sintió en la mano el peso de Kusanagi. Dio un tajo al tallo retorcido sobre la cabeza. El árbol gimió y de la herida salió un chorro de savia caliente. Soltó a Kenny, que aterrizó sobre el tobillo y sintió un dolor agudo que subía por la pierna.

—¡*Auuu!* —se quejó con los dientes apretados y rodó por el suelo hasta detenerse.

Escupió para quitarse el sabor a sangre de la boca y notó que la sangre no era suya. *El árbol sangraba.*

—¡Ya lo vi! —gritó la ogra victoriosa—. Es todo mío.

Kenny clavó la espada en el suelo y se apoyó en ella. Debido a la oscuridad, era como un ciego, incapaz de resistir o luchar. Su situación no se encaminaba a un buen final.

Los pasos de la ogra se interrumpieron.

—¡No! —aulló—. ¡Es mío! ¡No para ti!

El ruido de un furioso aleteo llegó a los oídos de Kenny. Sintió un golpe de aire en la espalda antes de que unas garras se cerraran sobre sus hombros. Se le revolvió el estómago al sentirse levantado hacia lo alto.

—No es justo. ¡Yo lo encontré antes! —gritó la ogra, pero su voz se desvaneció en la distancia.

La masa negra del bosque se hizo más pequeña debajo de Kenny y el cielo se alumbró con la luz de la luna. En unos cuantos segundos contempló un mar plateado de nubes arremolinadas, antes de que la criatura que lo sostenía abriera las garras. Cayó girando hacia el suelo distante.

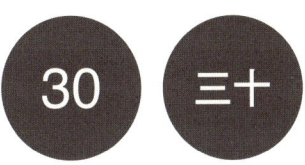

En los días previos, Kenny había realizado muchas prácticas de control del viento mediante el *ki*. Ya era una segunda naturaleza encontrar las trayectorias neuronales, formar las imágenes en la mente y abrir los canales espirituales, lo mismo que se aprende a mantener el equilibrio en una bicicleta o a mover los brazos y las piernas para nadar.

Se dejó flotar en la brisa, que lo alejaba de la ogra de la montaña y de su cabaña incendiada. Cuando vio una pendiente libre, dispuso que el viento lo depositara en ella. Una vez en tierra firme, Kenny se bajó el calcetín para examinar el tobillo lastimado. La piel sobre la articulación estaba inflamada. Lo más conveniente sería ponerle hielo, pero por el momento se hallaba de nuevo atorado en las laderas de la montaña.

Se dio vuelta al oír el ruido de alas tras él, y se encaró con una criatura a medio camino entre un hombre y un pájaro. Cada pie terminaba en tres dedos rematados por garras de águila; las piernas largas y potentes estaban unidas a un torso estrecho bajo un pecho enorme; los brazos musculosos se extendían, con garras en lugar de manos, y encima del pico ganchudo había un par de ojos humanos. El plumaje gris mostraba vetas en tonos de esmeralda y escarlata.

Al verlo erguido en toda su estatura, Kenny tuvo la impresión de que llevaba una capa hecha de plumas, hasta que los bordes se extendieron para revelar alas de ángel, aunque por lo visto sus intenciones nada tenían de angelicales.

Kenny se levantó cojeando, con la espada en la mano.

—Iba a darte las gracias por ayudarme hace un momento —comenzó Kenny—, pero entonces me soltaste, y ahora luces sorprendido de encontrarme aún con vida. Por lo tanto, no fue un accidente, ¿o sí?

La mezcla de hombre y pájaro inclinó la cabeza y observó la espada que se movía frente al chico.

—¿Te da miedo la espada? Con razón —dijo Kenny—. Espera un poco. Tal vez me puedas ayudar. Estoy buscando a…

Los movimientos del hombre-pájaro fueron demasiado veloces para la vista. Al momento siguiente de estar contemplando la espada, soltó un fuerte derechazo sobre el estómago de Kenny mientras que con el canto de la mano izquierda daba un golpe de machete sobre la mano que sostenía a Kusanagi, para rematar girando con una patada en el lado de la cabeza. Kenny se desplomó en el suelo oyendo campanas dentro del cráneo. En un abrir y cerrar de ojos, quedó desarmado y derribado. Puso los ojos en blanco y quedó inconsciente, no sin experimentar cierto alivio.

A través de los muros del sueño llegó a la conciencia de Kenny el sordo sonido de un gong. Unos cánticos se filtraron en sus oídos y abrió un ojo. Se vio tendido en un futón dentro de un cuarto a oscuras. En el suelo había una sola lámpara, que consistía en una mecha en un plato de aceite e irradiaba un manchón de luz suave. Le habían quitado sus ropas desgarradas y estaba vestido con una piyama *jinbei* de talla grande.

Por los golpes recibidos a lo largo de los dos últimos días, Kenny esperaba que todo el cuerpo le doliera al incorporarse, pero recibió la grata sorpresa de la ausencia de dolor. Se tocó el lugar de la sien donde recibió la coz, pero no había ningún chichón, sólo una ligera sensibilidad. Tenía el tobillo vendado con una tira de tela y un olor medicinal le hizo suponer que le habían aplicado alguna pomada curativa. La herida del pecho había recibido un tratamiento similar.

—Has despertado. Qué bueno. Ahora necesitas ponerte presentable.

La voz ronca provino de una figura sentada al estilo *seiza* frente a él. Vestía una túnica y se tapaba el rostro con una capucha. De pronto se levantó y salió por una puerta.

Kenny vio una cubeta de agua helada y una toalla pequeña dispuesta para su uso. Se desnudó y se lavó lo mejor que pudo, y después se vistió con un par de pantalones sueltos y una camisa de mangas anchas colocadas a un lado del futón.

El encapuchado reapareció junto a la puerta.

—Ven.

Kenny lo siguió por un breve corredor que conducía a una estrecha escalera de caracol de madera para subir a otro piso. Pasaron por una serie de corredores, todos de madera labrada con relieves intrincados de flores de loto en las paredes y dragones enroscados en las columnas. En el aire flotaban aromas dulces de incienso.

Su guía se detuvo frente a unas puertas muy grandes, de unos seis metros de altura, laqueadas en matiz rojo profundo y ornamentadas con intrincados diseños geométricos en hoja de oro. La figura se quitó la capucha y Kenny se sorprendió al contemplar un rostro humano que lo miraba con severidad. Las facciones correspondían a un hombre japonés con largos cabellos negros. Los ojos se juntaban encima de una larga nariz aguileña.

Dio una sola palmada y las puertas se abrieron hacia adentro silenciosamente. El hombre hizo pasar a Kenny a la sala más espaciosa que el chico había visto en su vida. Los muros y techos se extendían centenares de metros en cualquier dirección que se mirara. En ese inmenso vacío ardían velas y braseros. Las nubes de incienso se arremolinaron por el movimiento del aire.

El acompañante de Kenny lo condujo por el corredor central hasta la parte delantera de la sala. El chico contempló con espanto cientos de pares de ojos que seguían cada uno de sus pasos al seguir apresuradamente al guía: a ambos lados, arrodillados en hileras perfectas, había grupos de criaturas con rasgos de ave, parecidas a aquélla que lo capturó poco antes.

Al avanzar en medio de esa muchedumbre, Kenny notó un cambio gradual; las aves de las secciones al frente de la sala lucían más humanas. Al principio eran en realidad poco más que pájaros gigantescos, pero poco a poco las alas y las garras dieron lugar a brazos y piernas, los picos de halcón a narices prominentes y carnosas, y los plumajes brillantes a complexiones coloridas. Al llegar a las primeras filas, las criaturas podrían pasar por seres humanos, aunque de facciones peculiares.

El guía se detuvo frente a una tarima cubierta con un *tatami*. Hizo una reverencia tan baja que sus cabellos rozaron el suelo.

—Arrodíllate —le instruyó a Kenny.

Kenny obedeció. Sintió sobre la nuca una corriente de aire fresco impulsada por algún desplazamiento.

—Ya puedes mirar, niño —dijo una voz en tono grave.

Al alzar los ojos, Kenny vio que el lugar que un momento antes estaba vacío sobre la tarima ahora lo ocupaba un anciano de facciones rudas, sentado sobre un mullido cojín. A pesar de su avanzada edad, su apariencia no era frágil en absoluto. Medía más de dos metros de estatura, tenía el pecho abombado y los brazos gruesos como troncos. Una larga nariz se asomaba entre una fluida barba blanca y los ojos amarillos rodeados de risueñas arrugas lo miraban con expresión bondadosa. Llevaba en la cabeza un minúsculo gorro negro y redondo sujeto a la canosa melena y tenía en la mano un abanico hecho con siete perfectas plumas blancas. Todas las características del hombre exudaban poder, autoridad y control.

Kenny tragó con dificultad.

—Dada la gravedad del presente juicio, este tribunal conducirá el proceso en la lengua nativa del niño —anunció el hombre barbado.

—¿Juicio? —repitió Kenny—. ¿Por qué? No he hecho...

—¡Silencio! —le ordenó el guía—. Ya te llegará el turno de hablar. Que se presente el primer testigo —indicó el juez.

Un joven rollizo con una palidez azulenca se levantó de la primera fila y se inclinó en una reverencia.

—Declare su nombre, por favor, para que figure en el expediente.

—Zengubu, Excelencia —replicó el testigo.

—Describa solamente lo que usted vio.

—Sí, Excelencia.

Dio varios pasos con las manos en la espalda durante unos segundos.

—Me encontraba en mi puesto de costumbre, en las puertas del Kurama-dera. Vi entrar a este niño *gaijin* acompañado de un *tanuki*, pero no le presté atención particular hasta que noté que hablaba con los tigres guardianes, Moko y Koji. Preguntaba por Su Excelencia.

—¿Conque preguntó por mí? Hmm —dijo el juez, y echó el cuerpo atrás—. Tal vez se trate de un asesino.

—A continuación, el niño abandonó deliberadamente el camino y comenzó a subir la montaña sagrada —prosiguió Zengubu.

—Un acto de enorme valentía o de gran estupidez —observó el juez—. ¿Qué le deparó la fortuna?

—A esas alturas, Su Excelencia, me pareció sospechoso y seguí al chico. Al principio lo engañó el *konaki-jiji*, pero el *tanuki* lo ayudó a escapar. Enseguida se topó con el *jinmenju* y volvió a preguntar por Su Excelencia, pero la *kodama* Katsura le aconsejó que se refugiara en la *ayashii-ketsu*.

El juez se rio por lo bajo.

—Ah, esa Katsura es lista.

—Muy lista, Excelencia —afirmó Zengubu—. Vi la boca cerrarse sobre el niño y pensé que el asunto quedaba concluido allí mismo...

—¿Y entonces? —preguntó el anciano.

—El niño le tumbó tres dientes y salió libre.

—¿Eso hizo?

En el rostro del juez apareció un gesto de ligera diversión.

—A continuación se escapó corriendo del *tsuchikurobi*, hizo un asado con el *dorotabo* y fue con la *yamauba* a su cabaña.

—¿Y sigue vivo después de todas esas cosas?

El juez observó atentamente a Kenny, como si lo viera por vez primera.

—Así es, Excelencia. No le faltan aptitudes de *mado*, pero con adiestramiento insuficiente. En todo caso, es un chico con habilidad y determinación.

El juez se rascó la barbilla.

—¿Mató a alguien?

—No, Excelencia —replicó Zengubu.

—En ese caso, no se ha cometido ningún crimen —dijo el anciano y enderezó el cuerpo—. ¿Por qué se le ha hecho venir? ¿Quién es el responsable de eso?

—Yo lo traje, amo —dijo el guía de Kenny.

—Kokibo, me debes una explicación —lo retó el juez.

—Estaba haciendo la ronda de vigilancia, Excelencia —relató Kokibo—, cuando observé fuego en la montaña. Vi al acusado huir de la *yama-uba* y fue entonces... fue entonces que cortó al *jubokko*.

Una exclamación colectiva de horror surgió de la muchedumbre de espectadores.

El juez miró con furor a Kenny.

—¿Es verdad eso, niño? Tienes permiso de responder.

—¡Pues claro! —repuso Kenny y alzó las manos al frente—. Ese monstruoso vampiro me quería matar. Fue en defensa propia. Pregúntele a él.

Señaló con el dedo pulgar a Kokibo.

—Es verdad —confirmó Kokibo—. Pero eso no cambia nada. Cortó al *jubokko* a pesar de que Katsura le advirtió que no dañara a ninguno de los árboles que viven en esta montaña. No puede alegar inocencia, pues fue advertido.

El anciano maestro cerró los ojos, como si se pusiera a orar.

—¿Qué haremos con él? —preguntó, y de repente abrió los ojos—. No estás armado, niño. ¿Cómo fue posible que cortaras al *jubokko*?

—Con esto —declaró Kenny, y convocó a su espada.

La multitud dejó escapar otra oleada de exclamaciones.

El juez se inclinó hacia adelante, con la frente arrugada.

—Me parece... que conozco esta espada... ¿Tiene nombre?

—Kusanagi —dijo Kenny.

Las muestras de agobio y consternación en la sala eran palpables.

—¿Con qué finalidad me buscas? —inquirió el anciano, entrecerrando los ojos.

—Necesito de su ayuda, amo Sojobo —confesó Kenny.

Un destello de ira apareció en los ojos amarillos.

—Sin embargo, vienes a mí armado con una espada que robaste y la usas para aniquilar a uno de mis súbditos. ¿Te declaras culpable? ¿O inocente?

—No la robé —protestó Kenny—. La gané en combate. Pregúntele a la espada, si acaso no me cree.

—No será necesario —replicó Sojobo—. El niño se ha declarado culpable conforme a la acusación. Este tribunal lo sentencia a muerte.

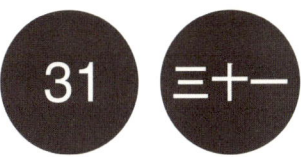

31

La asamblea de los hombres-pájaro se levantó como un solo cuerpo. Kokibo y Zengubu se colocaron uno a cada lado de Kenny.

—Lo lamento, niño —comentó Sojobo—. Eres valiente, pero estúpido. Deberías atender las advertencias que se te hacen.

—¿Eso crees? Pues lo mismo te digo yo —rugió Kenny y acometió al anciano, colocando la punta de la espada sobre la nariz de Sojobo—. No moriré sin dar batalla. ¿Quién morirá conmigo hoy? ¡Juro que te llevaré conmigo!

Hubo un movimiento apenas perceptible en el abanico que Sojobo tenía en la mano, pero Kenny sintió que se le iba encima un tren de carga. Un golpe de viento con la fuerza de un huracán lo arrojó dando volteretas y deslizándose por el corredor, al tiempo que Kusanagi salía disparada en otra dirección. Antes de que parara de deslizarse, Kokibo y Zengubu ya estaban de nuevo a sus costados.

—Valiente, pero estúpido —bufó Kokibo en el oído de Kenny mientras lo arrastraba de nuevo al frente del salón.

Sojobo se puso de pie como una torre junto a Kenny.

—No tengas miedo, niño. El final será rápido.

—Amo —suplicó Kokibo con la cabeza inclinada—, ¿me permite de ser yo quien lo ejecute?

—Ya que tú lo capturaste, te autorizo a ejecutarlo, aunque tu disposición de tomar la vida de otro habla mal de ti. Llévatelo afuera y dale muerte —dijo Sojobo y se dio vuelta.

—¡No! —gritó Kenny tratando de liberarse de las manos que lo aferraban.

—¡No vayas tan rápido, viejo bufón borracho! —advirtió una voz en tono alto y claro.

El corazón de Kenny dio un salto al oír la voz de Genkuro. Quiso volverse para verlo, pero el pecho de Kokibo se lo impidió.

—¿Qué? ¡Tú! ¡Perro sarnoso y pulguiento! —rugió Sojobo, con los ojos puestos en un punto atrás de Kenny—. ¡Te dije que no quería volver a ver tu sombra sobre mi puerta!

—¡Qué me importa! ¡Eres un globo inflado! ¿Tienes miedo de que te den los sudores si te levantas?

Sojobo descendió de la tarima del *tatami*. Alzó la cara y olfateó el aire con su impresionante nariz.

—¿Qué significa esto? —demandó con el dedo extendido—. ¿Qué es esta criatura y por qué la trajiste aquí, si bien sabes que su presencia mancha la santidad de este lugar? Me debes una explicación, *kitsune*.

—¡Oye, tú, Santa Claus! Si no es molestia, la "criatura" tiene nombre.

¡Kiyomi! Al oír su voz Kenny sintió mariposas revolotear dentro del pecho y sus esperanzas crecieron de nuevo.

—Déjala pasar —dijo Genkuro en voz baja y tranquila.

—No, ella no está limpia —volvió a objetar Sojobo.

—Déjala entrar o tendrás que vértelas conmigo.

Un inconfundible tono de dureza apareció en la voz de Genkuro.

Sojobo dio señales de irritación mirando desde su altura al otro anciano.

—¿Cómo te atreves a proferir tus amenazas bajo mi propio techo?

El grandulón extendió la mano y uno de sus seguidores colocó en ella una lanza de bastante longitud.

Genkuro le indicó con la mano que se acercara, se inclinó hacia adelante y bajó la voz a un susurro confidencial.

—No quiero combatir contigo en este momento y lugar, oh gran Sojobo. No es mi propósito humillarte frente a tus súbditos leales.

—¡Ja! —rugió Sojobo—. ¡Pobre cachorro agusanado! Por tus insolencias, te voy a partir en dos y daré los pedazos para que se los coma el *ko-tengu*.

—¡No, *sensei*! —intervino Kenny—. Yo combatiré contra él.

—No te metas en esto, Kuromori —le ordenó Genkuro, al tiempo que trazaba un símbolo en el aire—. Sojobo no le hará daño a nadie con esa lanza.

Sojobo fijó la mirada atónita en el arma que tenía en la mano, que se dobló como un espagueti demasiado cocido.

—¡Basta de tonterías! —declaró mientras volvía a enderezar su lanza.

Le devolvió la lanza a su escudero y miró con atención a Kenny.

—¿Cómo dijiste que se llama el niño?

—Kuromori —respondió Genkuro.

Sojobo se acarició la punta de la nariz.

—Y él tiene la espada... En ese caso, ¿se ha cumplido la profecía? ¿Es el elegido?

—Así parece —concedió Genkuro y entrecruzó los dedos.

—Bueno, bueno... —farfulló Sojobo.

Con un gesto indicó a Zengubu y Kokibo que soltaran a Kenny antes de dar una vuelta alrededor del chico, sin quitarle los ojos de encima en ningún momento. Se volvió hacia Genkuro y dijo:

—Perdóname, viejo zorro, pero tu señora... ¿ha perdido la razón? ¿*Este* niño? ¿Este... miserable trozo de carne humana?

—No lo subestimes sólo por ser *gaijin* —le advirtió Genkuro—. Eso lo hace diferente en muchas cosas.

Sojobo retornó a su *tatami*, con las manos en la espalda, e indicó con un movimiento de cabeza a Kiyomi, que estaba en la parte posterior de la sala.

—Y... ¿esa cosa?

Un rugido sordo escapó de los labios de Genkuro.

—Utiliza un lenguaje más bondadoso. La chica participa en estos sucesos de manera involuntaria, igual que él.

—Conforme. Que entre.

Los guardias que impedían a Kiyomi el acceso se echaron las lanzas al hombro y ella avanzó con paso rápido por el corredor, con Poyo junto a sus pies. Con un ademán, Sojobo mandó a la multitud que se sentara.

Kiyomi corrió junto a Kenny y le susurró al oído.

—Te has metido en unos problemas tan grandes... ¡qué idiota eres!

Kenny le respondió con una sonrisa.

—¿Y qué? ¡No es novedad! Qué alegría de verte. Te ves... bien de verdad —comentó, ruborizándose.

—Ah, ¿sí? Pues tú tienes el aspecto de alguien atropellado por un camión, de ida y vuelta para no fallar.

Poyo se abrazó a la pierna desnuda de Kenny.

—Sigo esperando que me expliques los motivos de tu presencia aquí —le dijo Sojobo a Genkuro.

—Necesito al chico —afirmó Genkuro—. Ha sucedido algo. Algo... catastrófico.

Las enormes cejas de Sojobo, que parecían orugas blancas, se alzaron un poco.

—Me extraña oír en tus labios palabras tan dramáticas, Genkuro. No es tu estilo. ¿De qué desastre hablas?

—Abre tus puertas para que lo veas con tus propios ojos —indicó Genkuro—. Si te lo digo no me vas a creer.

Las arrugas alrededor de los ojos de Sojobo se ahondaron.

—No pongas a prueba mi paciencia, viejo zorro.

—Tienes que salir y verlo por ti mismo.

—Tráelos —ordenó Sojobo, y desapareció.

Zengubu puso una mano en el hombro de Kiyomi y la otra sobre Genkuro. Parpadeó y los tres desaparecieron.

—Ahora vas tú —anunció Kokibo y agarró a Kenny del cuello de la blusa.

De pronto el mundo explotó en todos los colores. Al mismo tiempo, Kenny tuvo la sensación de que lo volvían al revés y luego lo enderezaban de nuevo.

El aire frío de la noche le dio en la cara y Kenny cayó sobre las rodillas. De haber tenido algo en el estómago, lo habría arrojado. De un jalón, Kokibo lo hizo ponerse de pie y Kenny vio muy abajo de él los contornos púrpura del Monte Kurama.

—¿Q... q? —tartamudeó.

—*Shhh* —le dijo Kiyomi sobándole la espalda—. La primera teletransportación siempre es difícil.

Iban por una pasarela que corría por el lado interior del gran muro de una fortaleza, que rodeaba el edificio del *tengu*.

—¿Qué es lo que quieres que vea? —preguntó Sojobo, con la cara alzada hacia el manto de estrellas.

—Sojobo —replicó Genkuro—, ¿de qué lado queda el este?

El rey de los *tengu* hizo una mueca de enfado y apuntó con el dedo el horizonte color violeta.

—Allá, por supuesto. No tarda en amanecer.

—Ah, sí, la hora antes de la aurora —coincidió Genkuro—. Y eso, ¿cuándo va a pasar?

—Alrededor de la sexta hora, según la cuenta humana del tiempo. Nosotros medimos el tiempo en oraciones.

—Sin duda —dijo Genkuro—. Kuromori-*san*, por favor, ten la amabilidad de enseñarle tu reloj a Sojobo-*sama*.

—Uh, bueno.

Desconcertado, Kenny extendió el brazo para mostrar la muñeca. La hora decía: 9:57.

—¡Cómo! —exclamó Kenny—. Si son las diez de la mañana, ¿por qué está todo oscuro?

—Porque el sol no salió esta mañana —le informó Genkuro.

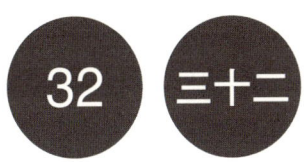

—¿Qué clase de truco *kitsune* es éste? —demandó Sojobo.

—Nada tengo que ver en ello —declaró Genkuro—. Esto es obra de alguien mucho más poderoso y astuto.

—Pero ¿dónde está el sol? —volvió a preguntar Sojobo, escrutando el cielo.

—Sabes tan bien como yo que no creerás nada de lo que yo te diga; hay demasiadas historias entre nosotros. ¿Por qué no consultar a una fuente… más confiable? —sugirió Genkuro.

—Eso haré —dijo Sojobo y se esfumó.

Kokibo puso la mano en la espalda de Kenny.

—Ven —dijo.

—Oh, no —gimió Kenny—. No otra…

Kenny puso los brazos alrededor de una columna y se levantó trabajosamente. Kiyomi se acercó a sostenerlo.

—¡*Ug*! ¿Cómo puede alguien acostumbrarse a eso? —se quejó.

Se encontraron en el interior de una cámara de gran tamaño, cuyos aleros del techo descansaban en columnas de madera. La luz de un rojo suave era provista por lámparas colgantes. El único mobiliario consistía en un altar en la parte posterior de la sala, alrededor de la cual se hallaban Genkuro y el *tengu*. Kenny se acercó para tratar de ver algo. Sobre el altar había una estructura de madera con escaleras, balcones, pilares, puertas y un techo oblicuo, todo en miniatura. Parecía la maqueta de un *honden* construida a escala.

Sojobo hizo una reverencia ante el altar y se aproximó al pequeño edificio mientras entonaba un cántico en voz baja. Se arrodilló y estiró la mano para abrir las puertas dobles. Tanto Genkuro como Zengubu se pusieron de rodillas. Kiyomi tomó de la mano a Kenny y le indicó con señas que también se hincara.

Las puertas de madera se abrieron y Kenny sospechó que saldría algo como niebla o una luz cegadora. Pero adentro sólo había un disco opaco de bronce, del tamaño de la tapa de un bote de basura.

—¡El Yata no Kagami! —exclamó Kiyomi y se tapó la boca con las manos.

—¿Qué? —repuso Kenny—. ¿Eso? ¿Eso es el espejo sagrado? Más bien parece un escudo.

—¿Y cómo es que tú sabes de esto? —susurró Kiyomi.

—Ah, algo de lo que me habló mi abuelo. ¿Por qué le dan tanta importancia?

—¿No conoces la historia?

Kokibo y Zengubu se sumaron a los cánticos uniendo sus voces a la de Sojobo.

—Bueno, te cuento rápido —dijo Kiyomi—. Hace mucho, mucho tiempo, Susano-wo, el Dios de las Tormentas y el malo de todos los cuentos, cometió un acto tan vil que Amaterasu, la Diosa del Sol, se encerró en una cueva y se rehusó a salir y el mundo se sumió en una oscuridad total.

—Eso suena horriblemente familiar —murmuró Kenny.

—Se juntaron todos los dioses y decidieron que era preciso hacer algo, así que armaron una fiesta. Amaterasu oyó la música y las risas y se preguntó qué diantres pasaba. Después de todo, ella había dejado al mundo en oscuridad perpetua. Abrió la puerta apenas una rendija para ver por qué todos estaban tan felices. Genkuro hizo un gesto de enojo y se puso un dedo sobre los labios.

—Perdón —se disculpó Kiyomi, y prosiguió en voz más tenue—. En todo caso, los dioses colocaron un espejo afuera de la cueva y le dijeron a Amaterasu que habían encontrado a un dios nuevo y mejor para reemplazarla. Ella se miró al espejo y, en efecto, vio una nueva Diosa del Sol. Para conocer mejor a la recién llegada, abrió la puerta de la cueva y fue entonces cuando todos los demás dioses la agarraron y la sacaron a la fuerza, para salvar el día.

—¿Y ella se quedó con el espejo?

—Sí. Se rumora que contiene algo de su esencia. Tiene un gran poder.

—¿Por qué? ¿Qué es lo que hace?

—No tengo ni idea. Ni siquiera sabía que estuviera aquí.

Los cánticos concluyeron y el silencio se impuso sobre la quietud del aire. Con un movimiento sincrónico, los tres *tengu* se levantaron y retrocedieron lentamente del altar. Las manos de Sojobo se mantuvieron tendidas en un gesto de súplica.

Sin hacer el menor ruido, el disco metálico salió deslizándose de su gabinete en posición vertical. Giró media vuelta y Kenny se dio cuenta de que antes había visto la parte de atrás. El frente pulido del espejo brillaba como la plata.

Sojobo ahuecó las manos y entre ellas resplandeció una esfera de luz. La moldeó para formar un haz brillante que apuntó a la superficie del espejo, el cual la reflejó con intensidad cegadora.

Kenny se protegió los ojos con una mano.

—Mira la pared, bobo —le susurró Kiyomi.

Kenny entrecerró los párpados y vio un círculo brillante en el muro: el espejo reflejado. En sus orillas aparecieron sombras, no más sustanciales que las manchas del carboncillo sobre un lienzo preparado con yeso, que fluyeron hasta dar forma al rostro de una mujer.

—Declara tu deseo —dijo ella.

Sojobo hizo una reverencia ante la imagen y habló:

—Deseo saber por qué esta mañana no ha salido el sol.

—El sol salió —repuso ella—. Pero ustedes no pueden verlo.

El rostro se desvaneció. En su lugar, el círculo se oscureció hasta quedar negro como el hollín, con una mancha gris pizarra al centro.

—¿El sol? —barbotó Kokibo—. ¿Ha perdido... su luz?

—Excelencia —intervino Zengubu—, eso no es posible. Debe tratarse de un eclipse.

—Dura demasiado para ser eclipse —objetó Sojobo—. Tiene que haber una barrera, un escudo de algún tipo.

—Oh, Dios mío —dijo Kenny—. El espejo espacial... la cosa ésa del reflector solar... Pero ¿cómo? ¿Qué es lo que salió mal?

Se adelantó para acercarse al reflejo.

—Muéstrame la estación espacial —pidió.

—¡Silencio, niño! —ordenó Sojobo, y se le dilataron las fosas nasales al mirar a Kenny—. Tú no tienes nada que ver en esto.

Genkuro se interpuso entre el chico y el *tengu*, y puso la mano sobre el brazo de Sojobo para tranquilizarlo.

—No olvides lo que te dije. No subestimes a este joven —recomendó.

El rey *tengu* hizo un gesto de fastidio, pero terminó por ceder.

—Muéstrale —indicó.

En el círculo negro aparecieron puntitos de luz. Una superficie curva de lámina plateada se movió a través de la proyección y se alejó hasta tomar el aspecto de una sombrilla lustrosa. Al cambiar el ángulo se vio la esfera azul de la Tierra. Un círculo negro de sombra se movía junto con la lenta rotación del planeta.

—Una órbita geosincrónica —comentó Kiyomi—. La pantalla está fijada en paralelo con la Tierra.

—Y la sombra cae justo sobre Japón —observó Kenny—. Se supone que el escudo no debe desviar más que el uno por ciento de la luz, pero no toda. Es imposible que se trate de un accidente.

—¿Dices que alguien ha causado esto? —se aventuró a preguntar Zengubu.

—Pero ¿quién haría algo así? —objetó Sojobo—. Sin el sol, no habrá cosechas; las temperaturas caerán.

Las pautas climáticas se modificarán. Será un desastre para el mundo.

—Todo morirá —dijo Kokibo, con un tono de voz neutro—. ¿Quién puede estar tan loco para hacer una cosa así?

Sojobo meneó la cabeza.

—Esto... no puede ser —declaró, y cerró las manos para extinguir la luz—. Si no lo hubiera visto con mis propios ojos...

El espejo se oscureció y regresó a su lugar de reposo dentro del santuario en miniatura.

—El espejo sólo muestra la verdad —comentó Genkuro.

Sojobo se dio un puñetazo en la palma de la mano.

—¿Qué haremos, viejo zorro? Cada hora que pasa las plantas no tienen alimento, los animales se quedan en sus guaridas, ¡y nosotros no hacemos nada!

—Un espejo en el cielo... —dijo Genkuro—. ¿A quién se le pudo ocurrir semejante idea?

—¡A los humanos! —escupió Kokibo—. ¡Quiénes, sino ellos!

—Exacto —afirmó Genkuro—. ¿Y quiénes estarían mejor dotados para deshacer esta locura?

—También los humanos, por supuesto —replicó Sojobo.

—Por esa razón necesito al niño —explicó Genkuro—. ¿Nos puedes llevar de vuelta a Tokio?

—¿A este niño? —inquirió Sojobo mirando a Kenny con furia—. ¿Este Kuromori? ¿Puede él arreglar esto?

Kenny se enderezó y miró desafiante a Sojobo.

—Señor, haré mi mejor esfuerzo.

Zengubu se inclinó ante el rey *tengu*.

—Excelencia, yo lo vi con estos ojos; el niño no es un mortal ordinario.

—Pero ¿qué puede hacer él? —le preguntó Sojobo a Genkuro.

—Dentro de ciertos límites, posee un control sobre los cinco elementos: la Tierra, el agua, el fuego, el metal y el aire.

—¿Nada más? —preguntó Sojobo después de esperar varios segundos.

—Para adiestrarlo sólo tuve dos días, no doscientos años —masculló Genkuro.

—A pesar de eso, es el poseedor de la espada... —reflexionó Sojobo acariciándose la barba—. Está bien; no hay nada que perder. Más vale que te asista la razón, Genkuro.

El anciano *sensei* se encogió de hombros.

—En todo caso, si estoy equivocado ya nada importará.

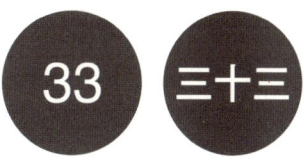

Con un platón de sándwiches equilibrado sobre la mano, Oyama descorrió la puerta e introdujo su enorme cuerpo a la sala principal, con el mismo cuidado que el conductor de un camión de carga mete su vehículo a un cajón de estacionamiento.

Harashima y Sato, con las caras enrojecidas, intercambiaban gritos, agitando los dedos frente a sendas narices. El sirviente pensó para sus adentros que era lo mismo que en los viejos tiempos. Ninguno de los dos le prestó la menor atención. Puso el platón sobre una silla, movió las cinco bandejas que ya estaban en la mesa para hacer sitio y colocó ahí los nuevos manjares.

—Demasiado peligroso —declaró Harashima a su hermano—. No lo voy a permitir.

—¿Acaso se te ocurre alguna idea mejor? —reviró Sato—. Porque por el momento es la única opción que tenemos.

—¡Es una opción terrible! Hay demasiadas variables, muchas cosas que pueden salir mal. Debe haber otra manera.

Oyama caminó de puntillas a la puerta, la descorrió y gritó como una niña pequeña. En el corredor estaban parados dos hombres de aspecto feroz, altos, esbeltos, de complexiones extrañas y narices muy largas.

—¡*Bu!* —dijo Kiyomi, y le sonrió al rostro sobresaltado de Oyama.

La chica pasó a un lado, seguida por Genkuro, Poyo y finalmente Kenny, que tenía la mano puesta sobre la boca.

—Hola, papá —saludó poniendo fin a la discusión—. Lo encontramos, y tenemos visitas.

Genkuro hizo una reverencia e invitó a pasar a los dos *tengu*.

—Permítanme presentarles a Kokibo-*sama* y Zengubu-*sama*, dos *tengu* al servicio del gran Sojobo.

Los *tengu* saludaron con una inclinación de cabeza. Harashima recobró la compostura y se adelantó para hacer una profunda reverencia.

—Los dejaremos ahora —anunció Kokibo.

—Por favor, quédense un poco más —solicitó Sato—. Tenemos poco tiempo, y tal vez se requiera de su asistencia.

—Sus instrucciones fueron prestar toda la ayuda posible —les recordó Genkuro—. Permanezcan, y así podrán entregar un reporte más completo a su noble rey.

Zengubu asintió y se colocó junto a la pared.

—Ken-*kun*, qué gusto verlo de nuevo —declaró Harashima, sonriendo a Kenny—. Me temía lo peor.

—Sí, bueno, yo también —admitió Kenny y tomó varios sándwiches—. Hubo momentos en que las cosas se pusieron bastante peliagudas.

—¿Dónde estaba usted? —le ladró Sato—. Todo esto es por su culpa.

—Oh, no empiece de nuevo —protestó Kenny, mientras tomaba un bocado y hacía una mueca al probar lo que estaba dentro—. ¿Cómo puede ser culpa mía que se haya estropeado un satélite?

—Enséñale —dijo Genkuro.

Harashima tomó el control remoto y encendió el banco de pantallas de televisión, donde apareció un diagrama estructural en 3D que mostraba un modelo de la plataforma espacial *Hoshi no Kagami*. Asemejaba una enorme sombrilla, con rayos que partían de una columna central.

Sato indicó la sección inferior del ensamblaje central, el "mango" de la sombrilla.

—Esta parte constituye el módulo de control, que se colocó en el espacio anoche. Se ensambló como se esperaba con el escudo solar y el sistema se puso en marcha. En la etapa de pruebas se presentó una avería.

Se colocaron los paneles de repuesto y los cohetes posicionales quemaron todo su combustible, por lo que el escudo se colocó en una nueva órbita.

—Por esa razón ha oscurecido a todo Japón —agregó Kiyomi.

—Al verificar esto último, todas las piezas quedaron en su sitio —expuso Harashima—. Una vez que lo identificamos como un problema de *software*, la lista de sospechosos se volvió mucho más simple.

—Para ser precisos, la Corporación Aosugi —añadió Sato.

—Durante mucho tiempo le hemos seguido la pista a Hidetoshi Aosugi —aclaró Harashima—. Es otro de quien se conocen sus actitudes extremistas. Ha financiado a muchos políticos a cambio de importantes proyectos de construcción.

—Su empresa es una de las patrocinadoras y participantes de importancia en el programa del *Hoshi no Kagami* —dijo Sato—. Ellos desarrollaron el *software*, los sistemas de propulsión y el diseño del escudo. Siempre me pregunté por qué su oferta mostraba costos tan bajos.

—A ver si puedo adivinar —intervino Kenny, que inspeccionaba un sándwich relleno de fideos fritos—. Ellos contrataron aquel avión hace cuatro días.

—Sí, a través de una compañía subsidiaria —replicó Sato—. La adquirieron apenas una semana antes y por eso resultó difícil rastrear al propietario, ya que la documentación no estaba completa.

—Pero ¿para qué quiere la Corporación Aosugi un estúpido telescopio? —preguntó Kenny.

Harashima y Sato intercambiaron miradas.

—En cuanto se detectó la avería del escudo, se hicieron intentos para que la operación manual desplazara al *software* —explicó Harashima—. Al fallar esos esfuerzos, se envió un comando de autodestrucción.

—Y eso también falló, ¿verdad? —conjeturó Kenny.

Sato asintió.

—En ese momento, solicitamos a la Armada de Estados Unidos que nos devolviera un favor. Nos ayudaron a modificar dos misiles asentados en barcos para usarlos como armas antisatélite.

Kenny arrugó el entrecejo.

—Pero eso aún no explica por qué…

—Será más fácil si puedes verlo —lo interrumpió Sato, y le hizo una señal a Harashima para cambiar la imagen.

En las pantallas apareció un gran buque de guerra que ocupó toda la pared.

—Éste es el destructor Kirishima, armado con misiles guiados —explicó Sato—. Si te fijas, verás el lanzamiento de los dos misiles…

Kenny arrugó las facciones al ver dos columnas cegadoras de llamas blancas ascender de los puntos de lanzamiento en la proa del barco. Dos cohetes surgieron del resplandor y subieron al cielo nocturno, dejando detrás estelas de vapor. Un nuevo ángulo de cámara mostró los misiles que cruzaban la atmósfera. De pronto, ambos explotaron en bolas de fuego y desaparecieron.

—¿Qué demonios pasó ahí? —inquirió Kenny, con la mirada fija en las pantallas—. ¿Adónde fueron?

—Eso se preguntaban en la Fuerza de Autodefensa hasta que alguien pensó en verificar las cámaras de la estación espacial —repuso Sato—. Observa con atención.

La imagen se cortó para mostrar el espejo espacial en órbita alrededor de la Tierra. En la parte inferior del cuadro aparecieron dos puntos ígneos que se hicieron más y más brillantes y crecieron en tamaño. La plataforma flotante se inclinó y una sacudida recorrió la estructura metálica, desgarrando la lámina de sodio. Bajo el módulo de control destellaron dos pequeños anillos, y lanzaron hacia abajo un rayo deslumbrante de energía pura que destruyó los dos misiles.

—Eso no es posible —dijo Kenny, olvidando su repugnancia respecto al sándwich de fresa y crema batida que sostenía en los dedos.

—Se pone mejor —intervino Kiyomi—. Acércate con el zoom, papá.

Harashima ajustó la imagen, que se centró en el área bajo el módulo de control. Al principio Kenny no vio más que la negrura del espacio, pero Harashima ajustó el contraste y entonces pudo distinguir dos discos cristalinos suspendidos en la parte inferior.

—Ya sabe ahora para qué querían el telescopio —le informó Sato—. Mejor dicho, las lentes gigantescas del interior.

—¿Qué dice usted? —preguntó Kenny, confundido—. Eso es... ¿una especie de efecto de una lupa gigante en el cielo?

Sato hizo signos de afirmación.

—La idea no es nueva. Los nazis quisieron desarrollar un arma similar en la segunda Guerra Mundial. El hecho es que Hermann Oberth propuso el concepto en 1929. La llamaron *Sonnengewehr*, que se traduce como "arma solar". El espejo reúne la radiación del sol y las lentes la concentran en un rayo.

—¿Y alguien ha puesto en práctica esa idea? —dijo Kenny, y volvió a mirar la imagen en las pantallas.

—Sí. Aunque los estadunidenses lanzaron otro misil, también fue destruido.

—¿Por quién? ¿Es un sistema automático o hay alguien allá arriba que acciona un disparador?

—Buena pregunta —dijo Sato—. El módulo de control contiene una sección habitable, pero no enviaron a ningún astronauta.

—Hasta donde se sabe —suspiró Kenny—. Por lo tanto, ¿esa cosa está en órbita y no hay manera de detenerla? ¿Es esto lo que me están diciendo?

Harashima apagó las imágenes del satélite.

—Bueno... —aclaró—. Hay una idea.

Miró con un gesto enfurecido a Sato.

—Es una moneda al aire, como quien dice —comenzó Sato—. Aún no se ha decidido nada. Debo esperar a que mis superiores me comuniquen la autorización apropiada.

Kenny entrecerró los ojos.

—¿Autorización? ¿Para qué?

—No habrá más que una sola oportunidad —continuó Sato—. Como ha visto, el arma solar destruye toda presencia hostil. Sin embargo, se tiene planeado un último lanzamiento de rutina... Un Vehículo de Transferencia Automática para descargar combustible, aire, agua y refacciones en el módulo de control. He solicitado que se hagan modificaciones en la carga para que la nave lleve dos pasajeros: usted y yo.

Kenny dejó caer su sándwich.

—¡Alto! ¿Quiere usted que yo...? Pero, señor, yo no tengo ningún conocimiento sobre viajes espaciales. ¿No se necesitan varios años para entrenar a un astronauta?

—Los tiempos de desesperación requieren medidas desesperadas —declaró Sato—. Tampoco es mi solución preferida, pero alguien debe ir allá para impedir lo que están haciendo. He visto de lo que usted es capaz cuando pone su mente y voluntad en lo que hace. Además, sospecho que en esto hay más de lo que tenemos a la vista.

—Mi tío habla de *oni* —aclaró Kiyomi—. Si se presenta una amenaza de *yokai* allá arriba...

—Bueno, entonces ¿cuál es el plan? —preguntó Kenny—. Nos lanzan al espacio con la esperanza de que no nos destruyan con un rayo láser en órbita...

—Es más bien un arma de calor —corrigió Kiyomi.

—Lo que sea —gruñó Kenny—. Nos acoplamos con el espejo espacial. ¿Y luego qué?

—O bien ponemos la estación bajo control manual para que deje de operar el sistema, o la destruimos.

Kenny volvió a suspirar.

—Y si no hacemos nada, Japón muere.

—Ya ha comenzado a morir —dijo Harashima en voz baja—. Mucha gente ha empezado a entrar en pánico, se hacen retiros descontrolados en los bancos, en algunas áreas hay disturbios, estampidas en los aeropuertos, saqueos en las tiendas de autoservicio...

—¿No es mejor cargar esta nave de servicio con explosivos, ya sabe, como una especie de caballo de Troya, y volar la estación? —propuso Kenny.

—Demasiado arriesgado —objetó Sato—. Se necesitaría destruir por completo el espejo; de lo contrario los fragmentos podrían causar problemas peores.

Kenny trató de reprimir las náuseas y el terror que atenazaban sus entrañas.

—Está bien. Cuenten conmigo —aceptó—. Si usted puede hacerlo, yo también.

—Hay otro factor que usted debe considerar —le informó Sato, con una expresión severa en el rostro—. La nave de servicio no fue diseñada para el regreso. He pedido a la Agencia Espacial que añadan escudos y paracaídas, pero no tienen mucha confianza en que se sostengan. Calculan que las posibilidades de un regreso exitoso son del treinta y seis por ciento nada más.

—Bueno. Ese puente habrá que cruzarlo cuando lleguemos a él —concluyó Kenny—. En caso de que sigamos vivos a esas alturas.

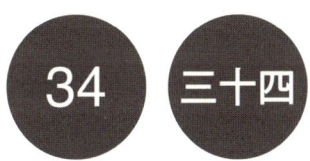

Kiyomi recogió una bandeja de sándwiches secos y se dirigió a la puerta.

—Ken-*chan*, ¿puedes ayudarme con esto? —solicitó.

Kenny le hizo una mueca de fastidio.

—No, gracias, no estoy…

Ella echó la mirada hacia arriba.

—Sólo ven conmigo a la cocina.

—Ohhh, entiendo —replicó Kenny, tomó dos bandejas y siguió a Kiyomi para salir de la sala.

Kiyomi tiró los sándwiches en el bote de basura y abrió de un jalón la puerta del refrigerador. Metió la cabeza, olisqueando, y escogió un paquete envuelto en papel de la carnicería. Lo abrió, tomó un cuchillo y rebanó varias porciones respetables de una costilla de res, que procedió a ensartar con la punta del cuchillo para introducirlas a su boca.

—Iré contigo —le anunció a Kenny aún con la boca llena.

—¿Te has vuelto loca? —repuso él, dejando sus bandejas sobre la barra.

—¡Qué dices! ¿Acaso crees que me voy a quedar sentadita en mi trasero mientras tú y mi tío...? Además me van a necesitar. Tú y yo hacemos muy buen equipo.

Kenny apartó la mirada; ver ensangrentados los labios de Kiyomi le ponía los nervios de punta.

—Considera —prosiguió ella—: si mi tío tiene razón y hay *yokai* involucrados, ¿quién mejor que yo para estar a tu lado? ¡Él ni siquiera puede verlos sin sus lentes especiales!

—Pero... ¿crees estar en condiciones? No puedo imaginar nada más estresante que ir amarrada dentro de una lata con una tonelada de explosivos junto al trasero.

—Estaré bien —le aseguró Kiyomi—. Hace ya tres días que no he tenido ningún... episodio de ésos.

—Gracias a que estuviste encerrada conservando la calma —arguyó Kenny.

Kiyomi se terminó la carne y se enjuagó las manos.

—Dime nada más una cosa —dijo mientras se acuclillaba y rebuscaba dentro de una alacena—. Bromas aparte, ¿a quién prefieres cuidándote las espaldas? ¿A mí o a mi tío?

Se puso de pie con un morral negro en la mano.

Kenny mantuvo la mirada fija en el piso y sin darse cuenta se frotó los moretones del cuello.

—Para ser sincero, ahora mismo escogería a tu tío.

Kiyomi sonrió y le dio una palmadita en la mejilla.

—No sabes mentir.

—¡Ejem! —se aclaró la garganta Genkuro desde el umbral—. Se solicita su presencia.

De vuelta en la sala principal, vieron a Sato guardar el teléfono en el bolsillo.

—Kuromori-*san* —declaró—, nuestra misión ha sido autorizada.

—Voy con ustedes —barbotó Kiyomi—. Para despedirme.

—De ninguna manera —se opuso Sato en tono cortante.

—Despídete aquí —sugirió Harashima.

—Está bien —dijo Kenny—. Quiero que venga con nosotros, para despedirse de mí. Digamos que es una última voluntad...

—¿Qué mal puede haber en ello? —preguntó Genkuro mirando primero a Sato y luego a Harashima.

—Está bien —concedió Sato de mala gana, y alzó los ojos a los *tengu*, que lo contemplaban todo en silencio—. Zengubu-*sama* y Kokibo-*sama*, necesito solicitar un último favor de ustedes.

—Por supuesto. ¿Qué requiere usted? —inquirió Kokibo.

—¿Tendrían la bondad de conducirnos a los tres al Tanegashima Uchu Senta? Eso nos ahorraría dos horas.

—¿Adónde? —le susurró Kenny a Kiyomi.

—El Centro Espacial Tanegashima. Está en el extremo sur de Japón, a unos mil kilómetros de aquí —respondió ella.

—Yo sé dónde se ubica —replicó Kokibo—. Podemos llevarlos.

—Kuromori-*san*... Kenny... —comenzó Harashima—. Te he observado durante mucho tiempo, viendo cómo te convertías de un niño en... casi un hombre. Sé que tu abuelo se siente muy orgulloso de ti, lo mismo que yo. Yo... yo nunca pensé que nos despediríamos tan pronto.

La boca de Kenny se redujo a una línea estrecha.

—Está bien, señor Harashima.

—Tú eres como el hijo que nunca tuve —le confió Harashima, y enseguida hizo una reverencia y salió de la sala.

Los *tengu* intercambiaron miradas. Poyo se rascó una oreja.

—Eso fue una torpeza —dijo Kiyomi.

Genkuro se inclinó ante Kenny.

—No estás preparado para esto, Kuromori-*san*. Dudo que tu abuelo lo estuviera, a pesar de todo lo que le enseñé. Pero tú en varias ocasiones me has demostrado que mis opiniones eran erróneas. Espero que una vez más vuelvas a hacerlo.

—Gracias, *sensei* —repuso Kenny, con una ligera inclinación de cabeza—. Lo intentaré.

—El único consejo que te doy consiste en mantener siempre tu claridad mental. Busca la luz, y la luz te encontrará.

Sato se aclaró la garganta.

—Tenemos que partir. Vamos contra el reloj.

—Vengan —propuso Kokibo, con la mano extendida.

—*¡Bu-auukh!*

El estómago de Kenny todavía no se ajustaba a la teletransportación y tuvo ocasión de lamentar habérselo llenado de sándwiches.

Sato dio las gracias a los *tengu*, que se desvanecieron en el aire con un suave sonido de implosión.

Kenny alzó la cabeza. Se hallaban en una plataforma de concreto rodeada por edificios de un blanco reluciente. El área estaba iluminada por luces potentes, y el aire húmedo y cálido se desplazaba por el movimiento apresurado de vehículos en todas direcciones.

—Mira detrás de ti —sugirió Kiyomi, que apuntaba con el dedo.

Kenny volvió la cabeza y miró hacia arriba para contemplar la forma majestuosa de un esbelto cohete H-IIA. La porción principal estaba pintada de anaranjado, mientras que la parte superior y los propulsores eran blancos.

—¿Vamos... a subir... en eso? —tartamudeó Kenny, y su estómago volvió a dar un vuelco.

Un pequeño vehículo eléctrico se les acercó y se detuvo. Deslumbrado por los faros, Kenny entrecerró los ojos y vio a dos personas descender del auto. Una era un japonés corpulento en traje de negocios. La otra, una mujer vestida con una bata blanca de laboratorio. Sato se adelantó para hacer las presentaciones.

—No estás dando una buena primera impresión —le comentó Kiyomi a Kenny, todavía vestido con la ropa proporcionada por los *tengu*, que además tenía residuos de los sándwiches expulsados por su mareo de teletransportación.

—Me parece que tengo que preocuparme de otros asuntos —masculló Kenny.

—Ah, sí, se me olvidaba que aborreces volar.

El hombre trajeado le ofreció una mano a Kenny, pero cambió de opinión y se limitó a inclinar la cabeza.

—Takashi Ogose —dijo—, director adjunto de estas instalaciones. Es un placer conocerlo.

La mujer hizo una reverencia y se presentó también:

—Ibuki Nomura. Bienvenido al Conjunto de Lanzamiento Yoshinobu. Mi responsabilidad consiste en prepararlos para la misión. Es usted más joven de lo que esperaba.

Al pronunciar las últimas palabras su rostro mostró un destello de preocupación.

—Sí —convino Kenny, con una sonrisa forzada—. Pero no demasiado joven para morir, ¿verdad?

Kiyomi le hundió el codo en las costillas.

—¡Pórtate bien! —le bufó al oído—. Estas personas sólo tratan de ayudar.

El vehículo los condujo silenciosamente hacia un edificio blanco y angosto que se alzaba en el extremo occidental de una enorme pista de aterrizaje. En el lado opuesto, dos armazones en forma de torre pintados de anaranjado y blanco flanqueaban el cohete H-IIA sobre la plataforma de lanzamiento que daba al océano Pacífico.

En el cielo nocturno apareció una estrella fugaz.

—¡Pronto, pide un deseo! —le susurró Kiyomi a Kenny.

—Es muy fácil —replicó Kenny—. Deseo no convertirme en otra estrella fugaz.

El automóvil se detuvo al lado del alto edificio y un equipo de técnicos con traje blanco salió apresuradamente a recibirlos.

—Éste es el edificio de ensamblaje de vehículos —explicó Ibuki—. En situaciones normales los prepararíamos en la Casa Bloque, pero no tenemos el tiempo necesario, y por eso lo haremos aquí.

Los técnicos comenzaron a preparar a Kenny mientras seguía a Ibuki al interior del edificio.

—¿En qué estado se reporta la misión? —preguntó Sato.

—El clima es favorable, aunque hay una amenaza de lluvia que no fue prevista —repuso Ogose.

—Eso se debe al escudo solar —añadió Ibuki—. El calor del sol junto con la rotación de la Tierra controla las corrientes y la presión del aire. Todo el sistema climático está en desorden.

—¿Cuánto tiempo tenemos? —preguntó Sato, con el brazo extendido para que le tomaran medidas.

—La plataforma móvil ya está en su posición en el Sitio Uno de Lanzamiento. Ya comenzaron las operaciones de carga de combustible y estamos a punto de realizar las pruebas de vuelo para el sistema de control de altitud —le informó Ogose.

—Y eso ¿qué significa?

—Que estamos listos para despegar. Tan pronto se complete el conjunto de pruebas de vuelo dará inicio la cuenta regresiva. Cuentan con sesenta minutos, siempre y cuando no empiece a llover.

Kenny y Sato fueron conducidos a un gabinete médico improvisado, donde los conectaron a una serie de sensores.

—¿Por qué sufrió un vómito? —le preguntó Ibuki a Kenny—. ¿Existe alguna condición fisiológica de la que me debería informar?

—En realidad, no —replicó Kenny, sin saber cómo explicar la teletransportación efectuada por los *tengu*—. Sólo un mareo por el viaje.

—Le voy a poner una inyección de prometazina —anunció Ibuki mientras tomaba una jeringa hipodérmica—. Le ayudará a controlar los mareos cuando esté en el espacio.

Después de aplicar la inyección, Ibuki leyó una hoja impresa con los signos vitales de Kenny y puso cara de desagrado.

—Su pulso es demasiado rápido —observó—. Lo mismo puede decirse de su respiración. Además, tiene la presión arterial alta.

—Eso es porque trato de no cagarme de miedo —dijo Kenny—. Sólo soy un chico en un sitio y un momento equivocados.

Ibuki se volvió para encarar a Sato.

—Tiene razón —comentó—. No ha sido adiestrado, ni se le ha evaluado psicológicamente. ¿Están seguros de estas decisiones? El mayor Hoshide está preparado y dispuesto a acompañarlos, si lo considera necesario.

—Doctora Nomura —repuso Sato con un gesto de enfado—, no necesito recordarle que la misión ha sido autorizada por el primer ministro en persona y que el Estado Mayor ha firmado las órdenes correspondientes. Comprendo que mis métodos tal vez le parezcan... inusuales, pero le pido que no me vuelva a cuestionar o solicitaré que la retiren a usted de este lugar de lanzamiento.

Ibuki se sonrojó, pero enseguida se inclinó para hablarle a Sato más de cerca.

—Permítame recordarle entonces, Sato-*san*, que como médica mi deber consiste en cuidar de mis pacientes. Si decido que usted o el chico no están en condiciones de viajar, entonces ninguno de los dos irá a ninguna parte. Éstas son mis instalaciones y tienen que hacer lo que yo indique. Si no le agrada, puede irse ahora mismo.

—¡Ay! —exclamó Kenny—. Habló la autoridad.

—¡Tomó las riendas! —dijo Kiyomi—. Me cae bien.

Ibuki regresó cuando concluía la serie de pruebas de signos vitales. Alzó una ceja al ver a Sato.

—¿Sigue usted aquí? —inquirió—. Ya comenzó la cuenta regresiva. Estamos en x menos cincuenta y ocho, así que deben ir a ponerse sus trajes. Por aquí, si me hacen el favor.

La siguieron a otra sala, en donde otros técnicos tenían listos dos conjuntos de ropa interior. Un ingeniero entró empujando un carrito en el cual colgaban dos trajes espaciales.

—En una situación normal, estos trajes espaciales se hacen a la medida —explicó Ibuki—, pero hemos adaptado éstos lo mejor que pudimos.

—Es hora de despedirse —le dijo Sato a Kiyomi.

—¿No puedo esperar a que estén vestidos y vayan hacia la plataforma? —pidió Kiyomi—. ¿Por favor?

—No. Estás en el vestidor de hombres. No es un sitio adecuado para una chica.

—Bueno —replicó Kiyomi, que soltó su morral negro y extendió los brazos—. Primero tú, *ojisan*. En esta ocasión me puedes abrazar, en lugar de hacer una reverencia.

Sato se inclinó hacia adelante, con el cuerpo tenso.

—Eres mi tío favorito y te voy a extrañar mucho —declaró Kiyomi, y metió una mano dentro del saco de Sato al abrazarlo—. ¡Oh!

¡*Clac!* Un objeto negro rebotó en el piso de mosaico.

—¡Enseguida lo recojo, un momento! —dijo Kiyomi y dio un paso atrás. ¡*Crunch!*

Se inclinó y alzó del suelo los lentes oscuros de Sato, totalmente destrozados.

—¡Oh!

—Kiyomi-*chan*, ¿qué hiciste? ¿*Qué hiciste?*

Sato daba señales de estar a punto de estallar.

Kiyomi hizo un puchero.

—Hmm, al parecer he roto por accidente tus lentes, y eso significa que no podrás ver a los ya-sabes-qué cuando estés allá arriba. Y significa también que en esta misión no servirás de mucho para ayudar a Ken-*chan*, ¿verdad?

—¿Pero te das cuenta de lo que acabas de hacer? —aulló Sato.

—¡Sí, *ojisan*, me doy perfecta cuenta! —reviró Kiyomi—. Me queda poco tiempo antes de que... Y no me voy a quedar sentada esperando a que me suceda. Es mejor acabar de esta manera, por mi propia elección.

—Kuromori-*san* —suplicó Sato—. Dígale a Kiyomi-*chan* que ella no puede hacer esto. Que usted no lo va a permitir.

—Señor —respondió Kenny, eligiendo con cuidado sus palabras—, si no le obedece a usted, no existe la menor posibilidad de que me escuche a mí.

Kiyomi sonrió con un gesto de triunfo. Hizo una señal a Ibuki con la cabeza.

—Tomen mis medidas.

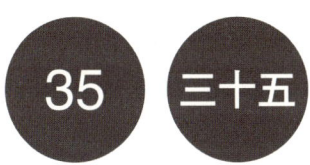

Kenny tuvo que esperar un buen rato a que le pusieran su traje espacial, un atuendo con un sistema de ventilación y enfriamiento líquido incrustado en un ensamblaje de dos corazas. Una vez que le ajustaron los guantes, fue conducido a un área de espera donde ya estaba Kiyomi, con un traje similar y el morral negro junto a sus pies.

—Me siento como marioneta con este traje —comentó Kenny—. ¿Qué aspecto tengo?

—Aspecto de bobo, como de costumbre —replicó Kiyomi—. ¡No puedo creer que nos hayan puesto pañales!

—Tú te propusiste para esto —le recordó Kenny—. En todo caso, no son pañales, sino Prendas de Máxima Absorción.

Sato se acercó a ellos y lanzó a Kiyomi una mirada de rabia antes de hablar.

—Veo que están listos. Recuerden que la prioridad de la misión consiste en eliminar el arma. Si logran hacer eso, un misil se encargará de lo demás. De lo contrario, no quiero que traten de hacer nada llamativo. Basta con que ingresen al módulo de control, inserten el chip para operación manual y corrijan el curso.

—Y si eso no funciona, debemos destruir todo el sistema —añadió Kiyomi.

—Sólo necesitarán dirigirlo para volver a la Tierra. La lámina de sodio se desintegrará y el resto se quemará al entrar a la atmósfera.

—Entendido —dijo Kenny—. Parece bastante sencillo.

Ibuki llegó con un papel sujeto a una tablilla.

—x menos treinta minutos. Necesito llevarlos a ambos a la plataforma de lanzamiento.

—Le quiero pedir un pequeño favor —solicitó Kiyomi mientras se ponía aparte con Ibuki—. ¿Pueden meter mi morral en la nave? Peso menos que mi tío, así que de cualquier modo necesitan volver a calcular la carga y todo eso. No es mucho.

Ibuki alzó el morral y lo sopesó.

—Veré qué puedo hacer.

El autobús se detuvo en la base de una de las torres que flanqueaban el cohete. Kenny y Kiyomi se bajaron y entraron al elevador. Ibuki cerró la reja y la cabina ascendió con suavidad.

Al salir, encontraron un pasillo estrecho para ir a la nave de abasto. Ibuki condujo primero a Kiyomi a través de la escotilla junto a la punta del cono y enseguida volvió para hacer lo propio con Kenny. Le extendió la mano y cuando Kenny se la iba a estrechar, vio que tenía en la palma un objeto plano.

—Le prometí a Sato-*san* que usted haría una llamada a alguien antes de… —le informó Ibuki.

—No tengo ánimo para hablar ahora mismo —objetó Kenny—. ¿Puede usted enviar a mi papá un mensaje de texto?

Ibuki asintió y lo condujo a la cápsula.

En el interior, dos sillones de acero inoxidable se hallaban soldados en sus sitios correspondientes, entre tanques y cajas de plástico, con el respaldo acostado en el suelo y mirando al techo. Los técnicos ayudaron a Kenny a instalarse en el suyo, al lado de Kiyomi. Le ajustaron apretadamente varias redes de nylon alrededor del pecho, hombros, cintura y piernas. Ibuki le puso el casco y lo hizo girar con cuidado hasta que se trabó en el seguro.

—Todos los canales de comunicación se encuentran abiertos —les aclaró—. Podrán oírnos, y nosotros a ustedes. Los instrumentos de vuelo son completamente automáticos, y eso incluye la operación de acoplamiento. Cuando se abra la escotilla, no requieren más que flotar directamente hacia el módulo de control. Al terminar, regresen flotando a la nave, que enseguida se desacoplará y hará las maniobras de regreso.

—¿Y si algo sale mal? —inquirió Kenny, con un vuelco en el estómago.

—¿En el peor de los casos? —reviró Ibuki—. Ni siquiera se darán cuenta. Pero hemos añadido dos UMP como parte de la dotación reglamentaria de equipo, aunque ustedes no las van a utilizar.

—¿UMP? —preguntó Kiyomi.

Ibuki señaló dos mochilas grandes de color blanco sujetas a la pared.

—Unidades para Maniobras Personales. Es lo que usan los astronautas cuando necesitan hacer cosas afuera de la nave. ¿Tienen algunas preguntas antes de partir?

—Sí. ¿Dónde está el baño? —bromeó Kenny.

Ibuki sonrió y le dio un golpecito al visor de Kenny.

—Un consejo para ti: trata de no vomitar dentro del traje.

Salió de la cabina y la puerta de metal se cerró de un golpe que resonó en toda la cápsula.

—Bueno, me parece que estamos a punto de ser lanzados —opinó Kenny, haciendo un esfuerzo por volver la cara y mirar a Kiyomi—. ¿Cómo te sientes?

—¿Yo? —repuso Kiyomi—. En el terror absoluto. ¿Y tú?

—Tengo tanto miedo que apenas puedo respirar. ¡Creo que voy a necesitar un pañal de mayor tamaño!

—Todo en orden —dijo una voz dentro de los cascos—. Les habla el director de lanzamientos. Necesito que todos los directores de vuelo me den la señal de va o no va para proceder al encendido… ¿Retro?

—Va.

—¿Propulsores de despegue?

—Va.

—¿Carga?

—Va.

—¿Trayectoria?

—Va.

—¿FIDO?

—Va.

—¿CAPCOM?

—Va.

—Confirmado. Listos para el lanzamiento. Aquí el Centro de Control Takesaki. Estamos en x menos un minuto. Cápsula, están informados que iniciamos la cuenta llana.

—¿Cápsula? Eso debe referirse a nosotros —conjeturó Kenny.

—Ken-*chan*. Tengo algo que preguntarte —dijo Kiyomi—. ¿Qué fuiste a hacer al Monte Kurama?

—¿Qué? ¿Me preguntas eso en este momento?

—¿Acaso tendré otra ocasión de hacerlo?

Por un instante, Kenny pensó en decir una mentira, pero decidió no hacerlo.

—Fui a buscar a Sojobo.

—Eso fue una estupidez. ¿Por qué?

—Para ayudarte, por supuesto.

—Ohh.

—En todo caso, ¿cómo dieron conmigo?

—Hice que Poyo metiera un localizador entre tus cosas. Por eso insistió tanto en prepararte la mochila. Una vez que supimos que te hallabas en Kurama, lo demás fue fácil.

—x menos treinta y un segundos —dijo la voz del director de lanzamientos que sonaba dentro de los cascos. Secuencia de autoarranque dispuesta. Comenzar el preencendido de la Unidad de Procesamiento Acelerado.

—Todo listo para el lanzamiento —anunció otra voz.

—x menos veinte segundos.

Kenny intentó otra vez volver la cabeza para mirar a Kiyomi, pero los tirantes lo mantuvieron en posición fija. Tampoco podía ofrecer tomarla de la mano.

—Diez, nueve, ocho, siete… Secuencia de encendido iniciada…

La cabina se estremeció, como sacudida por un terremoto. Se oyó un rugido que crecía continuamente, similar al comienzo de una avalancha.

—Cuatro, tres, dos, uno… Motor principal en marcha. Retropropulsores activados. ¡Despegue!

Los dientes de Kenny castañearon, aunque trató de apretar las mandíbulas. Se sentía atado a un martillo neumático.

Afuera, sobre la plataforma de lanzamiento, una cegadora luz blanca inundó la pista, que se cubrió de nubes de vapor mientras el cohete ascendía a la oscuridad del cielo.

Sato contempló el vuelo de la nave como una flecha encendida de esperanza hasta que se perdió de vista en la noche.

36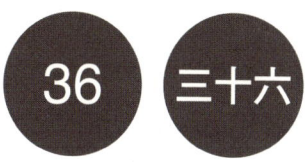

El estruendo de la explosión química que tenía lugar cincuenta metros bajo su cuerpo atronó en los oídos de Kenny. Sintió que cada uno de sus huesos se sacudía y que la fuerza de aceleración lo aplastaba contra su asiento, mientras se esforzaba por no pensar en las furiosas detonaciones que los propulsaban.

Un galimatías de voces en tierra se dejó oír dentro del casco.

—Torre libre... Maniobra de rotación iniciada... Aproximación a la máxima velocidad.

Pero había otro sonido, un ruido agudo. Kiyomi gritaba.

—¡*Raaaaaargh!* ¡Sáquenme de aquí! —gritó, llena de rabia—. ¡Los mataré a todos! ¡Quiero salir, asquerosos humanos! ¡Depravados!

Kenny torció el cuello hasta donde se lo permitieron los tirantes y de reojo pudo ver a Kiyomi que luchaba con toda su fuerza contra sus ataduras. El estrés del lanzamiento le despertó al *oni* interior. Le temblaban los puños y arqueaba la espalda como un gato furioso. Un rocío de saliva apareció dentro de su casco.

—Desprendimiento de los Cohetes Aceleradores Sólidos.

—¡Te voy a desprender la cabeza del cuerpo! —aulló Kiyomi—. *¡Ayyy!*

—Funcionamiento con motor único.

El estruendo se amortiguó hasta desaparecer al adelgazarse la atmósfera de la Tierra.

—¡Kiyomi! —la llamó Kenny—. ¡Escúchame! Soy Kenny. Ya sabes, tu bobo predilecto.

—¡Cállate, mortal! —ladró Kiyomi—. Tus infelices palabras no significan nada para mí. ¡Suéltame para que te coma el corazón!

—Escucha, Kiyomi. Concéntrate en mi voz. Sé que ahí sigues. Acuérdate de cosas buenas, como… como luciérnagas, o tu motocicleta, o… Poyo. ¡Vamos! ¡Enfócate!

—¡Cállate, te digo! Tus palabras…

—Motor principal apagado conforme al programa. Las lecturas estadísticas son correctas —informó el técnico.

—¡Kiyomi! ¡Lucha! Vuelve a tomar control.

—Yo… yo… ¿Kenny? —titubeó Kiyomi—. Tú… Te eligieron para el equipo de futbol…

—Sí, es cierto. Y te reíste al verme con el uniforme.

—Y... tú me agarraste cuando me caí...
—Sí, en el acuario...
—Telemetría en operación. Listas las separaciones de primera y segunda etapas —dijo la voz de Control de Misión—. Conforme al conteo: tres, dos...
—¡Kenny! Oh Dios. ¿Qué me acaba de pasar?
—Uh, nada. Perdiste el conocimiento unos cuantos segundos. Ya sabes, por la fuerza de gravedad.
—¿Qué? ¿Y tú no? Buen intento, vomitador.
—Astronautas, ya pueden moverse libremente dentro de la cápsula —anunció el técnico.
—Ya era hora —comentó Kenny, y desabrochó el arnés de seguridad que lo tenía en posición fija.

En cuanto soltó el último broche, ascendió flotando de la silla.

—Oh, guau. Qué raro es esto.

Kiyomi flotó a su lado.

—¡Buf! Mi estómago no sabe qué dirección es abajo —dijo ella—. Tengo la nariz tapada.

—Tenemos a la vista el *Hoshi no Kagami* —dijo una voz en Tierra.

Kenny se agarró de un tirante para maniobrar hacia la pequeña ventana redonda de la escotilla.

Bajo ellos se suspendía el majestuoso orbe de la Tierra, de color azul pálido. Los mares eran como vidrio azul, moteados por nubes blancas y espesas que parecían hechas de queso crema.

—Mira, allá abajo —susurró Kiyomi, dando unos golpecitos al vidrio.
Al avanzar la cápsula hacia el horizonte apareció un círculo negro, como un cáncer en el rostro del mundo.
—Ésa es la sombra —dijo Kenny.
—Lo mismo que un agujero negro sobre Japón —murmuró Kiyomi—. ¿Quién puede estar tan loco como para hacer eso?
—VTA-12, por favor verifique contacto visual con el espejo espacial —solicitó el técnico en Tierra.
—¿Dónde está?
Kenny retorció el cuerpo hasta que puso los pies en el techo mientras intentaba ver a través de la pequeña ventana. A partir de la sombra negra, pudo distinguir un minúsculo objeto, como un delgado creciente de la luna nueva que se asomaba tras el horizonte.
—Sí, ya lo vemos —anunció Kiyomi.
—Propulsores de reversa activados —dijo la voz—. Alistar primer proceso de acoplamiento.
Kenny permaneció contemplando el espejo espacial, que cada vez se hacía más grande. Era un milagro de la ingeniería moderna. Al variar el ángulo, vio que la cara inferior era negra como la noche más oscura, pero la superior se hallaba bañada por todo el resplandor del sol. Las vigas de la armazón se extendían como los ejes de una rueda gigante. Al centro se distinguía el módulo de control.

—Atención, VTA-12. Se les informa que el escudo solar está ajustando su curso —dijo la voz de Control de Misión—. Está calibrando la trayectoria de ustedes.

—Eso significa que está tomando puntería —dijo Kenny—. Qué porquería.

Kenny dobló las rodillas y se impulsó desde el techo, para caer de cabeza sobre el asiento.

—Amárrate al asiento —le dijo a Kiyomi.

—¡Como si eso sirviera de algo en caso de que abran fuego! Yo permaneceré aquí.

Kiyomi se agarró de la ventana y mantuvo la mirada fija en la estación espacial que se aproximaba.

—El arma está posicionada sobre el blanco —anunció el técnico—. El sistema está acumulando potencia.

—Pensé que ésta era una misión programada —dijo Kenny, tratando de ajustar los cinturones de seguridad—. ¿Por qué van a disparar contra una nave cargada de combustible y aire?

—Estamos enviando de nuevo todos los protocolos de identificación del vuelo, incluyendo códigos de proximidad, acceso y saludo de mano. Aguanten un poco, VTA-12.

—Eso se dice fácil allá abajo —gruñó Kenny.

—Estamos pasando bajo las lentes ahora mismo —le informó Kiyomi con voz tensa—. No puedo seguir mirando.

Agachó la cabeza.

Kenny retuvo el aliento y oyó las pulsaciones del corazón dentro de sus oídos.

—VTA-12, están fuera de peligro. Han desactivado el sistema de puntería. Procedan a preparar el acoplamiento.

Kenny aflojó el cuerpo sobre el asiento. De no ser por el traje con enfriamiento y ventilación, estaría bañado en sudor.

—¡Es una visión increíble! —declaró Kiyomi, con los ojos bien abiertos, maravillada por la superestructura que pasaba frente a la ventana—. Deberías mirar.

—No gracias —se rehusó Kenny—. Me quedo aquí.

—Telegoniómetro y videómetro activados para aproximación y acoplamiento. Estén listos, VTA-12.

—Ya puedo ver la escotilla —anunció Kiyomi—. Nos acercamos muy rápido.

—La velocidad actual es de un metro por segundo… —reportó el técnico—. Despacio y tranquilo… Veinte metros… Diez metros… Todo luce bien en el radar… Cinco metros…

¡Ca-lunkk!

La cápsula se sacudió y las prensas mecánicas se aferraron a los retenes.

—Los acopladores funcionan y el contacto es suave. Es todo suyo, VTA-12. Se inicia la transferencia de combustible; sistema de bombeo activado. Buena suerte.

Kiyomi se dejó flotar hacia abajo hasta llegar junto a Kenny.

—¿Cómo te sientes, Ken-*chan*?

Kenny se desabrochó los cinturones.

—En este momento, preferiría estar en cualquier otro lugar.

—No puedo creer que estemos aquí arriba. Tanta tranquilidad... y belleza.

Kenny extendió el brazo y agarró la mano de Kiyomi para acercarla a él.

—Esto es una estupidez —declaró.

—¿Qué quieres decir?

—Bueno, ni siquiera te puedo dar un beso para desearte suerte, porque tengo la cabeza dentro de un casco. Somos como dos peces, cada uno en su pecera.

—¡Ay, qué bonito! —replicó Kiyomi y chocó suavemente su casco contra el de Kenny—. Pero hay una posibilidad. Me lo debes.

—¿Eh? ¿Cómo?

—Puedes sobrevivir en el espacio durante tal vez quince segundos sin casco, antes de perder el conocimiento.

—¿De verdad? Pensé que la sangre hierve y uno revienta como un globo.

—Nada de eso, has visto demasiados programas de *Star Trek*. El cuerpo es una bolsa de líquido caliente bajo presión. Estaremos bien durante quince segundos antes de que... ya sabes.

—Si acaso llegamos a ese punto.
—Eso es lo que me gusta de ti; siempre ves el lado positivo de las cosas.

Mediante mímica, Kiyomi besó el dedo pulgar del guante y después lo puso en el visor del casco de Kenny.

—Eso fue para la buena suerte —explicó Kiyomi, y enseguida dio una patada en el suelo para impulsarse hacia la escotilla de acceso, jalando a Kenny consigo—. Muy bien, pues. ¿Listo?

—No.

—Como dije, muy bien —repuso Kiyomi accionando la palanca de la esclusa de aire para abrir la puerta—. Ven, vamos a ver qué clase de lunático está atrás de todo esto.

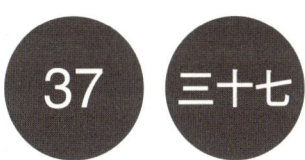

Con el teléfono en la mano, de pie en el balcón, Charles Blackwood alzó los ojos al cielo ennegrecido. Hasta él llegaron resplandores de incendios extendidos por la ciudad y ruidos de un caos generalizado.

Volvió a entrar al departamento y marcó una vez más el mismo número. Por fin logró la conexión.

—¿*Moshi moshi*? —contestó una voz de hombre.

—¡Harashima! ¿Dónde diablos está mi hijo? —demandó Charles—. ¡No sé qué le ha mandado a hacer, ni en qué parte del mundo se encuentra!

Harashima soltó un suspiro.

—No se encuentra en ninguna parte del mundo, sino en el espacio. Intenta arreglar el *Hoshi no Kagami*. Las fallas del escudo no son accidentales.

—¿Qué? ¿Bromea usted?

—¿Le parece que estoy bromeando?

—¿Han enviado a un niño al espacio? ¿En qué estaban pensando?

—No tuvimos otra opción —le informó Harashima con un tono de voz neutro, sin expresar ningún sentimiento—. Mi hija está con él.

Con el dedo del pie, Charles enganchó la silla giratoria, la aproximó a él y se sentó.

—Cuénteme todo —dijo.

Agarró un cuaderno para tomar notas mientras escuchaba el relato de Harashima.

—¿Las posibilidades de que regresen con vida son de una en tres nada más? Eso no es aceptable —declaró Charles.

—¿Qué otra opción existe? —argumentó Harashima—. La Estación Espacial Internacional está demasiado lejos. El programa del transbordador fue suspendido.

—¿Eso es todo? ¿Se declaran vencidos?

—Charles-*sensei*, están a treinta y seis mil kilómetros de distancia. No hay ninguna otra manera de traerlos de regreso.

—¿Se resignan a rezar pidiendo que no reviente esa lata de conserva habilitada como nave? Debe haber otra manera. Es imposible que no la haya.

—Dice usted las mismas cosas que su hijo.

Charles terminó la llamada y se puso a revisar sus notas. Se acercó al escritorio, prendió la computadora y encontró los nombres de sus colegas en el Departamento de Astrofísica.

—Vamos a ver... —masculló, hablando para sí mismo mientras una fina capa de sudor le cubría la frente—. Necesitamos una manera de transportar... ¡Oh, Dios mío!

Charles volvió a tomar el teléfono y marcó un número.

—Papá —dijo—, soy Charles. ¿Tienes todavía el número del primer ministro? Necesito que le llames para que te devuelva un favor.

La escotilla del VTA-12 se abrió a un breve túnel de contacto, al otro lado del cual se hallaba el compartimento de enlace del módulo de control.

—¿Y ahora, llamamos a la puerta o qué? —preguntó Kenny.

—No creo —repuso Kiyomi—. Técnicamente ni siquiera estamos aquí.

—Tampoco se supone que haya nadie tras esa puerta.

—Tal vez no haya nadie, y se opera de manera automática.

—Ojalá que así sea. Nos facilitaría mucho la vida.

Kenny se agarró de los bordes de la escotilla y se impulsó para flotar por el túnel hasta la escotilla externa de la esclusa de aire. Buscó un punto de apoyo y movió hacia abajo una palanca roja, que abrió la puerta en silencio. Kenny le hizo una señal a Kiyomi para que se acercara, y ella se aproximó. Entraron al compartimento y Kenny selló la escotilla. Movió hacia abajo otra palanca y la puerta interior quedó abierta.

Todas las superficies a la vista se encontraban cubiertas de equipo electrónico, con pantallas, monitores, consolas, teclados, cables, discos, medidores, alambres, bulbos y repisas que ocupaban todo el espacio. Sin embargo, lo que atrajo la mirada de Kenny fue algo que no esperaba ver en medio de semejante despliegue de alta tecnología. El objeto se alzaba al frente de la puerta de la esclusa.

—¿Una puerta *torii*? —dijo Kenny, un poco para sus adentros—. ¿Construyeron un santuario en el espacio? ¿A qué dios está consagrado?

—A mí, por supuesto —ronroneó una voz en un tono igual de frío que el espacio exterior.

Kiyomi se agachó y buscó protección tras la puerta semiabierta de la esclusa. Kenny observó cómo todas las sombras del lugar se arrastraban y convergían en un solo punto, donde se combinaron para formar la silueta oscura de un hombre.

Su figura era esbelta y muy alta. Largos cabellos blancos enmarcaban una piel pálida, casi transparente, con un par de ojos sombríos de brillo rojizo.

—¿Así que tú eres Kuromori? —preguntó la figura, uniendo las yemas de sus dedos nudosos—. He oído hablar tanto de ti. ¿Es verdad todo lo que se dice?

—Sólo las cosas buenas. El resto puede olvidarlo —replicó Kenny, al tiempo que hacía una señal a Kiyomi para que permaneciera atrás.

—Has demostrado ser un digno adversario. Llegaste hasta aquí, a pesar de reiterados intentos por eliminarte.

Kenny se apartó de la puerta.

—Gracias. Hago lo mejor que puedo, señor... Uh, ¿quién es usted?

La figura se rio por lo bajo, con un sonido semejante al ruido que hacen los vidrios rotos al pisarlos.

—¿No me conoces? ¡Qué desilusión! Permite que te ayude un poco —ofreció el misterioso ser y se acercó a una terminal del sistema de cómputo—. Mi querida hermana me desterró de su vista y ordenó que nunca volviera a poner los ojos en ella. Yo, que antes era igual de brillante que el mismo sol, fui condenado a habitar en las sombras eternas.

Con cautela, Kenny puso la espalda contra la pared más próxima para tener donde apoyarse.

—Y, sin embargo, el rostro de Amaterasu ha quedado oculto una vez más, cubierto, lo mismo que cuando se lamentaba en su cueva infernal —continuó la figura, mientras sus ojos entrecerrados se llenaban de odio—. Ahora la única luz en el cielo es la mía. He sometido al mundo entero a mi legítimo dominio. Seré adorado como fuente genuina de luz celestial.

Soy Tsukuyomi no Mikoto, el Dios de la Luna, y frente a mí tú no eres nadie.

Agitó la mano huesuda y la puerta de la esclusa se cerró de un golpe.

—Tuyo es el privilegio de ser testigo solitario de mi victoria.

Bajó el puño con violencia contra un botón de la consola. Con un ruido sordo, los acopladores se soltaron y comenzó a retraerse el túnel de la esclusa de aire. Al desprenderse del módulo de control, la nave de reabastecimiento se separó gradualmente.

Con la sensación de hundirse en agua helada, una ola de pánico atenazó a Kiyomi. El miedo se alzó en su interior y se convirtió en una rabia feroz que consumía todos sus pensamientos. Dio un puñetazo sobre la escotilla exterior.

Su primer impulso consistió en atacar la puerta y someterla a golpes. Pero se contuvo al darse cuenta de que era el *oni* en su interior quien reaccionaba así. Estaba en graves dificultades y la única solución consistía en conservar la calma para poder concentrarse y pensar...

Kiyomi analizó rápidamente la situación. Estaba atrapada en la esclusa de aire. El túnel de conexión había desaparecido y el VTA-12 se alejaba. En caso de permanecer en donde se encontraba, ofrecía un blanco fácil y no serviría para nada. ¿Qué haría Kenny? La respuesta le llegó como un relámpago.

Dio un salto, accionó la palanca roja de la puerta y la pateó para abrirla, lo cual tuvo el efecto de impulsarla de cabeza hacia la escotilla exterior. Lo mismo que un nadador en competencia, dio una voltereta de manera que sus pies quedaron sobre la puerta de metal y volvió a soltar una patada con toda su fuerza. Con los bazos extendidos, Kiyomi salió disparada de la escotilla y quedó flotando en el espacio exterior.

El VTA-12 se alejó poco a poco, como en cámara lenta. Kiyomi vio el módulo hacerse más grande y de pronto sus ojos se abrieron horrorizados: iba a pasar de largo por la cápsula sin hacer contacto.

—¡No, no, no, no, no, no, no, no!

Fuera de su alcance, la superficie lisa y blanca pasó por debajo de ella. Los dedos de Kiyomi intentaron en vano agarrarse de cualquier objeto. Pasaba de largo, en dirección a la nada.

Sobre la extensión rutilante del espacio, surgió un rectángulo negro sólido que cubrió varias estrellas. Kiyomi quiso aferrarse a él, pero sus dedos sólo acariciaron la superficie vítrea.

—¡No!

Kiyomi soltó varias patadas más y la punta de una de sus botas se enganchó justo abajo del plano de paneles solares. Aguantó el aliento al sentir el contacto firme y cesó su movimiento a la deriva. Movió el pie hacia arriba para que sus brazos tuvieran la posibilidad de asir las gruesas láminas de vidrio. Poniendo una mano tras la otra, Kiyomi avanzó sobre la plataforma solar hacia la viga que la sostenía, y desde ahí pudo rodear el cuerpo de la nave para alcanzar la escotilla abierta.

Después de maniobrar para volver al interior, Kiyomi fue a las repisas que guardaban el cargamento y abrió una de las secciones, de donde extrajo su morral negro. Descorrió el cierre y sacó varios cinturones, que procedió a ajustar sobre su traje espacial con la facilidad de movimientos practicados a menudo. Al terminar, oprimió el botón transmisor en los controles de la muñeca y susurró:

—Ken-*chan*, estoy dentro de la cápsula.

Enseguida, se impulsó con el pie hacia la pared opuesta, agarró una de las mochilas blancas y sacó la UMP. La unidad consistía en una caja rectangular con uno de los lados en semicírculo y veinticuatro mangueras de salida en distintas posiciones. Encima había dos manubrios plegados. Después de echar un vistazo al diagrama que venía impreso, Kiyomi ajustó los manubrios para formar dos ganchos; los colgó de sus hombros, de modo que la unidad se acomodó fácilmente bajo la mochila del sistema de soporte vital, con la curva alrededor de la cintura, y puso el seguro para mantenerla firme sobre el cuerpo. Por último, fijó la caja de controles frente a su traje espacial. Estaba lista.

Tsukuyomi hizo un grandioso ademán teatral para mostrar el recinto del módulo.

—Estupendo, ¿no te parece? Aguardé la ocasión durante miles de años, esperando una oportunidad para escapar de las sombras. Ahora, gracias a la humanidad, llega la hora de mi venganza.

—No entiendo —objetó Kenny, con un ojo puesto en la esclusa—. Si todo se muere ¿qué seguidores tendrás en tu victoria?

—Eres un tonto, mortal —replicó Tsukuyomi—. Ya tengo seguidores, y suman millares. ¿Quién crees que me construyó este santuario? Has de saber que el orden natural de las cosas es la oscuridad; la luz no es sino un alivio temporal, pero la luz siempre se extingue. Cuando los humanos estén sumidos en tinieblas, llenos de miedo por lo que se mueve a su alrededor, ¿de verdad crees que no acudirán a mí en busca de protección?

—Bueno, visto en esos términos…

Kenny metió la mano en el bolsillo de su traje espacial y cerró la mano sobre el chip de control manual.

—No queda más que poner el sello definitivo de mi autoridad, una advertencia para todos aquellos que sueñan en oponerse a mis designios…

Tsukuyomi accionó el teclado con instrucciones y se encendió un monitor grande que mostraba el mapa de Japón. En el centro parpadeó una mira de cruz color rojo, que enseguida se movió al suroeste y se detuvo a la orilla de una bahía ancha.

—Allí está el Ise Jingu —explicó con tono despectivo el Dios de la Luna—, el más sagrado de los sitios dedicados a mi hermana Amaterasu, donde ella reposa en la Tierra. Resulta irónico que yo, Tsukuyomi, vaya a utilizar en contra de ella su propio poder, el fuego del sol, para borrar de la faz del planeta todo trazo de su existencia.

—¡*Huy!* ¿En serio? —dijo Kenny y puso el pulgar sobre el botón de transmisión del guante—. ¿Va usted a disparar esa arma solar que aniquilará a miles de personas en la Tierra?

Tsukuyomi se sonrió.

—¡Un espectáculo glorioso! Imagínate a la gente acurrucada en la fría oscuridad, rezando para que venga la luz del cielo… y de pronto llega la respuesta a su plegaria. La luz del sol, con toda la potencia y pureza del astro, bajará de las alturas incinerando todo a su alrededor. ¡Lo mejor es que la gente aprenderá a aborrecer la luz y a temer para siempre su presencia!

Dentro de la cápsula VTA-12, Kiyomi estaba a punto de lanzarse hacia la escotilla de salida cuando oyó la voz de Kenny dentro de su casco: "¿Va usted a disparar esa arma solar que aniquilará a miles de personas en la Tierra?"

—Creo que usted está completamente loco —le dijo Kenny a Tsukuyomi—. Abandone su proyecto. No puede obligar a la gente a rendirle culto mediante el miedo.

—No conozco ninguna otra manera —replicó el Dios de la Luna—. Y tú no puedes impedírmelo.

—Tal vez no, tal vez sí. Por lo menos puedo intentarlo.

Tsukuyomi arqueó una ceja.

—¿Ah, sí? ¡Entonces impide esto!

El dedo pálido se clavó en un botón rojo.

—¡No! —gritó Kenny.

La imagen del blanco cambió abruptamente para mostrar la nave VTA-12 que flotaba bajo la lente solar. La estación espacial se sacudió, el escudo se iluminó y un pulso de energía brotó hacia abajo.

La cápsula explotó, como un estallido de fuegos artificiales. Kenny imaginó que oía gritar a Kiyomi.

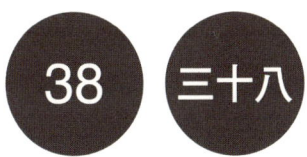

—¡Nooooo!

Con Kusanagi en la mano, Kenny voló hacia Tsukuyomi impulsándose con el pie contra la pared. Al pasar a su lado, dio un tajo con la espada. El acero cortó la capa tachonada de estrellas y partió en dos pedazos al Dios de la Luna.

Kenny rebotó en la pared opuesta y cayó al suelo. Al levantarse, contempló a Tsukuyomi, que permanecía intacto.

—Cuando has vivido tanto como yo en las tinieblas, las sombras se vuelven parte de tu persona —declaró el dios mientras su carne se arremolinaba para cerrar la herida—. Tú, en cambio, has vivido muy poco, y eres demasiado humano.

—¿Por qué hizo eso? ¿Con qué motivo destruyó el vehículo de transporte?

—Había cumplido su función —replicó Tsukuyomi—. Necesitábamos el combustible extra para que esta nave pudiera tomar su posición final. De lo contrario, Ise quedaría fuera de mi alcance. Sin embargo, ahora ajustaremos el curso para dar el golpe definitivo. Es tan sólo cuestión de minutos.

En sus ojos apareció un resplandor de excitación, y de nuevo unió las yemas de los dedos.

—¿Dijo "ajustaremos"? Sólo lo veo a usted, y va a pagar muy caro lo que acaba de hacer.

Kenny se puso de pie y volvió a agarrar la espada, listo para el combate.

—¿De verdad pensaste que yo era el único operador a bordo? Permíteme presentar a mi leal fuerza de trabajo.

Con un gesto de burla, agitó una mano. Todas las superficies de metal entraron en erupción, agitándose y soltando burbujas. El ambiente sin peso de la estación se llenó de docenas de esferas de color plateado, cada una de ellas del tamaño de un puño, como bolas de mercurio dentro de una lámpara de lava.

Kenny titubeó al ver que la esfera más próxima se le acercaba temblando. A cada lado brotaron cinco alambres, que enseguida se hicieron más gruesos y tomaron forma de extremidades.

—Los llamo *kingumo* —dijo Tsukuyomi, con orgullo paternal—. Yo los crié mediante una interfaz con la tecnología humana.

—Son... ¿arañas de metal? —preguntó Kenny, fascinado a pesar del horror.

—Las garras y los dientes son filosos como agujas —explicó el Dios de la Luna—. Eso significa que les basta con perforar tu traje para que mueras en pocos minutos.

—Oh, qué porquería —masculló Kenny y retrocedió ante el mortífero enjambre.

El conglomerado de arañas flotó frente a él como una nube reluciente, antes de lanzarse al ataque.

Kiyomi fue a dar contra uno de los soportes de grafeno que sostenía los paneles del espejo y se aferró a él. Debajo de ella se extendía una multitud de fragmentos en diversas direcciones, mientras los restos de la cápsula de transporte iban bajando hacia las capas superiores de la atmósfera.

"Eso estuvo verdaderamente cerca", pensó, acordándose de conservar la calma y respirar hondo. Dentro de su casco se proyectó un texto sobre el visor. El nivel de oxígeno estaba al veintiocho por ciento.

Gracias al aviso de Kenny había accionado los controles de la UMP, que dispararon los propulsores de nitrógeno para salir de la escotilla hacia el espacio. Su intención fue alcanzar las lentes del arma solar para desarmar el mecanismo de disparo, pero la falta de familiaridad con los controles de la UMP la hizo alejarse demasiado, apenas unos segundos antes de que el arma disparase destruyendo la nave de abasto, el único medio que tenían para volver a la Tierra.

Colgada de la estructura, Kiyomi calculó que estaba a un tercio de la distancia total hasta el centro. El escudo solar se extendía cubriendo una superficie igual a un centenar de campos de futbol.

Había visto de cerca el inmenso poder contenido en la estación espacial y faltaban sólo unos cuantos minutos para que esa potencia se dirigiera a la Tierra. La ciudad de Ise tenía más de cien mil habitantes. Aunque se le conocía como "la Ciudad Santa", necesitaba en aquel momento de algo más que la protección de los dioses.

Kiyomi se dio vuelta, apuntó en dirección a las lentes solares y accionó la palanca de propulsión. Las mangueras dispararon chorros de nitrógeno comprimido que la impulsaron hacia adelante, en dirección del dispositivo letal de energía colocado bajo el módulo de control.

Transcurrieron varios segundos. "¡Vamos! ¡Más rápido!", pensó Kiyomi. "Esto va demasiado lento. ¡Debería arrancarle los circuitos y aplastar…! No, no, no… Respira… Conserva la calma… Mantén clara la mente."

A medida que se acercaba, entendió mejor el mecanismo del arma. El enorme escudo se curvaba hacia adentro, como una antena parabólica. Cuando se inclinaba al ángulo correcto, dirigía la luz del sol acumulada a una sola plancha de recepción, que a su vez encauzaba la energía por las lentes del telescopio para concentrar e intensificar la potencia del rayo. Si lograba desarticular cualquiera de esos elementos, el arma ya no funcionaría.

De un golpe, Kiyomi aterrizó sobre la plancha que acumulaba los rayos del sol. El armazón consistía en una malla de varillas de grafeno. Si tan sólo pudiera...

—Vaya, vaya. Mira quién anda por aquí —sonó una voz dentro de los auriculares de Kiyomi.

Al girar, se encaró con una figura de considerable tamaño, vestida con un traje espacial negro.

—¿Me echaste de menos, cosita? —dijo el *oni* plateado, agarrando a Kiyomi—. Oh, veo que olvidaste la primera regla para los paseos en el espacio: has de tener siempre un cable de ancla, en caso de que te quedes a la deriva.

La atrajo hacia él, alzó el codo a la altura del hombro y extendió el brazo para empujar a Kiyomi, que salió dando volteretas hacia la profundidad del espacio.

—Porque en el vacío no hay ninguna fuerza que aminore tu velocidad —añadió el *oni*.

La cara sonriente de Plateado se encogió hasta quedar en un punto, al tiempo que Kiyomi agitaba los brazos y pasaba más allá de la orilla del escudo.

Kenny lanzó varios tajos seguidos contra las arañas que lo acometían. Para comenzar, resultaba difícil darles de lleno porque eran demasiado pequeñas, pero además el traje espacial estorbaba sus movimientos y, al no poder plantar los pies en el suelo, la ausencia de peso le hacía perder el equilibrio. Sus golpes fallaban más de lo que acertaban. Kusanagi saltaba y se flexionaba en su mano, pero por cada criatura que partía en pedazos, otras dos aparecían de un salto para reemplazarla.

—Un esfuerzo valiente, Kuromori, pero destinado al fracaso —declaró Tsukuyomi—. Son demasiadas, y basta con que una de ellas te perfore el traje.

Kenny golpeó a dos *kingumo* con el plano de la espada, y con un tajo descendente derribó a otra más.

—Cuando así suceda —prosiguió Tsukuyomi—, el preciado aire escapará y estallarán tus pulmones. Lo que quede de tu persona se asfixiará y congelará.

Una de las arañas aterrizó sobre el visor de Kenny y quiso clavar ahí las filosas patas, pero sólo dejó sobre el vidrio unas marcas diminutas. Kenny echó atrás la cabeza, se la quitó de encima con la espada y cayó de espaldas. El enjambre se lanzó sobre él y una ola de arañas se puso a caminar sobre el traje, perforando la tela de cada pliegue con sus extremidades de aguja. Los oídos de Kenny se llenaron del zumbido de la fuga de aire y la lectura de oxígeno dentro del casco descendió enseguida.

"¿Cómo luchar contra estas cosas si ni siquiera soy capaz de levantarme?", gritó Kenny mentalmente.

En una fracción de segundo, un recuerdo acudió a su memoria: un lago, una tarde cálida, el resplandor del agua bajo él; de pronto le llegó la respuesta.

"En una ocasión detuve la fuerza de gravedad. No sé cómo lo hice, pero lo logré. Si pude detenerla, tal vez también me sea posible crearla."

Kenny visualizó el metal del techo. Con el ojo de la mente imaginó los átomos que se aglomeraban y se encadenaban entre sí, con el efecto de incrementar su masa. Añadió más y más átomos para multiplicar la densidad...

Las palabras de Kiyomi resonaron en su mente: "Confío en ti".

Algo hizo clic en su interior. Unas luces se le prendieron en la mente y percibió la consabida erupción de potencia en su interior.

Al unísono, los *kingumo* volaron hacia arriba y se estrellaron en el techo.

—¡No! —gritó Tsukuyomi, sin dar crédito a lo que veía—. Eso no es posible. Ningún mortal puede...

—¡Cállate de una vez! —gruñó Kenny y enderezó el cuerpo al tiempo que movía la mano en un arco hacia la izquierda.

¡*Bam-bam*! ¡*wap-snap*! ¡*crunch*! El enjambre de arañas se estampó contra la pared.

—¡Va de nuevo, para tener más suerte! —dijo Kenny y repitió el movimiento hacia la derecha.

El montón irregular de arañas en pedazos chocó contra la pared opuesta y un millón de astillas se incrustaron en el metal y los circuitos.

—Ahora somos sólo tú y yo —declaró Kenny, adoptando posición de combate, con Kusanagi lista para entrar en acción—. Tengo una deuda contigo.

Tsukuyomi se sonrió y sacó del interior de su capa un largo bastón negro rematado en cada extremo por una amenazante hoja de metal curvada. Puso el bastón en horizontal, con uno de los extremos de guadaña apuntando a la garganta de Kenny.

—Yo no puedo morir, ¿se te había olvidado? —le informó el Dios de la Luna—. En cambio, tú sí que puedes, como vas a comprobar en breve.

Kenny miró furioso a Tsukuyomi entrecerrando los ojos.

—¿Crees que me importa?

39 三十九

Kiyomi pasó dando tumbos a lo largo de centenares de metros de lámina de sodio, al tiempo que sus dedos resbalaban y tropezaban al tratar de alcanzar los cinturones que tenía abrochados al traje espacial. Sus movimientos eran torpes como si llevara puestos veinte suéteres unos encima de otros.

Se acercó a la orilla del escudo y se dio cuenta de que faltaban unos segundos para quedar para siempre perdida en el espacio. Sus intentos por frenar su movimiento mediante la UMP fueron inútiles; los propulsores no tenían potencia suficiente para contrarrestar el empujón del *oni*.

"Vamos… vamos…", dijo para sus adentros, "Ya casi llegas… ¡Oh, gracias a Dios!"

Con la mano derecha agarró una varilla recta, mientras que con la otra tomaba un pequeño objeto curvo. En un instante accionó el mosquetón y lanzó el primer disparo hacia el escudo.

El borde plateado pasó a un lado de ella y Kiyomi volvió la cabeza para protegerse del brillo cegador del lado del espejo dirigido al sol. En dirección opuesta a la suya, el gancho de alpinista perforó el toldo de lámina y siguió su curso, mientras se desenrollaba el carrete de cable de nylon negro que llevaba sujeto a la cintura. Al llegar al límite, el cable se tensó y jaló del gancho. Kiyomi se aferró con las dos manos a la cuerda y enfocó su voluntad.

El gancho de cuatro puntas desgarró la lámina de sodio como si fuera de papel y dispersó en el espacio una multitud de tiras de material rutilante. Siguió rasgando la lámina lustrosa hasta que se trabó en una de las recias varillas de grafeno y se afianzó en ella.

Kiyomi jaló con toda su fuerza el cable y revirtió el movimiento en que fue lanzada.

Canturreando, el *oni* plateado se dedicaba a limpiar una lente focal del arma solar cuando un pequeño movimiento captó su atención: un minúsculo reflejo en la lente reflector se estaba haciendo más y más grande. Se acercó para mirarlo mejor, pero un segundo después se fracturó y estalló en miles de fragmentos diminutos que giraban en todas direcciones.

—¿Qué diab…?

El *oni* giró el cuerpo y se quedó con la boca abierta, dejando ver sus colmillos. Kiyomi llegó volando junto a él, con la *katana* en una mano y una pistola automática en la otra. Volvió a accionar su arma y cada disparo salió en silencio del cañón con una nube esférica de humo.

Plateado se hizo a un lado al tiempo que las balas pasaban cerca de él y perforaban el colector de luz del sol. Kiyomi se deshizo de la pistola descargada y aterrizó sobre la plataforma de recolección, con la espada lista en la mano.

El *oni* se puso frente a ella.

—Aunque esté dañada, el arma puede hacer disparos —dijo—. Está en cuenta regresiva automática. Tú no puedes hacer que se detenga.

—Eso está por verse —gruñó Kiyomi y se lanzó contra el ogro.

Con la velocidad de un rayo, Tsukuyomi esquivó el ataque de Kenny y respondió lanzando un golpe. El acero de la guadaña brilló contra el pecho de Kenny en un intento de hacerle un corte profundo, pero Kusanagi describió un arco para bloquear la acción, sacando chispas cuando el filo de la espada se estrelló contra el bastón de ébano. El Dios de la Luna enseguida revirtió el ataque y lanzó un tajo con el otro extremo contra las piernas de Kenny. Todo lo que requería Tsukuyomi era perforar el traje de Kenny, pero de nuevo Kusanagi obstaculizó el golpe con un movimiento defensivo por abajo.

Kenny flotó hacia arriba después de aplicar una patada a un banco de computadoras. Tsukuyomi lo acometió gruñendo y su capa se extendió como abanico.

—No puedes vencerme, mortal —le advirtió Tsukuyomi—. He practicado durante miles de años con este *ryogama bo*; en cambio, tú apenas sabes cómo agarrar una espada.

Kenny descendió y quedó parado sobre una estación de cómputo.

—No necesito vencerte. Me basta con detenerte.

—¡Desvergonzado! —gritó Tsukuyomi y lanzó un tajo de arriba hacia abajo.

Kenny se impulsó hacia atrás, ejecutando un salto mortal en cámara lenta, y la guadaña le rozó una bota para ir a incrustarse en los circuitos electrónicos, donde se clavó profundamente. Mientras Tsukuyomi intentaba zafar su arma, Kenny se movió hacia la conexión más próxima para USB e introdujo el chip para modificar las instrucciones y dar contraorden al programa.

—¡Se acabó! —anunció—. Está hecho. En cualquier momento esta nave va a corregir la trayectoria y volverá a su posición original, desde la que no puede hacer ningún daño.

Tsukuyomi desclavó su guadaña, haciendo pedazos la maquinaria.

—Tu noble esfuerzo no sirve de nada, estúpido. Lo primero que hice fue cifrar todos los códigos de comando. Soy el único capaz de modificar la posición de la nave.

Los ojos de Kenny se posaron sobre un par de palancas rojas a un lado del monitor.

—La posición es una cosa, pero ¿qué me dices de la dirección?

Empujó los controles de propulsión hasta un extremo. Con un zumbido de combustible de propulsión, el escudo solar comenzó a girar sobre su propio eje.

Para evitar el acero dirigido en su contra, Plateado se impulsó hacia arriba. Kiyomi se deslizó bajo él y se agarró de la plataforma de recolección de luz para frenar su movimiento. El *oni* manipuló los controles de su unidad de propulsión y metió la mano a la nube de fragmentos de la lente para tomar una astilla de aspecto muy amenazador.

—Sólo necesito perforar tu traje, y te hervirá la sangre en las venas —dijo mientras alzaba el fragmento de cristal.

Kiyomi lo encaró con la *katana* en alto.

—En realidad, antes de eso me congelaría, pero el resultado final será el mismo.

—¡Rrrargh!

Plateado atacó a la chica, lanzando tajos a diestra y siniestra con su cuchillo de vidrio.

Como un matador frente a un toro, Kiyomi observó la embestida, esperó hasta el último segundo, giró a un lado y con su espada arrancó del puño de Plateado la astilla de cristal. El *oni* usó sus propulsores y retrocedió para ponerse fuera del alcance de la espada, y enseguida se sonrió.

—No te muevas, quédate tal como estás —dijo el ogro mirando algo detrás de ella.

—¿Uh? ¿Qué...?

La plataforma en rotación se acercó a ella y la golpeó en la espalda.

—¡*Agh*!

Sintió como si la hubieran golpeado en los riñones con un bat de beisbol. No sufrió un daño peor gracias a la ausencia de gravedad.

—¡Ya te tengo!

Plateado se abalanzó y le quitó la *katana* a Kiyomi, quien no pudo sujetarla con fuerza suficiente. Puso una de sus manazas alrededor del cuello de la chica y la otra sobre su casco.

—¡*Gkkk...*! No puedo respirar... —dijo Kiyomi.

—¡Enseguida resuelvo ese problema arrancándote la cabeza, estúpida! —ladró Plateado.

Tsukuyomi llegó al teclado más cercano y se puso a cargar instrucciones con tanta rapidez que no se le veían los dedos.

—Demasiado tarde, mortal —cacareó—. ¡Mira!

Kenny echó un vistazo a la ancha pantalla en donde se mostraba el sistema de puntería del arma. La cruz de la mira brillaba como hierro al rojo vivo sobre el océano Pacífico, justo al sur de la isla principal de Honshu, moviéndose rápidamente hacia la Tierra. Un texto apareció en la parte inferior del cuadro:

"BLANCO DEFINIDO... DISPARO EN 40 SEGUNDOS... 35 SEGUNDOS..."

—Sólo pudiste demorarme un poco, Kuromori —declaró Tsukuyomi—. Así como la noche sigue al día, mi reino es inevitable. Ríndete.

—¡Jamás! —rugió Kenny, y se arrojó contra el Dios de la Luna.

Kiyomi se retorció luchando por romper el abrazo del *oni*. La mano sobre su cuello comprimía el aro de metal que se articulaba con el traje y la otra aplicaba una fuerza inexorable para hacer girar el casco. En cualquier momento se rompería el sello, con un resultado fatídico.

Mientras resistía las punzadas dolorosas en la parte baja de la columna vertebral, además del estruendo de la voz del *oni* que resonaba en su cabeza, Kiyomi buscó la última oportunidad que le quedaba, guardada en su región lumbar.

A través de su visor, Plateado la miró con ojos burlones.

—¿Qué te parece, cosita? Es chistoso, pero creo que voy a echar de menos nuestras diversiones. Pero todos los juegos tienen su término. Es hora de decir adiós, ¡pedazo de tonta!

Los dedos de Kiyomi se cerraron sobre la empuñadura de su *tanto* y extrajo la pequeña espada.

—De acuerdo... —logró decir, medio ahogada—. ¡Adiós, pedazo de imbécil!

Clavó la espada en la espalda del *oni* perforando el tanque de oxígeno de la mochila que contenía el Sistema Primario de Medios de Vida.

Plateado soltó un estertor horrorizado y se dio vuelta para poner una mano sobre el agujero para detener el flujo de aire que se escapaba. Kiyomi dio una patada para alejarse y accionó el control de sus propulsores, quedando fuera del alcance de los movimientos desesperados de su adversario.

—¡Aire! —gritó Plateado, aferrado a la plataforma de recolección de energía solar para estabilizarse—. ¡Mi aire!

Kiyomi oprimió el botón de su micrófono:

—¿Kenny...?

Tsukuyomi alzó su bastón con ambas manos para esquivar y bloquear los golpes frenéticos de Kenny.

"... 15 SEGUNDOS..."

—Eres valiente, mortal, pero sin entrenamiento eso no sirve de nada —comentó el Dios de la Luna al tiempo que agarraba el bastón con una sola mano.

"... 10 SEGUNDOS..."

Kenny logró moverse y dio un paso hacia la consola principal. La pantalla mostraba la cruz de la mira en un rápido movimiento hacia la orilla, a pocos segundos de situarse en tierra firme.

—¡Es todo lo que tengo! —gritó Kenny y lanzó la espada hacia la cabeza de Tsukuyomi como si fuera una jabalina.

—¡Oh, por favor, qué tonto!

De un golpe, el dios hizo a un lado la espada, que salió volando.

En aquel instante de distracción de su adversario, Kenny giró hacia lo que en realidad deseaba: accionar el botón rojo que vio a Tsukuyomi utilizar un poco antes. Se estiró y con la palma de la mano oprimió el botón de control.

—¡No! —clamó Tsukuyomi al tiempo que se disparaba el arma.

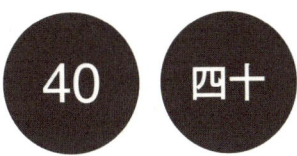

Kiyomi alzó los ojos después de sentir que el conjunto de la estación espacial se sacudía.

—Si yo estuviera en tu pellejo, no me quedaría en ese sitio —le aconsejó hablando con dificultad a Plateado, que seguía aferrado a los restos de la plataforma de recolección.

—Tú no eres yo. Cállate la boca.

El escudo se encendió con un brillo cegador, y brotó de él un pulso de energía que golpeó al *oni* indefenso y lo convirtió en cenizas. Pasó por ambas lentes y se puso en trayectoria hacia la lejana superficie de la Tierra.

—¡Oh, Dios mío! Llegamos demasiado tarde —gimió Kiyomi, con voz quebrada, mientras le nublaba la cara un gesto de desilusión.

Suspiró y vio que el escudo giraba poco a poco. Haces brillantes de luz pasaban como lanzas por los agujeros hechos por ella en el toldo y danzaban sobre el módulo de control que no tenía ventanas. Se ajustó la mochila y se dirigió flotando hacia allá.

Tsukuyomi lanzó el filo de su arma contra el corazón de Kenny. Sin necesidad de pensar, éste alzó la mano y agarró el bastón por el medio.

—¿Qué clase de locura es ésta? —exclamó Tsukuyomi, con las fosas nasales dilatadas y los ojos muy abiertos.

Kenny apretó con fuerza el metal y giró la mano. El bastón se partió silenciosamente junto a un extremo que se alejó flotando.

El Dios de la Luna reaccionó con un golpe del resto del bastón sobre el casco de Kenny, con tal fuerza que el chico salió despedido y se estrelló en el techo, de donde rebotó para dar contra la pared más lejana. Kenny descendió flotando y cayó sentado. A través del visor agrietado vio imágenes múltiples de la acometida de Tsukuyomi. El aire seguía escapando de su traje.

—Fallaste —declaró Kenny—. Tu disparo fue a dar al mar. Tal vez hayas freído algunos peces, pero nada más. Tu arma solar quedó fuera de acción. Es cuestión de tiempo antes de que aniquilen esta cosa. Se acabó. Estás derrotado.

Los ojos de Tsukuyomi brillaban como ascuas y la blancura de sus dientes lanzó un destello entre las sombras de su capuchón. El fragmento de bastón temblaba en sus manos, pero el acero de la guadaña aún brillaba.

—¡Miles de años de espera para vengarme...! Y tú, apenas un niño, me negaste la oportunidad... Tanta era la rabia del Dios de la Luna que le costaba articular sus palabras, tenía las mandíbulas trabadas. Kenny se apoyó en la pared y extendió las manos sobre la superficie de metal mientras lo escuchaba.

—Quisiera tener tiempo suficiente para matarte poco a poco... ¡Torturarte a lo largo de varios años, hasta que morir te pareciera un acto de la más dulce piedad...!

Tsukuyomi se enderezó y dominó sus emociones antes de continuar su discurso.

—Yo tendré otras ocasiones... pero tú, Kuromori, estás acabado. Tendré la satisfacción de matarte primero.

—Más te vale tomar tu número y esperar turno —replicó Kenny, mientras enfocaba su *ki*.

Tsukuyomi alzó la guadaña para aplicar el golpe definitivo.

—Antes de eso —prosiguió Kenny—, por favor saluda a tu hermana de mi parte.

La potencia fluyó de sus manos hacia la pared tras él y el metal se transmutó en vidrio de la mayor pureza.

—¡¡¡Nooooooooooo!!! —aulló Tsukuyomi al tiempo que los rayos de la intensa luz del sol penetraban por la pared inundando la sala de control y disolviendo por completo al Dios de la Luna, convertido en nada.

No quedó de él más que el eco de un aullido.

Kenny permaneció tirado en el suelo unos minutos, bañado por la luz del sol, que se reflejaba en su visor resquebrajado y proyectaba manchas de luz sobre el techo. Poco a poco apareció el disco azul de la Tierra. Las pantallas mostraron una serie de destellos y se encendieron varias luces de emergencia. Kenny se sobrepuso al dolor de su cuerpo y se enderezó con trabajos.

"... AVISO DE ÓRBITA CRÍTICA... REINGRESO NO CONTROLADO INMINENTE... AVISO DE ÓRBITA CRÍTICA...", decían los letreros en cada monitor.

Kenny volvió la cabeza para mirar a través de la pared de vidrio y vio que se colapsaban los paneles de lámina de sodio. Una lucecita roja parpadeó dentro del casco: la reserva de oxígeno estaba al seis por ciento.

—¿Ken-*chan*? ¿Estás ahí?

El sonido de la voz de Kiyomi hizo saltar a Kenny.

—¿Kiyomi? —barbotó Kenny, y su corazón latió aceleradamente—. ¡Creí que te habías mue...!

—No, pero tú morirás si no abres esta maldita puerta. Sigo atorada fuera de la esclusa.

Kenny sonrió y flotó hacia la puerta para quitar el cerrojo. Kiyomi entró y se juntó a él al lado de la consola de controles.

—Bueno, ganamos —anunció Kenny—. ¡Chócala!

—¡Eres tan bobo! —repuso Kiyomi mientras lo rodeaba con los brazos—. ¡Santo Dios! ¡Esto es como abrazar a Oyama!

—¡Qué dices! Pensé que las chicas no tenían permiso de ser luchadoras de *sumo*.

—¡Tú eres el que lleva pañales!

Kiyomi recorrió la sala con la mirada. En el aire flotaban componentes electrónicos rotos; las luces de los instrumentos parpadeaban como una máquina de discoteca; por la pared de vidrio se veía la luz del sol penetrar a través de los huecos en el escudo que se desintegraba rápidamente.

—¿Dónde está ya-sabes-quién? —preguntó ella.

—¿Tsukuyomi? No te puedo decir con seguridad, pero supongo que se encuentra en el lugar donde estaba antes, en el lado oscuro de la Luna o algo así.

—¿Qué? ¿Y eso?

—Dijo que tenía prohibido poner los ojos en el sol, y me vino a la memoria algo que me dijo Genkuro-*sensei* antes de que partiéramos...

—¿Qué? ¿Que no estabas listo?

—No. Me habló de mantener claridad en la mente y siempre buscar la luz. Me pareció un consejo aplicable a la situación.

—Tiene sentido —asintió Kiyomi—. Una criatura de sombra. Si lo pones a la luz del sol no tiene dónde esconderse.

Kenny extendió las manos.

—Y ahora, ¿qué?

—¿Ahora? Esperar a que se nos acabe el oxígeno o a que nos incineremos al volver a entrar en la atmósfera. Destruyó el VTA, así que no hay manera de salir.

—Qué bien. ¡Vaya recompensa por salvar a Japón!

Kiyomi empujó su cuerpo para quedar sentada frente a la flamante ventana. Dio unas palmaditas en el vinilo junto a ella, en donde enseguida también se sentó Kenny.

Abajo, la Tierra mostraba una mezcla espectacular de tonalidades azules, verdes, blancas, amarillas y marrones; una esfera de serenidad, bullendo de vida.

—¡Guau! Qué maravillosa vista —comentó Kiyomi mientras contemplaba la curvatura del planeta azul—. Vamos a ser una estrella fugaz impresionante. ¿Tú crees que alguien pedirá un deseo cuando nos vea caer?

Kenny alargó el brazo y tomó la mano de Kiyomi.

—Yo quiero pedir un deseo ahora mismo. ¿Será válido si la estrella fugaz es uno mismo?

—No lo sé. Oye, Ken-*chan*, has escuchado esa frase que dice "demasiado joven para morir"?

—Sí.

—Me parece una estupidez. Me refiero a que también se mueren los bebés.

—No lo tomes en su sentido literal. Creo que significa que hay gente no dispuesta a morir, que aún no ha vivido ni realizado todas las cosas que quiere hacer.

—Oh. En ese caso, ¿qué es lo que todavía quieres hacer?

—¿Yo? Me gustaría ver que Newcastle ganara algún partido. ¿Y tú?

—Me conformo con no volverme una *onibaba*. Eso sería un buen comienzo.

Una sección gigantesca de láminas se desprendió de la estructura, y al tocar la capa superior de la atmósfera se encendió en llamas, retorciéndose. El módulo de control se volvió a estremecer.

Kenny apretó la mano de Kiyomi y la miró a los ojos.

—La misma pregunta, pero ahora responde en serio —propuso.

Kiyomi inclinó la cabeza y preguntó:

—¿Recuerdas esos tres días cuando hiciste un berrinche y te marchaste?

—No fue un berrinche. Ya te dije que…

—Da lo mismo. De cualquier modo, durante esos días ¡cómo extrañé tu cara de tonto!

Kenny la tocó con el hombro.

—Yo también te eché de menos.

—¡Maldito casco! Me lloran los ojos por su culpa —dijo Kiyomi, parpadeando para controlar sus lágrimas.

—Ya sé. El mío hace lo mismo.

Nuevos fragmentos desprendidos del escudo solar se desplomaron hacia la atmósfera de la Tierra.

Kiyomi entrelazó sus dedos con los de Kenny.

—Al menos, de esta manera estaremos juntos para siempre.

—Sí. ¡Y con pañales!

Kiyomi dio un leve golpe con el puño al brazo de Kenny.

—Tienes que arruinarlo todo, ¿verdad?

—Te diré algo más interesante... sobre lo que me dijiste antes... ¿que al quitarnos los cascos tenemos tal vez unos quince segundos antes de asfixiarnos?

—Sí.

—Bueno, quedamos en que yo debía pagar mi deuda contigo con un beso. Yo te debo ese beso.

—¿Y qué? —le instó ella, mirándolo coqueta.

Kenny tragó con dificultad.

—Bueno, éste sería un buen momento para besarnos. Es mejor controlarlo nosotros, en lugar de esperar a que suceda...

—¿Me lo dices en serio?

—¿Y tú?

Kiyomi se meció hasta arrodillarse y jaló a Kenny para que hiciera lo propio frente a ella.

—¿Ves la luz roja dentro de tu casco? Es la señal de que se te acaba el oxígeno. En cualquier caso, nos quedan apenas unos minutos de vida.

—Por lo tanto, no tenemos nada que perder.

—De acuerdo... el truco consiste en no aguantar la respiración, porque de lo contrario los pulmones explotan. Antes de sacarte el casco tienes que exhalar todo el aire. ¿De verdad quieres que hagamos esto?

—Hmm, congelarme hasta la muerte besándote para siempre, o bien morir quemado en medio de sufrimientos horribles. ¿Qué será preferible...?

Kiyomi tocó el broche de cierre de su casco, y Kenny la imitó.

—Basta de tonterías, entonces. ¿A la cuenta de tres? —propuso ella—. Uno... dos...

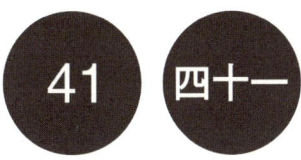

—Y ¡tres! A Kenny le sorprendió sentir tanta serenidad cuando alzó la mano para soltar el broche de su casco. Por lo menos, tendrían un fin rápido.

—Llamando al Hoshi no Kagami, llamando al Hoshi no Kagami, ¿me escuchan? —sonó la voz de un hombre dentro de sus cascos—. ¡Cambio!

Kenny se detuvo y de inmediato volvió a ajustarse el casco.

—Aquí el... espejo espacial —resopló Kiyomi en su micrófono—. ¿Quién habla? ¿Quién es usted?

—Soy el capitán Mike Richards, de la nave Virgen Galáctica Número Cuatro, en operación de contacto con su posición actual. Tres minutos —respondió el piloto.

—¿Perdón? ¿Quién es...?

—Virgen Galáctica, señorita. Una operadora de vuelos comerciales en el espacio exterior. Un tal señor

Sato del gobierno japonés ha autorizado la misión. Dice que se trata de una emergencia internacional. ¿Usted lo conoce?

Kiyomi se echó a reír, mareada por el alivio repentino.

—Lo conozco, sí. Deben rescatar a dos pasajeros. Por favor, ¿pueden darse prisa? Casi no nos queda nada de oxígeno.

—Enterados. Vamos en camino. Cambio y fuera.

Kenny y Kiyomi contemplaron de cerca el espectáculo del esbelto híbrido cohete-aeroplano color blanco abrirse camino entre los escombros flotantes y colocarse a un lado del módulo de control.

Kiyomi extendió el fuelle del túnel de abordaje mientras la nave Virgen Galáctica se colocaba en perfecta alineación mediante breves disparos de sus propulsores. Tras ellos, los jirones del reflector solar continuaban desintegrándose bajo el poder del sol.

—Puertas externas abiertas. Listos para abordar —anunció el capitán Richards—. Uno a la vez, por favor.

—Primero las damas —dictaminó Kenny y empujó a Kiyomi hacia la escotilla abierta de la esclusa.

—No, tú primero. Estás en peor estado que yo.

—¿Qué te parece un juego de "piedra, papel o tijeras" para decidir?

Otro estremecimiento sacudió el módulo y la luz del sol se introdujo a través de las paredes que se despegaban.

—No hay tiempo. Esta cosa va a... ¡Vete!

Kiyomi empujó a Kenny hacia adelante. Al caer, Kenny giró y con un brazo extendido enganchó los dedos en el cinturón de combate de Kiyomi, arrastrándola en su caída al interior de la esclusa. Con una sacudida violenta, el módulo se desprendió y el túnel de conexión quedó colgado de la puerta de la nave. Sosteniendo a Kiyomi, Kenny pasó por la escotilla externa del módulo, dio una patada en el borde metálico y buscó el final del túnel, a unos metros de distancia.

—¡No vamos a alcanzarlo! —gritó él al ver que la nave pasaba de largo.

—¡Claro que podemos! ¡Tenemos que hacerlo!

Kiyomi accionó el control de sus propulsores y aprovechó su última reserva de nitrógeno. Puso el hombro contra la espalda de Kenny y lo impulsó hacia adelante. Con la mano, él se agarró del borde del túnel y jaló hacia arriba para abordarlo. Debajo de ellos, el módulo de control se prendió como un meteoro antes de deshacerse en una cadena de estrellas rutilantes.

Kenny llegó a la esclusa de la Nave Espacial Número Cuatro.

—Está diseñada para acceso exclusivamente individual —advirtió la voz del capitán—. No caben dos adultos, menos con tanto equipamiento.

La luz de emergencia del casco de Kenny mostraba un color rojo encendido. No le quedaban más que unos cuantos segundos de aire.

—Sólo podemos hacer una cosa —dijo Kenny, y jaló a Kiyomi hacia él—. Aguanta la respiración.

Ella asintió y exhaló. Kusanagi apareció en la mano de Kenny. Con el brazo sobre la cabeza de la chica y la hoja de la espada hacia abajo, dio un tajo circular que cortó las abultadas mochilas con los sistemas de soporte vital. Ambas unidades se alejaron flotando, impulsadas por la fuga de oxígeno.

Kenny sintió que la saliva comenzaba a hervirle en la lengua, al tiempo que dedos helados atenazaban su cuerpo. Usó el último residuo de fuerza para jalar la manga de silicón y aproximar sus cuerpos a la esclusa de aire de la nave.

Rebotaron en el marco de la puerta y se deslizaron al interior. Al cerrar la escotilla, Kenny vio puntitos negros danzando ante sus ojos.

A Kenny lo inundó el alivio al oír el bufido del aire que entraba a la esclusa; el hecho de escuchar cualquier ruido significaba que ya no estaban en el vacío.

La puerta interior del compartimento aislado se abrió y varias manos ansiosas por ayudar se asomaron para auxiliar a Kenny y Kiyomi a entrar a la cabina de pasajeros.

Kenny se quitó el casco y parpadeó frente a una sobrecargo uniformada, con el pelo recogido atrás de la cabeza en un ambiente dotado de microgravedad.

—Buenas tardes, señor —dijo ella con una sonrisa deslumbrante—. Para su comodidad, la cabina está totalmente presurizada. Si es usted tan amable de tomar asiento, el capitán iniciará el descenso.

Kenny se sentó junto a Kiyomi y se abrochó el cinturón de seguridad. Una hebra del cabello de la chica se elevó y le hizo cosquillas en la nariz.

—Oye tú, ya no tenemos puestos los cascos —le hizo saber—. ¿Sabes lo que eso significa?

Kiyomi extendió el cuerpo y tocó los labios de Kenny con los suyos.

—Mmm, qué bien sabes... *¡Yo tener hambre!*

Con los dientes descubiertos se lanzó contra Kenny, que alzó los brazos y soltó un grito. Kiyomi gritó también, pero debido a un acceso de risa.

—¡Oh! ¡Qué cara pusiste...! ¡Demasiado chistosa...! ¡Ay, me duelen los costados...!

La chica no pudo hablar más, la risa devoró sus palabras.

*

En el Centro Espacial Tanegashima, cientos de trabajadores flanquearon la pista principal protegiéndose los ojos con las manos bajo el brillante sol del otoño mientras aguardaban el aterrizaje de la nave espacial con alas delta.

En el cielo apareció una mancha diminuta que fue creciendo mientras pintaba en el cielo estelas gemelas de vapor surgidas de sus alas. Una vez accionado el tren de aterrizaje, se alzó la parte delantera y la nave se posó suavemente sobre el asfalto. La multitud de espectadores estalló en vítores y se aglomeró en torno al transbordador espacial para ver mejor a los pasajeros.

Kenny descendió por la escalera, seguido por Kiyomi. Ambos fueron recibidos por el director adjunto Ogose y la sonriente Ibuki, que los saludaron con una reverencia; los jóvenes respondieron con otra y los funcionarios se inclinaron de nuevo.

Sato se abrió paso entre la muchedumbre y abrazó a Kenny con ferocidad.

—¡Lo lograste, Kuromori! ¡Lo hiciste!

—¿Acaso tenías dudas? —repuso Kenny sonriendo.

—¡Por supuesto que tenía dudas! —confesó Sato y acarició el pelo del chico.

Kiyomi le dio un codazo a Kenny para hacerlo a un lado.

—¿Cómo iba a fallar Ken-*chan*, si yo estaba con él como respaldo?

—En efecto, no podía fallar —admitió Sato y la estrechó en sus brazos.

—¿Señor? —inquirió Kenny, señalando con el pulgar el transbordador espacial Virgen Galáctica—. ¿Cómo sucedió todo esto?

Sato sonrió:

—Fue gracias a tu padre. Cuando le explicamos lo que sucedía, no quiso aceptarlo. Declaró que tenía que haber alguna otra opción. Hizo un montón de llamadas y nunca se dio por vencido.

—De tal palo, tal astilla —comentó Kiyomi.

—Vengan conmigo —indicó Sato—. Vamos a ponerlos bajo techo. No pueden imaginarse la cantidad de papeleo que han causado sus aventuras. Voy a naufragar en trámites hasta el Año Nuevo.

No fue sino seis horas después cuando por fin Kenny logró disfrutar de un baño con agua caliente.

Antes de permitir que se quitara el traje espacial para ser sometido a un amplio examen médico, Sato le pidió que le relatara todo lo sucedido tres veces. Después de preguntas adicionales y una comida caliente, se le permitió bañarse.

Kenny se secó con la toalla y se puso unos pants con el logotipo de la Agencia de Exploración Aéreo

Espacial que le dejaron en el baño. Fue a un espejo de cuerpo entero para arreglarse el pelo y vio a un *tengu* de gran estatura erguido junto a él.

—Por lo menos esta vez no vomité —gimió Kenny—. Creo que ya me voy acostumbrando a estos viajecitos. Al enderezarse vio en el cielo tonalidades color limón y durazno. Las primeras estrellas cintilaron en las alturas. Al pensar en la noche, sintió un escalofrío.

—Por aquí —indicó el *tengu* y dirigió a Kenny hacia un edificio de madera con un techo de tejas.

Rodeado por un alto cercado de tablas, el suelo del patio estaba cubierto de piedrecitas blancas. Al otro lado se dejaba ver un espeso bosque.

—¿Dónde estamos? —preguntó Kenny.

—En Ise —respondió el *tengu*—. Hay alguien aquí que desea conocerte.

Kenny se paró en seco al llegar a varios sencillos escalones de madera que conducían a unas puertas sin ornamentos.

—¿Es correcto esto? —dudó Kenny—. Me refiero a mi vestimenta. No estoy seguro de...

Vio la expresión de fría amenaza en la mirada del *tengu*.

—Está bien, está bien... Ya me sé los pasos —corrigió.

Kenny subió la escalera con los pies descalzos. Las puertas se abrieron de pronto y un torrente de luz purísima lo inundó por completo. Volvió a sentirse libre de la fuerza de gravedad y sintió el placer del calor saludable de los rayos del sol. Sus ojos se acostumbraron poco a poco a la luz hasta que distinguió la silueta vibrante de una forma de mujer.

Amaterasu era igual de hermosa que Inari. A Kenny le era imposible apartar la mirada de esta joven y esbelta mujer de ojos dorados y largos cabellos negros que llegaban a la cintura. Iba vestida con un kimono blanco y una faja *obi* de color rojo.

—¿Tú eres Kuromori, el joven *gaijin*, el predilecto de Inari? —preguntó ella, con un sonido de notas musicales en la voz.

—Yo..., uh, bueno...

—Yo y Japón tenemos una enorme deuda contigo. Eres muy valiente para ser tan joven.

—Bueno, hmm...

La diosa sonrió.

—Tu valentía merece una recompensa, Kuromori. Quiero ofrecerte un regalo para expresar mi gratitud. Cualquier cosa que desees. No tienes más que nombrarla.

Kenny al fin pudo apartar sus ojos de la diosa.

—De hecho, deseo pedir algo...

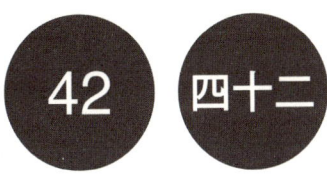

—Pensé que estarías aquí —dijo Kenny. Se hallaba de pie en el camino que cruzaba los jardines en dirección a la residencia de Harashima.

Kiyomi arregló el ramo de crisantemos blancos colocados por ella frente a la lápida.

—A veces me pregunto si no habría sido mejor que él no…

—Para nada. Taro fue consciente de lo que hizo. Su impulso se debió a una voluntad de compensar un daño, de restaurar el buen orden de las cosas —sentenció Kenny, que se arrodilló al lado de Kiyomi—. De lo contrario, nada de lo que pasó después hubiera sido posible. Y ahora estaríamos sumergidos en *eiein no yo*: la noche eterna.

—Tus palabras son lindas, Ken-*chan*, pero no cambian nada. Tengo… sueños tan terribles… —le confió Kiyomi, y el recuerdo la hizo estremecerse—. Todavía… sigo cambiando…

Kenny sintió un profundo dolor al oír el sonido de su voz, hueco y cargado de desesperanza.

—Te traje un regalo —dijo, metiendo una mano en el bolsillo de sus jeans.

—Pero no necesito nada.

A su alrededor las hojas del otoño caían como copos de nieve.

—Créeme. Esto te va a gustar.

Kenny le ofreció un pequeño estuche de joyería. Kiyomi le echó una mirada suspicaz.

—¿Qué hay adentro? ¿Una cucaracha o algo parecido?

—No... Ábrelo.

Kiyomi alzó la tapa. El estuche contenía un pequeño anillo de jade rojo.

—Oh, qué hermoso. Aunque no es mi estilo.

—Igual pruébatelo. No tienes idea de todo lo que tuve que hacer para conseguírtelo.

—Parece caro. ¿Dónde lo compraste?

—No hagas preguntas. Sólo disfruta del momento.

Kiyomi meneó la cabeza.

—Confía en mí —insistió Kenny—. Por favor. Sólo póntelo en el dedo.

—Bueno, ya que le das tanta importancia.

Kiyomi metió el dedo en el anillo... y cayó desmayada.

Kenny la alzó en sus brazos hablándole:

—¡Kiyomi! ¿Kiyomi? ¡Despierta! ¿Estás bien?

El anillo había desaparecido.

La imagen del rostro preocupado de Kenny se desvaneció cuando Susano-wo extinguió la luz y mandó al escudo de bronce a su lugar de reposo.

—La chica se va a curar, Kuromori —gruñó—. Lo suficiente para ayudarte a recuperar la joya para mí. Y cuando eso suceda, ¡seré el amo del mundo!

Su risa demente resonó en las tinieblas.

GLOSARIO

A
anata wa?: ¿y tú?
ayashii-ketsu: cueva misteriosa

B
basashi: carne de caballo cruda, al estilo sashimi
bikkuri shita!: ¡qué sorpresa!

C
-chan: sufijo que denota afecto después de un nombre propio
chikara: potencia
chotto matte: espere un minuto

D
dare ga imasuka?: ¿quién anda ahí?
-dera: templo
dojo: lugar de adiestramiento en artes marciales
Doraemon: popular serie infantil sobre un gato robótico
dorotabo: hombre de lodo

E

eiein no yo: el mundo interminable; la noche eterna; los cuatro permanentes

ema: pequeña placa de madera en que los creyentes del Shinto escriben sus plegarias y deseos

F

fukuro: búho
futon: colchón delgado

G

gaijin: extranjero, fuereño
gaman: tenacidad, perseverancia
ganko: testarudo
genkan: camino de acceso
gomen nasai: disculpe usted

H

haiden: edificio de oración del Shinto
hakama: falda-pantalón plisada de uso tradicional
hanten: abrigo corto acolchado que se usa en invierno
harionago: monstruo del género femenino cuyos pelos tienen púas
honden: santuario principal del Shinto; lugar de residencia de algún objeto sagrado
hoshi no kagami: espejo de las estrellas

I

ima, shine!: ¡ahora, muérete!
itai!: ¡me duele!

J

jinbei: atuendo veraniego semejante a una piyama
jinmenju: árbol cuyos frutos tienen cara humana
jubokko: árbol vampiro

K

kaginawa: gancho de alpinismo
kami ga nai!: ¡me quedé sin pelo!
kanji: sistema japonés de escritura que utiliza caracteres chinos
kao o mitai?: ¿quieres ver mi cara?
kata: sistema de ejercicios repetitivos para dominar movimientos coreografiados complejos
katana: espada larga de samurái de un solo filo
kawaii, da ne?: qué tierno es, ¿verdad?
ketsu ga itai!: ¡me duele el trasero!
ki: energía, espíritu, fuerza vital
kinasai: ven
kingumo: araña metálica
kitsune: zorro
kodama: espíritu de árbol
Kojiki: colección de mitos fundacionales reunida en el siglo VIII
komainu: guardianes de santuario, mezcla de perro y león
konaki-jiji: monstruo que llora para atraer a paseantes
konban-wa: buenas tardes
ko-tengu: crías de aves demoniacas

kuchisake onna: mujer con la boca cortada
Kuebiko jinja wa: relativo al santuario de Kuebiko
-kun: sufijo de un nombre propio masculino que denota afecto
kuro: negro

m

mado: magia, brujería
matte!: ¡espera!
mayotte shimaimashita: estoy perdida
me ga itai!: ¡me duelen los ojos!
miso: condimento pastoso a partir de la fermentación de frijoles de soya, cebada o arroz
mori: madera; bosque
moshi moshi; hola, al contestar el teléfono
muri da: eso no es posible

n

nandayo?: ¿qué demonios quieres ahora?
natto: frijoles de soya fermentados
ne?: sufijo interrogativo, similar a ¿eh?
Nihon daigaku e no michi o shitte imasuka?: ¿puede informarme cómo llegar a la universidad Nihon?
nihongo o hanashimasu: yo hablo japonés
nihongo o wakarimasen: yo no entiendo japonés
nukekubi: tipo de vampiro cuya cabeza se separa para volar

o

obi: faja ancha de kimono

oishii: sabroso
oji: tío
ojisan: tío
okonomiyaki: empanada japonesa
oni: demonio, diablo, ogro o trol
onibaba: diablesa anciana

R

ryogama bo: guadaña de doble acero
ryu no hone da!: ¡es hueso de dragón!

S

sagari: cabeza de caballo sin cuerpo
sake: vino tradicional a base de arroz
-sama: sufijo de nombre propio que denota máximo respeto
samurai: miembro de la casta guerrera de Japón
-san: sufijo de nombre propio que denota respeto
sashimi: platillo de bocados de pescado crudo, servido con salsa de soya o rábano picante
seiza: postura tradicional sedente sobre los talones
sensei: maestro
shinji rarenai: no lo creo
Shinkansen: tren bala
Shinto: la "vía de los dioses"; religión nativa de Japón
Shogatsu: Año Nuevo japonés
shoji: puerta corrediza con paneles de papel
soba: fideos tradicionales de trigo sarraceno
sumimasen: disculpe usted

sumo: lucha japonesa de pesos completos
sushi: pequeñas bolas o rollos de arroz con verduras, huevo o pescado crudo

T

tahoto: pagoda de dos pisos
taisha-wa, doko desu ka?: ¿dónde está el santuario?
Taketori Monogatari: cuento del cortador de bambú
tanto: espada corta de entre 15 y 30 cm de longitud
tanuki: perro mapache
tanbo o kaese!: ¡devuélveme mi campo!
tasukeru koto ga dekiru?: ¿puedo ayudarle?
tasukete!: ¡auxilio!
tasukete kure!: ¡auxilio, por favor!
tatami: estera de paja cubierta de mimbre
temizuya: sitio para abluciones en un santuario
tengu: pájaro-demonio de nariz larga
tetsubishi: tachuelas de hierro utilizadas para estorbar a los perseguidores
tomare: alto
torii: portal de los santuarios japoneses tradicionales
tsuchikurobi: una masa rodante de tierra que aplasta a sus víctimas
Tsuki-no-Miyako: ciudad capital de la Luna

U

ushi-oni: monstruo con cabeza de toro y cuerpo de araña o cangrejo

wakaranai: no entiendo
washi: papel japonés tradicional
watashi kirei?: ¿te parezco bonita?
watashi no nihongo wa warui desu: no domino el japonés
watashi-wa Ken desu: soy Ken

yakuza: gángster japonés
yama-uba: bruja de la montaña
Yata no Kagami: el Espejo de las Ocho Manos
yokai — cualquier criatura sobrenatural, como los *oni*
Yomi: inframundo; país de los muertos; infierno
yukkuri shiro: más despacio

Esta obra se imprimió y encuadernó
en el mes de septiembre de 2016,
en los talleres de Impregráfica Digital, S.A. de C.V.,
Av. Universidad 1330, Col. Del Carmen Coyoacán,
Delegación Coyoacán, Ciudad de México, C.P. 04100